When the truth hunts you down

You can't hide who you are

Romance Psychologique

When the truth hunts you down

You can't hide who you are

Audrey Payet

Avertissement

Avertissement : Ce livre n'est pas recommandé aux personnes de moins de 16 ans en raison de la présence de thèmes sensibles tels que la violence, le sexe, le meurtre et le kidnapping. Si vous ne vous sentez pas en mesure d'affronter ces sujets, il est préférable de ne pas le lire. Merci.

PROLOGUE

Il fait beau ce jour-là. Le soleil éblouit le ciel. Les oiseaux chantent. Un léger vent doux souffle de temps à autre. Des rires d'enfants parviennent à percer le silence du quartier. Deux bambins, d'environ cinq ans, jouent ensemble dans le jardin d'une maison familiale. La mère les surveille au loin avec une tasse dans les mains, souriant avec bienveillance. La petite brise lui arrache quelques frissons, la contraignant ainsi à quitter son poste d'observation.

Elle pose son thé sur le meuble à l'entrée pour prendre une veste accrochée au porte-manteau. Elle l'enfile avant de se retourner. La panique la saisit violemment, son cœur s'accélère, la tasse lui échappe et se fracasse au sol dans un bruit terrible. Son fils, Sammaël, est étendu dans l'herbe fraîche, inconscient. Elle se précipite vers lui, hurlant son prénom pour espérer le faire réagir. Mais rien ne se produit. Elle le secoue une fois à ses côtés, mais rien ne fonctionne. Les voisins sont alertés par les cris.

Certains ont la présence d'esprit d'appeler les secours. Quelques minutes après, ceux-ci se trouvent sur place. La police tente d'interroger la femme. Mais celle-ci demeure dans un état second. Ce n'est que lorsqu'un énième ambulancier lui demande ce qui s'est passé, qu'elle aperçoit l'absence de son second fils. Mais où est Ezickel ?

— Où est Ezickel ?!

Sa question se pose en boucle, à voix haute et dans sa tête. Elle a tellement eu peur pour Sammaël qu'elle n'avait pas remarqué la disparition du deuxième gamin. Elle est en panique totale, sa respiration se bloque. Les émotions se bousculent en elle. Comment a-t-elle pu perdre l'un de ses enfants ? Elle ne s'est retournée qu'une fraction de seconde… Comment un drame de cette violence peut-il se produire ? Elle est, elle aussi, conduite à l'hôpital pour l'aider à faire face à ce choc psychologique, et surtout pour comprendre ce qui s'est passé.

PARTIE I

CHAPITRE UN

J'ai quitté New York il y a quelques années, depuis que je gagne assez bien ma vie pour vivre seul. Monsieur et Madame Sullivan, les parents de mon meilleur ami, m'ont beaucoup aidé. J'ai suivi Clayton à l'autre bout des États-Unis, à Los Angeles. Ici, l'air est plus respirable. Tout est mieux, surtout que je n'ai plus à supporter mes géniteurs. J'approche de la trentaine et je vis librement, dans la limite du raisonnable. Clayton veille toujours sur moi. Mes parents ont fuis Los Angeles lorsque le drame est arrivé, ils sont allés à l'autre bout de l'Amérique, à New York. Pour moi, venir à Los Angeles, c'est comme me rapprocher de mon frère, sans même savoir s'il est toujours en vie. Heureusement pour moi, Clayton m'avait suivi à New York grâce à la mutation de ses parents.

Le reflet du miroir me renvoie des cheveux bruns, pas trop longs ni trop courts, avec une mèche rebelle qui retombe toujours devant mes yeux. Ceux-ci sont bleu foncé, ils donnent le contraste à ma peau pâle et accentue cette blancheur. J'ai ce charme étrange qui attire souvent l'attention, mais mon attitude froide et distante éloigne les gens. C'est ma manière de me protéger, de m'assurer que personne de faux ne s'approche. Mon visage est anguleux, avec des pommettes légèrement marquées, et je porte toujours une barbe de trois jours.

Quand on demande aux gens de me décrire, la réponse est souvent la même : « *Sammaël ? C'est le type le plus froid que j'ai rencontré. Même un tueur en prison fait moins peur.* » Je suis une armure de glace, ce qui dissuade les autres de venir me chercher des ennuis. Peut-être que c'est ma veste en cuir noire, que je ne quitte jamais, qui donne cette impression, ou alors, c'est simplement mon nom.

Sammaël… un prénom lourd de sens. Il vient de Samaël, l'ange déchu devenu le diable. Mon prénom impose le respect, et personne n'ose vraiment me défier, de peur que cela se retourne contre eux. À vrai dire, j'apprécie cette crainte que je suscite. J'aime que les gens restent à distance, c'est plus simple comme ça.

Allongé sur mon canapé, je fixe la télé sans grand intérêt. Je n'ai rien à faire pour le moment. Personne n'a besoin de mes services. Je travaille comme informaticien, réparant des ordinateurs chez des particuliers. Parfois, je suis appelé pour renforcer la sécurité informatique de certaines personnes, et il m'arrive aussi de recevoir des appels de la police lorsqu'ils n'arrivent pas à pénétrer un système trop complexe pour eux. C'est souvent Clayton qui me sollicite, et je travaille toujours dans l'ombre. Je vais rarement au poste, je préfère rester dans mon coin.

Sur l'écran, une chaîne d'information repasse en boucle un reportage sur le meurtre d'un militaire. Le monde devient complètement fou. C'est la seule explication qui me vient à l'esprit. Je reste pensif un moment avant que la sonnerie de mon téléphone ne me tire de ma torpeur. Je regarde l'écran. « Clay'. » C'est rare qu'il m'appelle à cette heure-là. Ça doit être important.

Clayton et moi, nous nous sommes rencontrés sur les bancs de l'école quand nous étions mômes, et depuis, nous ne nous sommes plus quittés. Nous n'avons aucun secret l'un pour l'autre. Il connaissait Ezickel avant sa disparition, et il a remarqué, tout comme moi, que je n'étais plus le même après cela. Même si je repousse tout le monde, Clayton a toujours tenu bon. Il n'a jamais abandonné. Il ne peut pas comprendre ma peine, mais il fait tout pour m'aider à la supporter.

Quand il a dû choisir ses études, il s'est tourné vers la police, sans la moindre hésitation. Mon histoire l'a tellement touché qu'il ne voulait pas que d'autres familles traversent la même épreuve. Il s'efforce même de retrouver celui qui est derrière la disparition de mon frère. Je ne peux pas nier que son choix m'a bouleversé. Même si je sais que je ne reverrai probablement jamais Ezickel, l'intention de Clayton est si belle que je n'ai jamais osé briser ses espoirs. Et quelque part en moi, il reste une petite part d'optimisme. C'est pour cela que Clayton a été muté à Los Angeles, dans la meilleure équipe de police possible. Et moi, je l'ai suivi.

Physiquement, Clayton est tout mon contraire. Il est blond, avec des yeux bleu-gris qui captivent, et des traits presque angéliques. Il inspire la confiance et la sécurité, et c'est sans doute pour ça que je me suis tout de suite attaché à lui. Toujours présent pour les autres, toujours avenant. Bien sûr, nous nous prenons la tête parfois, assez souvent même, mais ça ne dure jamais longtemps. Nous ne restons pas fâchés bien longtemps.

Je secoue la tête pour revenir à la réalité et décroche mon téléphone. Si je ne le fais pas, Clayton va me harceler.

— Oui ?

— Salut ! Ça va bien ?

— Clay', si tu m'appelles juste pour savoir comment je vais, je…

— Non ! me coupe-t-il. J'ai une nouvelle mission, et elle est assez sérieuse !

— Je suis content pour toi, tu la mérites.

— Merci ! C'est cool d'évoluer, même si ça devient plus stressant.

— Hum…

— Roh, allez, fais pas ton rabat-joie. L'enquête pourrait t'intéresser, tu sais.

— Tu sais bien que je ne me mêle pas aux affaires de poulets, sauf si tu as besoin de moi.

— Justement…

— Tu aurais dû commencer par là. Qu'est-ce que tu veux ?

— En fait… je ne sais pas trop comment te dire ça…

— Simplement, avec des mots que je peux comprendre.

— Ok… Alors… Un enlèvement, sans aucune trace d'un jumeau, lâche-t-il d'une traite.

Un silence s'installe. Mon cœur rate un battement. Je tente de déglutir, mais c'est difficile. Je me sens déstabilisé. Affronter cette partie de ma vie n'était pas du tout ce à quoi je m'attendais. Je pensais plutôt à un meurtre sordide… Là, c'est tout autre chose. Un torrent d'émotions contradictoires monte en moi. J'inspire profondément, essayant de reprendre mes esprits. Quand enfin je parviens à intégrer l'information, j'entends Clayton reprendre.

— Je sais que c'est toujours douloureux pour toi… Mais là, tu es le seul à pouvoir nous aider.

— Comment pourrais-je t'être utile, alors que l'enquête sur Ezickel n'a jamais été résolue ? dis-je d'une voix tremblante.

Mon ton vacille. Je suis fébrile, incapable de maîtriser mes émotions quand il s'agit de cette affaire. C'est une cicatrice ouverte, une part sombre de moi que je n'ai jamais pu refermer. Elle m'a changé pour toujours, m'empêchant de redevenir celui que j'étais.

— Je sais… Mais cette fois, c'est différent. C'est toi qui pourrais retrouver le coupable, et peut-être qu'en élucidant cette affaire, tu pourras résoudre la tienne aussi.

— Vingt-cinq ans d'impasse, je ne vois pas comment ça changerait du jour au lendemain.

— Qu'est-ce que tu as à perdre ?

— Le peu d'optimisme qu'il me reste si on échoue.

Un soupir se fait entendre à l'autre bout du fil. Clayton reste silencieux. Je me doute qu'il regrette déjà d'avoir remué le couteau dans la plaie. Pourtant, je ne peux m'empêcher de sentir une lueur d'espoir. Après tout, il a peut-être raison. Si cette enquête aboutit, alors peut-être que je retrouverai aussi une part de mon passé. Tout ce que je pourrais perdre en participant, c'est ce maigre espoir de retrouver mon frère un jour.

— Qu'est-ce que vous avez jusqu'ici ? finis-je par demander, curieux malgré moi.

— Rien… Absolument rien. Pas d'empreintes, pas d'ADN, pas de traces de pneus… Rien du tout. C'est comme si…

— Comme si le jumeau s'était volatilisé, je termine sa phrase.

— Exactement… Comme…

— Comme il y a vingt-cinq ans. Je le coupe une nouvelle fois, partageant ses pensées.

— Comment est-ce possible ? C'est totalement fou… Il a bien dû faire une erreur à un moment donné, non ? Quelqu'un a bien dû l'apercevoir ?

C'est exactement ce qui s'était passé vingt-cinq ans plus tôt. Pas de traces, rien. Mon frère avait simplement disparu, ainsi que deux autres enfants. La police avait enquêté sans relâche. Un flic s'était même suicidé sous la pression des médias, mais rien n'avait pu mener au ravisseur. On l'avait surnommé « le kidnappeur fantôme » dans les journaux. Entendre à nouveau ce nom fait remonter des souvenirs douloureux. Mais je ne peux qu'être d'accord avec ce surnom.

Je ne réponds rien. Après quelques minutes de silence, je raccroche, marquant la fin de la conversation. Mon regard reste perdu dans le vide. Tout ce que j'ai toujours tenté de refouler refait surface avec une intensité que je n'avais pas anticipée. La disparition de mon frère jumeau a été la pire épreuve de ma vie. Depuis ce jour, je vis avec un vide immense, une absence qui me ronge chaque jour. Ce n'est pas qu'une impression, c'est bien réel. Il me manque une partie de moi-même, ma raison de respirer. Pas un seul jour ne passe sans que je pense à Ezickel, sans que je me demande s'il est encore là, quelque part.

Ezickel était mon oxygène. Le jour où on me l'a enlevé, je n'ai plus jamais été le même. C'est à ce moment-là que j'ai commencé à me détacher des autres, par peur de perdre à nouveau quelqu'un que j'aime profondément. Avec Clayton, c'est différent. Lui, il est entré dans ma vie avant que tout bascule, avant la disparition d'Ezickel. C'est pour ça que notre lien est aussi fort. Il a toujours été là, et je ne peux pas m'empêcher de m'inquiéter pour lui en permanence. J'ai peur qu'il lui arrive quelque chose pendant une de ses interventions, qu'il soit blessé, ou pire. Si je devais le perdre, je ne m'en remettrais pas. Clayton a été celui qui m'a soutenu dans les moments les plus sombres, celui qui m'a relevé quand je touchais le fond.

Je me souviens encore de ces nuits où il faisait des cauchemars après qu'il ait été blessé. J'étais là ce soir-là, impuissant, et je n'ai pas quitté son chevet un seul instant.

Quant à Ezickel, malgré les conclusions de la police, je refuse de croire qu'il est mort. Je ne peux pas m'y résoudre. Rien que l'idée me rend malade. Et puis, il y a ce lien particulier entre nous, ce lien de jumeaux. Parfois, j'ai l'impression de ressentir ses émotions, comme s'il était encore là, quelque part. On m'a souvent pris pour un fou à cause de ça, mais mes recherches m'ont conforté dans cette idée. J'ai découvert que les jumeaux peuvent, malgré la distance, ressentir intensément les émotions de l'autre. Alors, chaque fois que je ressens quelque chose qui ne m'appartient pas, je sais que c'est Ezickel. Pour moi, il est toujours vivant. Je le sens.

Je ne suis pas sûr que cette nouvelle enquête pourra vraiment m'aider, mais Clayton a besoin de moi. Alors, même si l'idée de replonger dans cette douleur me semble insurmontable, je ne vais pas le laisser tomber. Je vais l'aider du mieux que je peux. Je prends une profonde inspiration, éteins la télévision et allume mon ordinateur portable. Je dois commencer par noter les informations que j'ai déjà, voir si elles correspondent à l'affaire d'Ezickel, s'il y a des similitudes. Mais face à la page blanche qui s'affiche devant moi, je me sens paralysé. Comment pourrais-je écrire quoi que ce soit sur quelqu'un d'invisible ? Sur un ravisseur qui n'a jamais laissé la moindre trace derrière lui, ni pour Ezickel, ni pour ces nouveaux jumeaux…

Les éléments sont rares, mais je commence à établir des correspondances. Encore une fois, des jumeaux sont au cœur de l'affaire. Ça me frappe de plein fouet. Puis, il y a cette manière dont l'enlèvement s'est déroulé, comme autrefois : aucun indice, aucune empreinte, aucun témoin. Le kidnappeur n'a laissé que du vide, du néant. Je passe mes mains sur mon visage en soupirant. Comment pourrais-je aider Clayton alors que je n'ai rien ? Enquêter sans aucun éléments, c'est comme essayer de retenir de l'eau entre ses doigts. Complètement inutile. Peut-être ai-je été trop enthousiaste à l'idée de lui prêter main forte. Ou peut-être que, malgré moi, je garde encore trop d'espoir de retrouver Ezickel, même après tout ce temps.

L'espoir, c'est tout ce qu'il me reste. C'est cet espoir qui fait encore battre mon cœur, qui me pousse à avancer malgré tout. Parfois, une petite lueur éclaire les recoins les plus sombres de mon être, et je me dis que, peut-être, je retrouverai un jour mon frère.

CHAPITRE DEUX

Je n'ai pas beaucoup dormi cette nuit-là. J'ai travaillé tard, épuisant chaque piste, espérant trouver une brèche, une réponse. Mais encore une fois, je me retrouve face à un mur. Le peu de sommeil que j'ai eu n'a servi à rien. Mes rêves, ou plutôt mes cauchemars, m'ont torturé jusqu'au matin. Vers huit heures, c'est la sonnerie perçante de mon téléphone qui me sort brutalement de cet état comateux. À moitié endormi, je tâtonne sur la table de chevet à la recherche du responsable de ce réveil brutal. Comme d'habitude, je ne vérifie pas qui appelle avant de décrocher.

— Oui ? je lance d'un ton froid, encore englué dans le sommeil.

— Bonjour, monsieur Evans.

Cette voix ne me dit rien, pourtant, un frisson me traverse. Mon instinct prend le dessus. Je me redresse d'un coup, comme si un danger invisible venait de me toucher.

— Ou peut-être devrais-je dire... monsieur Carter ?

Mon sang se glace.

— Qui êtes-vous ? je rétorque, la colère et l'inquiétude se mêlant dans ma voix.

Personne ne connaît mon véritable nom. Enfin, presque personne. Depuis la disparition d'Ezickel, ma famille et moi avons déménagé à l'autre bout du pays pour fuir les regards et la pression. Et dès que j'ai pu, j'ai changé de nom. Aujourd'hui, seuls quelques proches savent : Clayton, mon ex, et son frère. Alors, comment cet inconnu peut-il être au courant ? Mon cœur s'emballe à l'idée qu'il soit lié à mon passé.

— Je suis Brian McLyne, le journaliste qui vous a interviewé quand vous étiez enfant. J'ai entendu parler de ce nouvel enlèvement, c'est le même mode opératoire qu'il y a vingt-cinq ans. J'aimerais savoir ce que vous en pensez.

Cette voix, ces mots… Tout remonte à la surface.

— Vous ne trouvez pas que vous avez fait assez de dégâts à l'époque ? Je n'ai rien à vous dire, laissez-moi tranquille, je réponds, serrant le téléphone, ma voix tremblante de colère.

— Votre mère m'avait prévenu que vous seriez difficile à joindre. Après tout, n'est-ce pas de votre faute si votre frère demeure introuvable ?

La gifle est brutale. Mon cœur s'arrête un instant. Qui est cet homme pour m'accuser ? Comment peut-il se permettre de dire ça, comme si je ne me le reprochais pas déjà chaque jour ? Comme si cette culpabilité ne me rongeait pas, ne me hantait pas, ne me détruisait pas un peu plus à chaque seconde. Il sait très bien ce qu'il fait. Il a brisé ma famille il y a des années, il a mis en lumière notre souffrance pour en faire un spectacle médiatique.

Mais pas cette fois. Je ne suis plus cet enfant manipulé et vulnérable. Aujourd'hui, je suis adulte, et je ne lui laisserai plus le pouvoir de me détruire.

— N'est-ce pas plutôt vous qui avez exploité un gosse ? Si je me souviens bien, ça vous a coûté une suspension. Et si je n'avais aucun moyen de vous tenir tête à l'époque, les choses ont bien changé. Alors, je vous conseille vivement d'aller vous faire foutre. Bien cordialement.

Je raccroche avant qu'il ne puisse dire quoi que ce soit d'autre. Le téléphone claque contre la table de chevet, mes mains tremblent encore. Je viens de le menacer ouvertement ? Oui. Est-ce que je le regrette ? Absolument pas.

Je ne laisserai pas ce type raviver la culpabilité qui m'étouffe depuis si longtemps. Celle qui, chaque jour, me ronge un peu plus. Celle qui m'a presque conduit à mettre fin à tout ça, plus d'une fois. McLyne avait déjà du sang sur les mains avec son acharnement médiatique. Un flic s'était suicidé à cause de la pression qu'il avait mise sur l'enquête à l'époque, et il n'avait même pas flanché. Il recommence, sans se soucier des conséquences, des vies qu'il continue de briser.

Mais moi, je ne me laisserai pas briser. Pas encore.

Je me demande un instant comment ma mère a pu avoir mes coordonnées, et surtout, comment a-t-elle osé les donner à cet homme, celui qui a tout bousillé. Je ne la comprendrai jamais. Cela fait longtemps que nous ne sommes plus sur la même longueur d'onde. En fait, l'avons-nous seulement été un jour ? J'ai quitté ma famille dès mon premier salaire. Je ne pouvais plus supporter la culpabilité que mes géniteurs plaçaient constamment sur mes épaules. Je me sens déjà coupable de ce qui est arrivé, pas besoin qu'eux s'y mettent aussi. Rien ne tourne rond chez les Carter.

À cinq ans, j'aurais eu besoin d'être soutenu, pas accusé. Comment des parents peuvent-ils tenir leur propre fils responsable de la disparition de son frère ? N'est-ce pas eux, les coupables ? Ma mère, pour avoir détourné les yeux quelques instants, ou mon père, qui n'était jamais là ? Les voisins, qui n'ont rien vu, ou la police, incapable de retrouver le criminel et qui a fini par classer l'affaire sans suite ? Non, le seul coupable, c'est celui qui a enlevé Ezickel. Mais avec le temps, ma haine s'est retournée contre ceux qui m'ont élevé.

Je tente de me concentrer, de faire abstraction de cet appel, mais je sais qu'il va me hanter encore longtemps. Je me lève de la chaise, essuie la bave qui a coulé pendant que je m'étais assoupi, et je rassemble les feuilles éparpillées autour de moi. Elles finiront dans une pochette que j'ai dédiée à ma traque du ravisseur. Je ferme mon ordinateur portable d'un geste vif. J'ai besoin de me réveiller, de remettre de l'ordre dans mes idées. Une douche devrait m'aider.

En quelques minutes, je suis prêt. Habillé, coiffé, parfumé. Mais comme je ne suis pas du matin, je prends le temps de me faire un café bien noir, indispensable pour que je sois un minimum fonctionnel, avant de partir. Une fois ma tasse vidée, je m'empare de mes clés et quitte l'appartement. Ma voiture est garée juste en face, ça m'arrange. J'ai bossé dur pour m'offrir cette Camaro noire de 2011. Certains diraient qu'elle reflète bien mon âme sombre, un peu comme une marque de fabrication, exactement comme ma veste. Peut-être qu'ils ont raison, mais peu importe. Je l'adore, cette bagnole. Plus que certains êtres humains, pour être honnête.

Je n'ai pas mis longtemps à arriver au commissariat. Je me gare à côté de la voiture de Clayton, puis je descends de ma Camaro et entre dans le bâtiment. Comme d'habitude, personne ne fait attention à moi. Je travaille toujours dans l'ombre, aux côtés de Clayton, et je n'ai jamais cherché à être reconnu. C'est donc un peu surprenant qu'aucun agent ne m'arrête en chemin. Je prends la direction du bureau de mon meilleur ami, la démarche assurée, et comme d'habitude, je ne frappe pas pour entrer. Sauf que cette fois, je ne m'attendais pas à trouver quelqu'un avec lui.

Une brune aux longs cheveux et aux yeux noirs, profonds, me fixe un instant. Je fronce les sourcils.

— Salut, Sam ! lance Clayton, comme si ma présence était parfaitement normale.

— C'est lui, Sammaël ? demande la femme, d'un ton sceptique.

— Désolé de vous décevoir, je rétorque froidement, me sentant immédiatement agressé par son attitude.

— Peu importe, répond-elle sèchement. On m'a dit que vous étiez le meilleur informaticien et qu'on n'avait pas d'autre choix que de travailler avec vous. Bien que, pour être honnête, je ne sois pas convaincue.

— Vous m'envoyez ravie, je réplique avec ironie.

— Sam, je te présente Eriven. Eriven, voici Sam, intervient Clayton, essayant visiblement de détendre l'atmosphère.

— Super, je lance avec sarcasme.

— Si ça ne vous plaît pas, vous pouvez toujours repartir, s'agace Eriven.

— Je ne suis pas là pour vous, je coupe sèchement.

Clayton nous regarde tour à tour, silencieux. Deux fortes têtes dans une même pièce. Est-ce qu'il survivra à cette collaboration ?

Je savais déjà que je n'allais pas apprécier Eriven. Elle m'avait jugé à peine avais-je franchi la porte. C'est exactement ce que je déteste. Je me désintéresse aussitôt d'elle pour reporter mon attention sur Clayton, qui semble amusé par la situation.

— Au lieu de te marrer en nous regardant nous engueuler, tu as quelque chose pour moi ? je demande, légèrement irrité.

— Eh bien, on sait que la famille n'a reçu aucune demande de rançon pour l'enfant, commence-t-il.

— Quel âge ?

— Cinq ans...

Cinq ans... C'était l'âge qu'avait Ezickel quand il a disparu. Une coïncidence ? Trop troublant.

— Je trouve que c'est un peu gros pour que le kidnappeur soit quelqu'un d'autre que celui de la dernière fois, dis-je en plissant les yeux.

— Pourquoi avoir attendu vingt-cinq ans avant de réapparaître ? intervient Eriven d'un ton sceptique.

— Peut-être qu'il n'a pas attendu. Il a peut-être agi ailleurs... réfléchit Clayton à voix haute. Sam', tu pourrais...

— Faire le lien. C'est déjà fait. Et non, il n'a pas frappé en dehors des États-Unis, je le coupe.

— Et personne n'a trouvé la moindre trace ? demande Eriven, étonnée.

— Rien, nada. Ce mec est un fantôme.

Un silence s'installe, le temps qu'elle réfléchisse.

— Peut-être qu'on devrait se pencher sur les autres affaires récentes aux États-Unis. On pourrait trouver un lien ou au moins essayer de deviner où il va frapper ensuite.

— C'est une bonne idée, approuve Clayton. Eriven, occupe-toi de contacter les États concernés. Sam', toi, essaie de déterminer où il frappera la prochaine fois. Il doit y avoir un schéma. Tu pourras t'y atteler dès qu'on aura les infos d'Eriven.

— Ouais, dis-je distraitement.

— Vous êtes vraiment impolis, lance Eriven avec indignation.

— Pardon, Votre Altesse. Oui, Monsieur Sullivan, je me charge de votre demande, rétorque-je avec un sarcasme appuyé qui arrache un rire à Clayton.

— Et vous le laissez me parler ainsi ? s'exclame-t-elle, visiblement outrée.

— C'est mon meilleur ami depuis des années, agent Bridge, répond Clayton, imperturbable.

Je tique en entendant son nom de famille. Bridge... Ça me dit quelque chose. Je fouille dans ma mémoire avant que la pièce ne tombe.

— C'était votre père, murmuré-je, réalisant soudain.

— Pardon ? réplique Eriven, perplexe.

— La personne en charge de l'affaire Carter, c'était votre père. L'homme que les journalistes ont...

— Poussé au suicide, coupe-t-elle brutalement. Oui, c'était lui.

Tout devient plus clair. Je comprends mieux pourquoi elle semble prendre cette affaire autant à cœur. Elle cherche à retrouver l'homme qui a indirectement causé la mort de son père. Je peux la comprendre. Je suis dans le même cas, à la recherche de celui qui m'a volé mon frère.

— Je suis désolé, dis-je sincèrement.

— Vous n'y êtes pour rien, vous n'étiez qu'un enfant. Qu'est-ce qu'on peut attendre d'un gamin traumatisé ? répond-elle d'un ton calme.

Sa réponse me surprend. Elle semble déjà se douter de qui je suis. Je lance un regard à Clayton, qui se contente de hausser les épaules, toujours aussi détaché. Je reporte mon attention sur Eriven.

— Comment vous... ?

— Vous n'êtes pas le seul à savoir où chercher. Votre implication soudaine dans l'enquête est un bon indice. Vous nous avez souvent aidés, mais on n'avait jamais vu votre visage. Il est clair que cette affaire vous touche personnellement. Vous êtes Sammaël Carter, non ?

Je grogne à l'entente de mon nom de famille.

— Evans, je corrige.

— Évidemment, Monsieur Evans, dit-elle avec un petit sourire.

Je commence à parler quand je suis interrompu par une soudaine réalisation.

— Salopard, je lâche à l'intention de Clayton.

Ce n'est pas vraiment une insulte, mais plutôt un constat amusé. Mais Eriven, elle, est choquée.

— C'est une enquête capitale, et qui de mieux placé que des personnes concernées pour la résoudre ? répond mon ami, feignant l'innocence.

— Espèce de manipulateur, je réplique en secouant la tête.

— Oh, allez. Tu aurais fait exactement la même chose. Et puis, avec mon visage d'ange, comment veux-tu me résister ? Il bat des cils, exagérant son air innocent.

— Je ne suis plus du tout, intervient Eriven, perdue.

— Ton boss ici présent voulait qu'on collabore, car il savait qu'on avait un passé commun. Il se doutait qu'on finirait par s'en apercevoir, c'est pour ça qu'il t'a appelé par ton nom de famille. Je lui explique.

Eriven jette un regard étrange à Clayton, puis hausse les épaules.

— Peu importe. J'ai des appels à passer. Si vous voulez bien m'excuser, dit-elle avant de quitter la pièce.

Une fois seuls, je m'installe face à Clayton, mon esprit encore embrouillé par tout ce que je viens d'apprendre. Peut-être qu'Eriven et moi, on n'est pas si différents finalement.

— Elle t'a tapé dans l'œil, la petite, me taquine-t-il.

— N'importe quoi. Tu veux bien te reconcentrer sur l'enquête ? Hier soir, tu m'as dit que c'était la plus grosse affaire de ta carrière, donc autant la résoudre, je lui rappelle.

— Écoute, je sais que je t'ai impliqué personnellement dans cette histoire, mais si tu penses que c'est trop dur pour toi, n'hésite pas...

— Ferme-la. J'ai l'occasion de coincer l'ordure qui m'a volé mon frère. Tu crois vraiment que je vais laisser passer ça ?

Je ne m'attends pas à retrouver Ezickel à travers cette enquête. Ce que je veux, c'est traquer le salop qui détruit des familles. Peut-être que ça m'apportera des réponses. Mais surtout, je veux l'empêcher de faire plus de mal. Je n'ai aucune idée de ce que je ferai si je me retrouve face à ce type. Je vais m'impliquer à fond dans cette affaire, et j'obtiendrai la vérité. Je ne laisserai plus de familles souffrir à cause de lui. D'ailleurs, est-on sûr que ce soit un homme ? Après tout, personne ne l'a jamais vu…

CHAPITRE TROIS

Nous avions passé des heures, Clayton et moi, à éplucher chaque détail, chaque fichier, chaque hypothèse. Pourtant, tout nous échappait. Aucune piste. Rien. Le néant. Clayton se masse l'arête du nez, visiblement épuisé, mais je sais qu'il ne lâchera rien. Comme moi, il était resté plus longtemps qu'il ne l'avait prévu, fouillant inlassablement sur Internet.

— Je pense que tu devrais rentrer, tu as l'air crevé, dis-je, sans quitter des yeux l'écran de mon ordinateur.

— Si je ne résous pas cette affaire, je serais rétrogradé... C'est ma mission test et...

— Je sais, mais s'ils t'ont confié cette affaire, c'est que ton supérieur te craint, répondis-je, d'un ton détaché.

— Il ne m'aime pas vraiment… Il aurait préféré quelqu'un d'autre, mais il n'y avait personne de qualifié à part moi… Mais le fait de me donner une enquête impossible prouve peut-être qu'il avait raison sur mon compte. Peut-être que je ne suis pas digne de confiance, et que...

— La ferme, Clayton, on sait tous les deux que c'est faux, je coupe, agacé par ses doutes.

Je ferme brusquement mon ordinateur, me concentrant enfin totalement sur mon ami. Je connais bien son patron, et je ne comprends pas son acharnement sur Clayton. Surtout qu'il n'était pas du genre à juger les gens. Ça me révolte de le voir dans cet état, rabaissé à ce point.

— Et s'il avait rai...

— Si tu finis cette phrase, je te jure que je te balance dans le broyeur du troisième, je menace, sérieusement.

— Sam'… Sois réaliste... Cette enquête... Elle est impossible…

Je vois le désespoir dans ses yeux, la fatigue et la frustration accumulées. Il avait cru qu'avec la technologie actuelle, tout serait plus simple, mais il se rendait compte que parfois, la technologie ne suffit pas.

Je prends une profonde inspiration avant de reprendre, plus calmement, mais avec une gravité qui ne laisse place à aucune objection.

— Écoute-moi bien. Il est hors de question que tu laisses ce connard te faire douter de toi. C'est exactement ce qu'il veut. Toi, tu es l'homme qui a relevé des défis impossibles. Alors ouais, peut-être que tu ne pourras pas résoudre mon affaire. Mais pour ce gosse, je sais que tu vas tout donner, parce que tu es la personne la plus brillante que je connaisse. Et franchement, je ne comprends toujours pas pourquoi tu tiens à m'avoir à tes côtés, parce qu'on sait tous les deux que tu es le meilleur d'entre nous. Mais ce que je t'interdis, c'est de douter de toi. T'es le meilleur. Ton patron te donne cette mission parce qu'il ne peut pas la résoudre lui-même. Il préfère croire que c'est l'affaire qui est impossible, plutôt que d'admettre qu'il est incompétent. Maintenant, tu te lèves de cette foutue chaise, tu rentres chez toi, tu prends une douche - parce que franchement, tu pues - et tu dors. Demain matin, 8 heures, tu seras ici.

En disant cela, je lui enfile sa veste de force et le pousse doucement vers la sortie, sans lui laisser le temps de protester. Je lui claque la porte au nez.

Je sais qu'il n'oserait pas discuter. Clayton est fatigué, physiquement et mentalement, et il a besoin de repos pour penser clairement. Il reviendra demain, plus déterminé que jamais.

Une fois seul, je réfléchis à tout ce que je viens de dire. Je n'aime pas critiquer les gens, surtout ceux que je connais et que j'apprécie de surcroît. Mais il faut que je tire cette affaire au clair avec son patron. Quelque chose n'allait pas, et ça affecte Clayton bien plus que je ne l'ai imaginé. S'il continue à douter de lui à cause de cet imbécile, ça ne se terminerait pas bien. Je dois redonner confiance à mon ami, coûte que coûte.

Je ne peux pas laisser le supérieur de Clayton gagner. Il ne réussirait pas à le briser, pas tant que je serais là. Depuis des années, je me suis juré de toujours veiller sur mon meilleur ami, comme il l'avait fait pour moi. Et cette promesse, je n'allais pas la trahir. Je me réinstalle à son bureau, déterminé à reprendre là où nous nous étions arrêtés. Je fouille encore dans les archives, dans l'espoir de dénicher le moindre indice, même infime. Mais rien, le néant. Deux heures s'étaient écoulées, et chaque recherche me ramène à la case départ.

La fatigue commence à m'envahir. Mes yeux brûlent d'avoir scruté les écrans trop longtemps. Je baille dans ma manche, résigné à l'idée qu'il me faudrait faire une pause. C'est alors que la porte s'ouvre brusquement, me faisant presque sursauter.

— J'ai peut-être un truc ! lança Eriven en entrant, telle une tornade.

Son arrivée a au moins le mérite de me sortir de ma torpeur. Je me redresse, prouvant que je suis à nouveau concentré. Elle, en revanche, remarque immédiatement l'absence de Clayton.

— Où est Monsieur Sullivan ? demande-t-elle, un peu hésitante.

— Il est rentré, il était épuisé. Mais je t'écoute.

Sans se formaliser davantage, elle s'installe en face de moi et me tend sa tablette.

— Il semblerait que notre ravisseur ait frappé à New York il y a quelque temps. Le FBI est sur l'enquête, mais, tout comme nous, ils...

— New York, tu dis ? Et après ça, Los Angeles ?

Elle fronce les sourcils, visiblement surprise.

— Oui... Comment le savez-vous ?

Je lui montre un vieux plan que nous avions consulté plus tôt dans la journée. Vingt-cinq ans plus tôt, le kidnappeur commence par Los Angeles avant de frapper à New York. Cette fois, c'est l'inverse, mais les villes restent les mêmes. Une conclusion s'impose d'elle-même : la prochaine destination probable est Toronto.

— Les destinations sont identiques, mais il a inversé l'ordre, dis-je en traçant du doigt les villes sur le plan. Donc, si on suit ce schéma, il devrait frapper à Toronto. La question, c'est : où exactement ?

— Comment en être sûrs ? demande Eriven, une lueur de réflexion dans les yeux.

— On ne le sait pas encore. C'est trop tôt, mais au moins, on a une piste, miss Bridge. Il faut qu'on continue à creuser.

Elle me sourit, et je sens quelque chose en moi vaciller. Un frisson me parcourt, une sensation étrange que je n'arrive pas à contrôler. Sa proximité me trouble plus que je ne voudrais l'admettre. J'essaie de repousser cette distraction et me force à me concentre à nouveau sur l'enquête.

— Le FBI souhaite collaborer avec nous, ou plutôt avec l'équipe qui est en charge de l'enquête, reprend-elle, brisant le silence. Que dois-je leur dire ?

— Je m'en occupe.

— Guerreso ne sera pas d'accord. Vous le savez, non ?

Je lui réponds avec un sourire en coin.

— J'en fais mon affaire.

Ce sourire, c'était la preuve que j'avais un atout concernant Guerreso. Tous ignoraient que je le connais et ça me donne un petit avantage. Eriven, quant à elle, ne cherche pas à en savoir plus. Elle quitte le bureau sans demander son reste.

Je savais que ma prochaine conversation avec Guerreso ne serait pas simple, mais c'était l'occasion parfaite pour obtenir ce que je voulais. Il me reste des questions à lui poser, et c'était le bon moment pour lui imposer la présence du FBI. Qu'il soit d'accord ou non, ça ne changerait rien. Cette affaire était bien trop importante pour que des querelles internes viennent la compliquer.

Je quitte le bureau de mon meilleur ami et me dirige naturellement vers l'ascenseur. J'appuie sur le bouton du cinquième étage et attends que les portes se referment. Quelques instants plus tard, j'arrive. Je sors de la cabine et me dirige vers le bureau de Guerreso. J'entre sans qu'il me voie. Quand il m'aperçoit enfin, il sursaute violemment.

— Sammaël Evans, que puis-je faire pour toi ? me demande le directeur, après s'être remis de sa stupeur. D'ailleurs, je te rappelle que tu dois frapper avant d'entrer.

— Allons, on sait tous les deux que tu préfères les surprises, répliqué-je avec un sourire en coin.

Je m'installe nonchalamment dans le fauteuil en face de lui. Une lueur d'intérêt traverse son regard.

— Quelque chose me dit que tu n'es pas là pour qu'on parle du bon vieux temps.

— Effectivement. Je te rappelle que je t'ai sauvé les miches dans l'affaire Sandy Millers, alors j'ai besoin d'un service en contrepartie, dis-je en le fixant.

Il esquisse un sourire, se doutant que ma demande ne serait pas anodine.

— Comment pourrais-je oublier ? Évidemment, je me doutais bien que ça ne serait pas gratuit.

Je le vois s'approcher lentement de moi, presque sournoisement, et il pose une main sur mon épaule dans un geste qui se veut caressant. Une sensation de malaise me traverse, et je me dégage rapidement.

— Je ne te parle pas de sexe, je précise d'une voix froide.

— Je préférais tout de même tenter... murmure-t-il, amusé.

— C'est de bonne guerre. Je ne sais pas pourquoi tu ne peux pas blairer Clayton, dis-je en fronçant les sourcils. C'est un mec super, et je ne te laisserai pas détruire sa carrière. Tu sais que je suis capable du pire quand on s'en prend à lui. Autant ne pas tester le pire, justement.

Je sens la menace dans ma voix, et lui aussi. Ses yeux s'écarquillent légèrement, mais il garde son sang-froid.

— J'aime beaucoup Clayton, il bosse bien, répond Guerreso, visiblement surpris par mon accusation.

— Ce n'est pas l'impression que tu donnes.

— Je ne vais pas montrer qu'il est dans mes bottes, beaucoup pourraient se retourner contre lui, explique-t-il avec un calme calculé.

Je le regarde en silence, les bras croisés, attendant la suite.

— Il a clairement stipulé, lorsque je l'ai embauché, que sa motivation première était de retrouver le responsable qui a détruit la vie de son meilleur ami. Je lui donne cette chance.

— Et le menacer de le rétrograder ? dis-je en fronçant les sourcils.

— Sam ! Tu sais parfaitement que c'est une motivation plus grande pour lui ! Je te le répète, je ne ferai rien pour lui nuire ! Je ne me suis pas mouillé pour lui pour l'enfoncer à la première occasion ! s'indigne-t-il, son ton montant d'un cran.

Je soutiens son regard quelques secondes avant de lâcher un soupir. Guerreso s'éloigne finalement de moi et se dirige vers la fenêtre, regardant la ville s'illuminer à mesure que la nuit tombe.

— Le FBI travaille sur une enquête similaire à New York, dis-je pour recentrer la conversation. Ils débarquent dans quelques jours.

— Très bien, mais je ne comprends toujours pas quel est mon rôle là-dedans, répond-il sans se retourner.

— Débrouille-toi pour que ce soit l'équipe de Jones qui s'occupe de cette affaire, dis-je calmement.

Le chef de la police reste un instant pantois avant de tourner son regard ambré vers moi.

— Austin Jones ? Tu sais parfaitement que son frère suivra, pas vrai ? me demande-t-il, ses yeux plissés.

— Bien sûr que j'en ai conscience, je réplique sans détour.

— Pourquoi maintenant ? reprend-il, plus inquiet.

— J'ai l'occasion de retrouver l'homme qui m'a volé mon frère. Tu crois que je vais rester planté là sans rien faire ?

— Et les conséquences ? Tu es prêt à tout pour résoudre cette enquête, je le sais, mais à quel prix, Sam ? À quel putain de prix ?! Je ne veux pas revoir le Sam d'autrefois, pas encore une fois... Et je pense que Sullivan non plus !

Son ton est grave, mais je garde la tête haute.

— Je ne suis plus le Sam manipulable, je murmure avec fermeté.

— Pourtant, tu sais que face à Cameron, tu ne sais pas résister, pas autant que tu crois.

Je ressens le coup comme un choc. Il le sait, oui. Et moi aussi. Mais... si c'est le seul moyen de retrouver les enfants disparus ? Si c'est le seul moyen d'enfin tourner la page sur mon passé ? Alors, s'il faut en passer par là, je prendrai le risque. Mon regard déterminé suffit à convaincre Guerreso.

— J'espère au moins que tu sais ce que tu fais, dit-il enfin. Je ferai le nécessaire pour que ce soit l'équipe d'Austin.

— Bien, je réponds en me levant d'un bond, prêt à quitter le bureau.

— Sam'.

Je me retourne, surpris par son ton plus doux. Guerreso est maintenant à quelques centimètres de moi.

— Tu comptes lui dire un jour ? demande-t-il, ses yeux m'interrogeant avec une intensité inhabituelle.

— Je ne veux pas qu'il pense que c'est à cause de moi qu'il a eu le poste, je souffle.

— Ce n'est pas à cause de toi, mais grâce à toi. Tu sais parfaitement que plus tu attends, plus ce sera compliqué de lui dire la vérité.

Je soupire, le poids de ses paroles s'abattant sur moi.

— Je le sais, oui.

Je me doute bien qu'annoncer la vérité à Sullivan sera compliqué, car malgré les dires de Duncan, Clayton ne sera pas de cet avis. Pour le moment, je cherche toujours les bons mots pour lui expliquer. Cependant, l'enquête est plus importante.

Je sors, le sourire aux lèvres, avec la satisfaction d'avoir marqué un point. Le plus dur serait maintenant de faire avaler la pilule à Clayton, il n'allait pas être vraiment heureux de la nouvelle. Mais avant cela, j'ai besoin de me reposer un peu. Ce qui ne va pas être facile, car je ne peux pas m'empêcher de penser à Eriven que je trouve magnifique, et d'un autre côté, mon ex accapare également mes pensées... L'espace d'un instant, je me demande si j'ai fait le bon choix.

CHAPITRE QUATRE

Je rejoins à nouveau le bureau de mon meilleur ami. J'utilise le tableau blanc pour mettre en ordre mes idées. Je dois les regrouper soigneusement pour établir des liens solides.

Je travaille de longues heures sur ce dossier, si bien que je finis par m'assoupir sur la chaise, la tête en arrière, les pieds sur la table. Je ne me sens pas glisser dans les bras de Morphée. Je dors à poings fermés lorsque la porte s'ouvre avec fracas, me faisant sursauter et tomber dans un bruit sourd. Mon cœur bat la chamade, tant la brutalité du réveil est rude.

— Mon Dieu ! Je suis désolé ! Sam ! Tu vas bien ?

Clayton s'est précipité vers moi, alors que je me relève difficilement. Je me frotte l'arrière de la tête, émergeant à peine. Mes yeux sont encore imbibés de sommeil.

— Je vais bien. Tu es toujours autant violent, je grogne de mauvaise humeur.

— Je suis désolé. Je pensais que tu étais rentré chez toi, s'excuse Clayton en m'aidant à me relever.

— Tu voulais surtout me tuer.

Clayton a un sourire navré avant de porter son regard sur le tableau rempli d'informations. Je capte la lueur d'espoir qui se met à scintiller. Les heures passées ici en valaient le coup. Je défroisse mes habits et m'approche de Clayton.

— Tu as trouvé une piste ?

— C'est ta brillante assistante qui l'a fait.

— Si tu es resté ici toute la nuit, c'est que tu as flairé quelque chose, dit-il, excité comme un enfant à qui on a promis une glace.

— Eh bien... Il semblerait que les enquêtes d'il y a plus de vingt ans et celles d'aujourd'hui aient un lien important. Il reproduit les mêmes schémas, dans un ordre différent, certes, mais si on suit le plan, il devrait frapper à Toronto dans quelques semaines.

Je me frotte les yeux pour chasser les restes de sommeil.

— Je vais me chercher un café.

Je ne laisse pas le temps à mon meilleur ami de répondre et quitte la pièce pour me rendre au distributeur. Je sais qu'il ne prendra rien tout de suite. J'introduis la monnaie dans la machine et sens quelqu'un me frôler. Cette personne s'appuie à l'appareil voisin. Je relève le regard pour croiser des yeux couleur nuit qui m'observent. L'odeur qui plane à côté de moi électrise tout mon être.

— Comment avez-vous fait pour convaincre monsieur Guerreso ? On sait tous les deux qu'il est intransigeant. Quel est donc votre secret ?

— Je sais me montrer persuasif quand cela est nécessaire, je réponds avec un sourire en coin avant de récupérer ma boisson. Tu veux quelque chose ?

— Non merci. Vous êtes plein de mystères, monsieur Evans, chuchote la jeune femme avant de s'éloigner vers le bureau de Clayton.

Je prends le temps de l'observer. Elle est belle. Son souffle résonne en moi, me procurant à nouveau des frissons. Je ne comprends pas ce que je ressens en sa présence. C'est comme si mon corps ne m'obéissait plus. J'ai déjà éprouvé cela dans le passé, et je me suis juré que ça ne se reproduirait plus. Pourtant, je dois me rendre à l'évidence : elle ne me laisse pas indifférent.

Je veux enterrer mes sentiments, je n'envisage plus jamais de tomber amoureux. La dernière fois que je l'ai fait, je me suis retrouvé le cœur en miettes, l'âme en peine, à détester tout le monde. Je ne recommencerais pas cette erreur. Je bois ma boisson avec plaisir, oubliant le reste l'espace d'un moment. Je jette ensuite le gobelet à la poubelle prévue à cet effet, et alors que j'allais m'éloigner, je remarque enfin la présence de Guerreso non loin de moi. Je le contemple un instant. Guerreso paraissait froid, inaccessible, immoral et intouchable... Pourtant, je sais qu'il ne s'agit que d'une facette. Je l'ai connu intimement. Parfois, je regrette que notre relation n'ait pas fonctionné ; tout était si simple avec lui.

Je suis sorti de mon observation par mon meilleur ami, qui me bloque la vue. Je penche la tête sur le côté puis me concentre sur le regard étrange du jeune Sullivan. Je ne comprends pas pourquoi Clayton s'est positionné ainsi devant moi.

— Je t'interdis de penser, ne serait-ce que de vouloir coucher avec lui !

Je lève les mains en l'air en signe d'innocence avant de me diriger vers le bureau de mon ami, Clayton sur mes talons. Si seulement Clayton sait que c'était déjà fait. Et surtout, à quel point j'ai eu l'impression de le trahir en le faisant. La culpabilité est un sentiment qui ne me quitte jamais...

— Sérieux, tu ne peux pas le trouver à ton goût ! Tu sais qui c'est ?

— Monsieur Sullivan, puis-je savoir de qui vous parlez ainsi ?

Le Sullivan en question se mit presque au garde-à-vous, faisant face à son supérieur, rouge écrevisse. Je reste nonchalant, assis sur le bureau, les mains dans mes poches. Je ne peux nier que la situation me fait rire intérieurement.

— On papotait sur toi, je réponds franchement.

— Sammaël Logan Evans ! s'indigne mon meilleur ami, ayant l'impression d'être trahi.

— Voyez-vous ça. Et puis-je savoir qui vous êtes pour vous permettre de me tutoyer de la sorte ?

— Monsieur Evans, il s'agit de notre responsable, dit Eriven tout bas.

— Oh... Mille excuses.

Non, je ne suis pas du tout désolé. Je défie le supérieur du regard. En fait, je m'amuse de la situation. D'ailleurs, le léger sourire en coin de Guerreso m'apprend que ce dernier s'en amuse tout autant. C'est ce que j'ai apprécié dans notre relation, l'autodérision, c'était notre mantra.

— Sam, s'il te plaît, chuchote-t-il. Je ne veux pas être licencié.

— Il n'en fera rien. Duncan et moi, on se connaît, et il sait que s'il te vire, je lui pète les deux jambes.

— Tu aurais dû choisir l'option théâtre, souffle Guerreso en levant les yeux au ciel. L'aide que tu m'as exigée débarque dans la journée. Tâche de ne pas le tuer.

Guerreso quitte la pièce aussi vite qu'il est venu, laissant Clayton, interrogateur. Ça aussi, c'était son truc : lâcher une bombe et s'en aller...

Ce dernier se retourne immédiatement vers moi, me demandant des comptes par le regard. Le moment de vérité est arrivé. J'ai repoussé l'échéance autant que possible, maintenant, j'allais devoir me justifier.

— Vous vous connaissez ?! Pourquoi est-ce que je ne suis au courant maintenant, putain ! Est-ce qu'il y a au moins quelqu'un que tu ne connais pas sur cette terre ?

— Oui. La nouvelle équipe d'Austin.

— Austin ? Quelle équipe ? Et c'est quoi cette aide demandée ? Et...

— Austin Jones, son équipe, au FBI de New York, je répète, lassé.

Clayton a du mal à assimiler mes propos. Mais une fois qu'il a compris, il ne peut s'empêcher de me donner un léger coup de poing dans l'épaule. Je prends un malin plaisir à faire tourner le jeune homme en bourrique. Néanmoins, je sais que Clayton ne va pas en rester là et que le quart d'heure suivant allait être mauvais pour moi. On peut facilement assimiler mon ton à de l'insolence. Voilà pourquoi j'ai eu beaucoup de soucis lorsque j'étais adolescent.

— Austin Jones ! Tu es sérieux ?

— Monsieur Sullivan, il est inutile de s'énerver de cette façon. C'est le meilleur agent du FBI qu'il y ait. Il est amplement qualifié pour le poste. me défend Eriven.

— Le problème n'est pas Austin, agent Bridge, non, le problème, c'est son connard de frère aîné.

Le ton froid de Clayton me surprend. Il ne s'adressait jamais ainsi à la jeune femme. Ses yeux lancent des éclairs. J'avais anticipé la colère de Sullivan, c'est pourquoi je ne lui avais pas parlé de mon plan. Je ne voulais pas l'agacer davantage. Je le laisse s'énerver, regardant mes ongles comme si cela ne m'atteins pas. Ce n'est pas le cas ; je ne suis pas sûr que cette idée sois la meilleure qui soit... Néanmoins, si le FBI pouvait nous épauler dans cette enquête, nous ne pouvions pas nous permettre de la refuser. De plus, j'adorais Austin, et ce dernier m'avait demandé de l'aide, alors j'avais fait ce qui me semblait juste.

— Son frère ? Quel est le problème avec lui ?

— Ce ne sont pas tes affaires, je crache froidement. Quant à toi, que ça te plaise ou pas, dis-je en pointant mon meilleur ami du doigt, nous allons devoir faire équipe avec Austin. Cela suppose indirectement de faire face à son frère. Mais dis-moi, tu vois une meilleure solution ?! Nous avons progressé, mais eux ont peut-être des éléments que nous n'avons pas. Alors, tu la fermes et tu acceptes.

Mes paroles sont aussi froides et coupantes que du papier. Cette décision avait été dure à prendre ; je me doute des conséquences, mais je sais qu'il fallait parfois se sacrifier pour pouvoir évoluer. Et je le ferais sans hésiter si ça pouvait faire avancer l'enquête. Je ne laisserais pas les états d'âme de Clayton tout gâcher. Nous avions besoin de cette aide. Et comme l'avait signalé Eriven, cette équipe était la meilleure.

Les paroles que j'avais prononcées vexèrent Eriven ; elle quitte le bureau sans rien dire. Je me pince les lèvres, réalisant que j'avais été trop loin avec la demoiselle. Toutefois, c'était mieux ainsi. Je ne veux pas m'attacher, encore. Il n'y a jamais rien de bon qui en sort. Mon seul dévouement que je ne regrette pas, c'est Clayton. J'ai conscience que mes mots pouvaient être blessants, surtout lorsque je suis énervé. Je ne le fais pas exprès, il faut que j'apprenne à me modérer.

Clayton se laisse tomber sur sa chaise avant de me regarder comme s'il ne me reconnaissait pas. Je soupire un instant ; j'ai l'impression que tout m'échappe déjà, alors que Cameron n'est pas encore présent. J'appréhende cette rencontre, je n'allais pas mentir. Néanmoins, je sais qu'Austin ne se déplacerait pas sans son frère. Je me demande bien comment Cameron va réagir en apprenant que c'est moi qui ai fait venir Austin. Je me pose beaucoup de questions. L'angoisse s'infiltre dans le moindre de mes pores. J'ai presque du mal à respirer. Je sens la crise de panique pointer, alors je quitte le bureau en silence pour aller m'isoler dans les toilettes. Je n'ai aucune envie que mon meilleur ami me voie ainsi. J'essaye de me calmer, mais les choses n'étaient jamais aussi simples. Parfois, les crises sont tellement puissantes qu'elles me laissent entièrement vide d'énergie.

CHAPITRE CINQ

Bureau du FBI, New York, le même jour.

Je suis Jayson, un garçon aux cheveux châtains et aux yeux bleu clair, si clairs qu'ils semblent pouvoir transporter n'importe qui. J'aime porter mes cheveux légèrement longs, avec un look coiffé-décoiffé qui me demande toujours beaucoup de temps dans la salle de bain, au grand désespoir de mon petit ami. Rien n'est jamais laissé au hasard, que ce soit pour ma crinière ou ma peau. Chaque détail compte.

Assis à mon bureau, je scrute l'enquête que j'ai reçue il y a quelques semaines. Aucune piste, aucun lien. C'est la plus grosse impasse de ma carrière, et un mal de crâne se profile à l'horizon. Mes yeux se fixent sur l'heure : midi. Il est peut-être temps que je songe à aller manger. Juste au moment où je m'apprête à quitter le bureau, une tête blonde fait irruption dans la pièce.

— J'ai une bonne nouvelle ! s'enthousiasme mon collègue et meilleur ami, Austin, avec un sourire qui illumine son visage.

— Je t'écoute.

— Los Angeles a une piste concernant notre enquête ! On doit y aller dans dix minutes.

— Quoi ? Non, ce n'est pas possible, il faut que je prépare mes valises, que je prévienne Cam…

— T'inquiète pas, Cam s'est occupé de tout, il est en bas à nous attendre.

Un frisson d'inquiétude m'envahit. La précipitation des événements me déroute. Je suis quelqu'un de très organisé, et être pris au dépourvu me fait sentir vulnérable. Avant que je puisse protester, Austin me tire par la manche, son enthousiasme est contagieux. Je comprends son désir de retourner à Los Angeles, mais pour moi, cette ville évoque des souvenirs que Cameron préfère laisser dans l'ombre.

Alors que je me dirige vers la sortie, une angoisse soudaine me submerge. Ma respiration se coupe, comme si une pression invisible m'étreignait la poitrine. Je me précipite aux toilettes, espérant retrouver mon calme. En me passant de l'eau sur le visage, je ressens la panique, comme une vague qui surgit des profondeurs de mes entrailles.

Ce n'est pas la première fois que cela m'arrive. Souvent, je ressens des émotions qui ne sont pas les miennes, comme si j'étais connecté à quelqu'un d'autre sans comprendre pourquoi. Ces crises d'angoisse surgissent sans raison, me frappant alors que tout va bien dans ma vie. Je n'en ai jamais parlé à Cameron ou Austin, et je parviens généralement à me contrôler.

Après quelques instants, le malaise s'évanouit aussi vite qu'il est apparu. Je me redresse, me donnant contenance, et rejoins Austin, déjà en bas.

Cameron est là aussi, et mon cœur s'emballe à son approche. Un mélange d'excitation et d'appréhension me saisit. Rien n'a changé depuis notre première rencontre ; je ressens toujours cette attraction irrésistible. Le taxi nous attend, prêt à nous emmener vers une enquête qui pourrait changer nos vies. La rapidité des préparatifs me laisse songeur, mais je ne peux m'empêcher de me demander comment Cameron réagira à cette opportunité.

J'embrasse Cameron avant de monter dans le taxi. Son baiser manque de passion, mais je sens sa tête se poser doucement sur mon épaule. Je regarde le paysage défiler, heureux de savoir que je participe à une enquête cruciale pour le FBI et la police de Los Angeles. Pour la première fois, j'ai l'impression d'être vraiment utile à quelqu'un.

Dana, notre scientifique, doit nous rejoindre là-bas. Elle est déjà à Los Angeles pour voir sa famille et mener des recherches pour notre mission. Elle a promis de nous retrouver sur place, après avoir pris un peu d'avance.

Le taxi s'arrête devant l'aéroport quelques minutes plus tard. Nous descendons, tirant nos bagages derrière nous, et marchons dans les couloirs menant à l'enregistrement et à notre porte d'embarquement. En cinq minutes, nous sommes déjà dans l'avion. Quand tout est organisé par le chef du FBI, les choses avancent vite.

Je jette un coup d'œil à Cameron, qui semble ailleurs. Il ne m'a pas dit un mot depuis que nous nous sommes vus. Je sens une tension entre lui et Austin, et je soupçonne qu'ils se sont disputés. Je ne m'immisce jamais dans leurs querelles, mais l'atmosphère est pesante.

— Tu étais obligé d'accepter cette coopération ? lâche Cameron, d'un ton froid.

— Tu sais parfaitement que oui ! C'est notre meilleur moyen de clore cette enquête !

— Et pourquoi pas la faire sous-traiter ? grogne-t-il.

— Guerreso nous voulait nous, pas des sous-traitants.

— Guerreso ? Le chef ? Pourquoi ?

— Cameron, arrête d'être aussi chiant. C'est quoi ton problème ?

— Tu sais que je déteste cette ville !

— Tu n'as aucune chance de le croiser...

— Croiser qui ? demande-je, intrigué par cette conversation.

— Mon ex.

Un silence lourd s'installe. Cameron ne parle jamais de son passé, et je n'ose pas poser de questions. Je ne veux pas le contrarier davantage. Chacun a le droit à son jardin secret, après tout. Je me demande tout de même si Guerreso est cet ex, car le ton de Cameron à ce sujet semble tranchant.

Le reste du vol se déroule dans un silence pesant, me mettant mal à l'aise. Même Austin, d'habitude si bavard, est muet. Pour tenter d'échapper à cette tension, je mets mes écouteurs et me laisse emporter par le sommeil, espérant que tout s'éclaircisse à notre arrivée.

Je me réveille doucement, tiré de mon sommeil par Cameron qui me secoue gentiment. Je sais que, dès que l'avion se posera, nous devrons filer directement au commissariat. J'aurais aimé prendre un moment pour nous installer à l'hôtel. L'avantage c'est que Cameron est aussi de la partie, son expertise de psychologue criminel sera précieuse pour cette enquête.

À peine atterris sur le tarmac, tout s'enchaîne rapidement. Nous prenons un taxi pour nous rendre au poste. Le trajet me semble court, mais une nervosité inexplicable me prend à l'idée de rencontrer cette nouvelle équipe. Est-ce que nous allons bien nous entendre ? Les relations humaines sont toujours un défi pour moi.

Nous arrivons devant le bâtiment, et je pousse la porte vitrée. L'accueil nous dirige immédiatement à l'étage que nous cherchons. À chaque pas, la tension monte en moi. Je commence à regretter le moment où Austin a annoncé que nous partions pour Los Angeles.

Devant le bureau de Guerreso, je frappe à la porte. Un « entrez » froid résonne, et nous pénétrons dans la pièce. Trois personnes nous attendent : deux hommes et une femme. Ils dégagent une telle assurance que je me sens soudain très petit.

— Bienvenue à Los Angeles, vous avez fait bon voyage ?

— Parfait. Par contre, peut-on m'expliquer ce que Sullivan fout ici ? lance Cameron avec une agressivité palpable.

Je me sens mal à l'aise. La réaction de mon petit ami n'aide pas à détendre l'atmosphère. Je sais qu'il a un passé compliqué ici, mais je ne pensais pas que cela ressortirait aussi vite. Est-ce que Sullivan est cet ex dont il parlait ?

— Monsieur Sullivan est en charge de l'enquête sur le kidnappeur, répond froidement l'individu que je suppose être Guerreso.

La tension est palpable, et je crains que la collaboration entre nos équipes ne soit pas de tout repos.

— Parfait, ironise Cameron. Manquerait plus qu'on me dise que son connard de meilleur ami est également de la partie. Un informaticien raté n'a certainement pas sa place dans un établissement aussi prestigieux que le vôtre.

Je sursaute lorsqu'une personne frôle mon épaule. Je ne l'avais pas vu arriver, et pourtant, j'ai une ouïe fine. Une odeur enivrante m'atteint, me rassurant instantanément. Je sens une étrange connexion avec l'homme qui se tient face à nous.

— Désolé de te décevoir, Jones, mais le connard de meilleur ami est de la partie.

Je suis frappé par la froideur de sa voix et sa répartie affolante. Je n'ai jamais osé tenir tête à Cameron, même quand il dépassait les bornes. Austin, qui était resté silencieux jusqu'ici, s'avance vers le nouvel arrivant. Je crains qu'il s'agisse d'une dispute, mais il s'approche pour lui donner une accolade. Ils se connaissent, apparemment.

— Traître de frère, gronde Cameron entre ses dents.

— Bien, laissez-moi faire les présentations, reprend Guerreso en désignant un blond. Voici Clayton, en charge de l'investigation et donc votre supérieur. Eriven, agent et enquêtrice hors pair. Et Sam, informaticien talentueux qui a permis de mettre beaucoup de gens en prison.

Je suis impressionné par leur confiance et leur détermination. Austin s'éloigne un peu pour retourner auprès de notre équipe, tandis que je me sens encore plus intimidé.

— Jayson, mon coéquipier, son atout, son ouïe très fine, qui permet de déceler le moindre individu dans un petit rayon.

Je sens mes joues s'empourprer sous le regard perçant de Sam.

— Cameron, le psy qui s'occupe généralement des traumatisés et de la psychologie criminelle, et Dana...

Austin n'a pas le temps de finir sa phrase qu'un grand éclat de rire résonne dans la pièce. Sam se marre, et je me demande pourquoi.

— Lui psy ? Oh non, là c'est vraiment le monde à l'envers.

— La ferme, Evans. Si tu n'es pas content, personne ne te retient, après tout, on sait que tu ne sers à rien dans cette enquête, tout comme tu ne sers à rien dans la vie.

Je remarque un mouvement de Clayton, prêt à intervenir, mais Sam le retient d'un geste ferme. Je suis perdu, réalisant que Cameron et Austin connaissent Clayton et Sam. Austin est en bons termes avec eux, mais mon petit ami, beaucoup moins. Je suis convaincu que l'ex de Cameron est ici, et mon intuition me dit que c'est Sam.

— Donc, je disais, Dana, qui est notre scientifique, reprend Austin, une fois les esprits calmés.

— Bien, maintenant que les présentations sont faites, avez-vous des questions ?

Les visages renfrognés autour de moi laissent penser que tout le monde veut quitter le bureau au plus vite. Personne ne répond à Guerreso.

— Dans ce cas, je vous laisse faire connaissance en dehors de mon bureau. Évitez de vous entre-tuer, s'il vous plaît.

CHAPITRE SIX

POV SAMMAËL

Je suis le premier à quitter la pièce, non sans recevoir un coup d'épaule de la part de Cameron, mais cela m'est égal. Je pensais que je douterais face à mon ex, mais en fait, je ne me laisse plus marcher sur les pieds, et je viens de le prouver à Cameron. En revanche, le regard bleuté présent dans la pièce m'a perturbé plus que je ne pourrais le dire. Je ne comprends pas pourquoi je me sens particulièrement proche de cet homme ; il y a comme une connexion entre nous. Je suis certain que ce n'est pas une connexion amoureuse, en fait, j'ai l'impression que nous nous connaissons depuis toujours.

La coopération entre nos deux équipes promet d'être compliquée. Je suis presque sûr que Clayton aurait frappé Cameron je ne l'avais pas retenu. Je m'installe dans le bureau de mon meilleur ami lorsqu'une tornade châtain et bouclée fait irruption avec fracas. Cameron me plaque contre le mur derrière moi avec une telle violence qu'il me coupe le souffle. Sa respiration résonne contre moi, et finalement, je ne me sens plus aussi confiant qu'il y a quelques instants. La proximité fait réagir mon cœur, qui a un soubresaut.

— Je veux que tu dégages, tu ne feras que nous ralentir !

Je reprends contenance, je ne dois rien laisser transparaître. Cameron ne me rabaissera pas une nouvelle fois. Je le défie du regard avant de lui donner un coup de genou dans le ventre pour qu'il me lâche.

— Je n'ai aucun ordre à recevoir de toi.

Cameron se plie en deux sous la douleur, visiblement surpris que je puisse me défendre contre lui. Il se redresse légèrement et, alors qu'il veut en découdre avec moi, il croise le regard apeuré de son petit ami. J'ai capté l'échange entre eux ; je soupçonne qu'ils sont en couple, ce qui n'est pas très compliqué à deviner. Mais Jayson semble terrifié par le comportement de Cameron. Je fronce les sourcils un instant avant de reporter mon attention sur Cameron, qui me fait maintenant face, l'air menaçant. Je ne suis pas du tout impressionné. En fait, je me sens libre. Je suis content que cette relation toxique soit derrière moi.

Cameron, réalisant qu'il n'a pas le dessus, quitte simplement la pièce sans cérémonie. Je ne manque pas l'œillade déçue de Jayson resté dans l'entrée.

— Qu'est-ce que tu fous avec un gars comme lui ? Il va finir par te briser.

— Je... Pardon ?

Jayson semble surpris que je lui adresse la parole. Je ne répète pas, me doutant qu'il a entendu.

— Je l'aime, vous savez.

— Je le vois, oui. Mais à quel prix ?

— Mon histoire ne vous regarde pas.

Jayson suit son compagnon, me laissant seul. Peut-être que j'ai été maladroit avec l'autre garçon, il n'est pas rare que je blesse les gens sans le vouloir.

Pourquoi ai-je ce sentiment étrange que je dois le protéger ? Je ne comprends pas ce qui se passe, je sais juste que je me sens connecté à Jayson sans explication. Ce lien particulier m'effraie.

Je m'assois à nouveau au bureau de Clayton, qui pénètre dans la pièce quelques minutes plus tard, l'air passablement énervé. Je me doute que les reproches ne sont pas loin. Clayton ne cautionne pas du tout l'arrivée de Cameron à Los Angeles, et encore moins qu'il participe à l'enquête.

— Pourquoi est-ce que tu les as fait venir ?!

— Tu sais autant que moi qu'Austin est le meilleur dans son domaine, et on a besoin d'aide.

— Mais... Tu étais sur plus de pistes qu'eux, bon sang, je ne comprends pas...

— Austin m'a appelé il y a trois jours, finis-je par avouer.

Flashback, plus tôt dans la semaine.

J'étais tranquillement allongé sur mon canapé quand mon portable a sonné. Le numéro ne me disait rien, mais je prends quand même la peine de décrocher. Il est rare que je ne le fasse pas.

— Sammaël Evans.

— Salut Sam... Je sais qu'il est tard, je m'excuse, mais...

— Jones ? Qu'est-ce qui t'arrive ?

Rapidement, je comprends que quelque chose ne va pas avec Austin, car oui, dès les premières paroles, je l'ai reconnu. Je me mets immédiatement en alerte. J'ai toujours détesté cette distance entre nous. Austin reste une part très importante de ma vie, malgré Cameron. Nous avons perdu contact, mais nous saurions retrouver l'autre si besoin ; nous serions présents.

— Je... Ne supporte plus cette vie ici, je ne tolère plus Cameron... Je... Bordel...

— OK. Calme-toi, Pollito. Tu es en train de nous faire une crise d'angoisse à la Evans.

— Pourquoi tout est toujours compliqué ? Pourquoi a-t-il fallu qu'il me suive ? Je ne le supporte plus, je n'arrive pas à oublier ce qu'il t'a fait, et je n'arrive encore moins à lui pardonner le fait qu'il te présente comme le méchant... Je n'y arrive pas !

— Austin, c'est ton frère, c'est de son côté que tu dois être...

— Ouais, tu parles d'un frère, ce n'est pas lui qui a démoli la tronche de mes harceleurs, lui ça le faisait rire, ce n'est pas lui qui a fini en garde à vue pour moi, ou plutôt à cause de moi... Ce n'est pas lui... C'était toi. C'était toi à chaque fois. Regarde... Qui est-ce que j'appelle quand ça ne va pas ? Toi. Pourtant, mon meilleur ami habite à quelques minutes. Mais comme Cameron ne lui a pas parlé de toi, je ne peux même pas me confier à ton sujet.

— Vire-moi cette culpabilité avant que je te botte le cul, Pollito. Sérieusement, tu n'y es pour rien. Je te promets que je ferai tout pour te sortir de là si c'est ton désir, mais ne te blâme pas.

Quand Austin et moi avons raccroché, je ne peux m'empêcher de sentir mon cœur se serrer à la détresse de mon ami. Je ne peux pas le prendre dans mes bras pour le rassurer, ce qui m'agace. Je ne suis pas du genre câlin, mais avec Austin, ça a toujours différent. Je réfléchis à la façon dont je pourrais l'aider.

Fin du flashback.

— Tu agis toujours comme son grand frère, dit simplement Clayton, toute colère partie.

— Il n'y est pour rien si le sien est un bâtard.

— C'est sûr. Tu l'as invité, je suppose ? J'apporte les bières.

— Tu n'es pas obligé de...

— Il a besoin de toi, et toi de moi. Ça me semble un bon compromis, non ?

Austin pénètre dans le bureau, et la première chose qu'il fait, c'est se réfugier dans mes bras. Sentir Austin contre moi me réchauffe le cœur. Je n'ai pas réalisé à quel point il m'avait manqué. Nous avons partagé les meilleurs et les pires moments de nos vies ensemble.

— Merci. Merci de m'avoir appelé, ou du moins d'avoir mentionné mon nom à ton chef, je sais que ça te coûte beaucoup... Je suis désolé pour ça...

— Tout va bien, Pollito.

— Pourquoi ce surnom ? demande Jayson.

Mon regard bleu foncé est attiré par le nouvel arrivant, et je souris en coin à sa question. Avant que je n'aie le temps de dire quoi que ce soit, Austin pose sa main sur ma bouche, espérant ainsi me faire taire.

— En fait, pour ses vingt ans, Austin a fait une fête d'anniversaire. Son rêve le plus fou était de devenir blond. Cameron lui a fait la couleur, et il a fini blond, ou plutôt jaune poussin. C'est à partir de ce moment que Sam a adopté le surnom de Pollito, qui signifie "poussin" en espagnol.

— Clayton Andrew Sullivan, tu n'es qu'un traître ! s'insurge Austin.

— Outch, le nom de famille en entier, Sullivan, tu vas morfler, ricane-je.

Je me souviens de ce jour comme si c'était hier, pourtant, huit ans ont passé depuis. Un sourire nostalgique naît sur mes lèvres.

— Tu ne m'as jamais expliqué pourquoi vous avez déménagé, réfléchit Jayson.

Austin perd instantanément son sourire. Je lève les yeux au ciel à la réaction du jeune Jones. Je sais que, malgré tout, Austin garde beaucoup de rancune contre son aîné.

— Tu peux toujours demander au connard qui te sert de copain, siffle-t-il entre ses dents.

Jayson semble surpris par les mots de son meilleur ami. Je lui fais une petite pichenette sur le haut de la tête. Je n'avais pas réalisé que les relations entre les deux frères s'étaient autant dégradées au fil du temps.

— Un peu de respect pour tes ancêtres, tu veux ?

— Je suis d'accord avec lui, rajoute Clayton.

Je soupire avant de secouer la tête de droite à gauche. Jayson me fixe un instant, et je sens qu'il m'analyse. Mais il finit par détourner le regard, je n'ai pas envie qu'il en sache trop sur mon compte. Je ne me livre pas si facilement. Le silence revient, et je suis de nouveau perturbé par l'arrivée de Cameron, qui pénètre dans la pièce comme une furie, cherchant visiblement son petit ami.

— Ah ! Tu es là ! On rentre ?

Cameron ignore délibérément les autres personnes présentes. Jayson semble mal à l'aise à l'intervention de son compagnon, se frottant le bras pour tenter de s'effacer.

— Et si, pour une fois, il avait envie de rester ? déclare Austin.

— Ouais, bah non. Il est hors de question qu'il reste avec ces mecs-là, dit-il en pointant Clayton et moi du doigt.

— Pourquoi ? questionne Austin.

— Tu as peur qu'on lui fasse un lavage de cerveau ? Ah non... pardon, c'est toi le spécialiste là-dedans, crache-je froidement.

Cameron fait un pas menaçant dans ma direction. Je ne m'attendais pas à ce qu'Austin fasse pareil en direction de Cameron. Cependant, je ne bouge pas, car Cameron ne m'impressionne plus.

— Même pas en rêve, Cameron.

— Tu préfères prendre sa défense que la mienne ?!

— Je fais ce qui me semble juste. Et clairement, ce n'était pas juste de le faire passer pour le connard alors que c'est toi qui as tout foiré !

— Moi qui ai tout foiré ? Dois-je te rappeler que c'est lui qui m'a jeté ? Tout ça pour quoi ? Parce que je n'assumais pas mon homosexualité ? Que je ne l'ai pas accepté devant nos parents ?!

Je suis choqué un instant par la réponse de Cameron. Pense-t-il vraiment que je l'ai largué pour cette raison ? Je fais un pas vers lui, la tension dans la pièce est à son comble. Je pourrais même être blessé qu'il puisse penser ça de moi, puisque je lui avais toujours fait comprendre que ce n'est pas un problème pour moi, j'aurais attendu le temps qu'il faut sans rien faire contre lui.

— Je t'ai largué parce que tu as levé la main sur ton frère, dis-je durement. Alors, fais-moi passer pour le méchant autant que tu le souhaites, trouve les excuses que tu veux. Cependant la vérité, on la connaît tous les deux.

Ce n'était pas exactement cela, mais je déteste laver mon linge sale en public. Je préfère rester évasif, de toute façon, il n'oserait pas dire ce qui s'était réellement passer entre nous devant eux, ça c'est sûr. Je m'approche encore d'un pas, pointant le doigt dans sa direction.

— Maintenant, tu dégages de ce bureau avant que je ne puisse plus me retenir de te frapper.

Mes jointures blanchissent, montrant à quel point je suis sérieux. Cameron me foudroie du regard. La vérité n'a jamais été dite à personne, nous sommes donc les seuls à la connaître. L'événement concernant Austin n'était que la partie émergée de l'iceberg. Il y avait eu tant de secrets entre nous que les choses avaient fini par empirer, et nous ne pouvions plus rien faire pour réparer les fêlures devenues cassures.

La tension dans le bureau reste palpable. Cameron prend le bras de son petit ami et quitte la pièce en silence. Je soupire, expulsant tout l'air que j'ai gardé en moi après cet échange. Je n'aime pas le geste violent que Cameron vient d'effectuer sur Jayson. Toutefois, Jayson aurait pu refuser. Néanmoins, je n'ai pas le droit d'interférer entre eux. Je me tais, même si l'envie d'envoyer promener Cameron est grande. Je me mords la langue.

— Comment ça ? interroge finalement Austin après un moment.

CHAPITRE SEPT

Je fais face aux regards de mon meilleur ami et du garçon que je considère comme mon frère. Je leur tourne le dos, le cœur lourd, conscient que les choses seront compliquées à gérer après mes révélations. Je n'avais pas prévu d'avouer quoi que ce soit. Même si je détestais Cameron à ce moment-là, je n'étais pas un traître. Mais je savais qu'Austin avait le droit de connaître la vérité. Un dilemme s'installe dans ma tête, mais je sais que je ne peux plus garder ce secret. Mon ami a un amour indestructible pour son frère, il mérite toutefois de savoir, il finira par pardonner à son aîné. Alors, je me lance, fuyant leur regard, sentant le poids de mes mots se libérer, comme une pierre qui roule depuis trop longtemps.

— Ce n'était pas un accident, je répète, la voix tremblante.

Austin semble comprendre de quoi je parle, mais il m'interroge quand même, cherchant des éclaircissements.

— De quoi tu parles ?

— La cicatrice sur ton poignet.

Je fixe un point invisible devant moi, la gorge nouée. C'est comme si chaque mot me brûlait en sortant.

J'essaie de choisir ceux-ci avec soin, pour ne pas blesser Austin plus que nécessaire.

— Pour l'anniversaire de ton frère, on s'est violemment disputés, lui et moi. On a failli en venir aux mains, comme souvent en fait. Mais ce soir-là, il avait beaucoup bu. Tu t'es interposé... Il savait que c'était toi, mais il t'a quand même frappé. Tu es tombé à travers la baie vitrée et tu as atterri dans la piscine de tes parents.

Je reste de dos, incapable de les affronter. Ma voix tremble sous le poids des souvenirs. Les images me hantent ; je me revois appeler à l'aide alors que je voyais Austin étendu sur le sol, baignant dans son sang après l'avoir sorti de la piscine. Un frisson de terreur me parcourt. Sans m'y attendre, des bras viennent m'encercler. Je baisse le regard et reconnais les bracelets d'Austin. Peu de temps après, les bras de mon meilleur ami m'enveloppent aussi. Cette dose d'amour me réchauffe le cœur, comme un baume sur une plaie ancienne.

— Ton frère est resté à regarder pendant que j'essayais de te sortir de là... Tu avais un morceau de verre planter dans le poignet. Il a appelé les pompiers et tu as été conduit aux urgences. Suite au choc psychologique, tu as oublié ce moment. Cameron m'a fait juré de garder le secret, en contre partie, je lui ai demandé de dégager.

— Tu m'as sauvé ce soir-là. Encore.

Je profite de cette étreinte, ressentant à quel point elle m'est précieuse. Pour autant, je ne me sens toujours pas complet, et j'ai perdu l'espoir d'un jour l'être

— Et si on rentrait ? Il y a des bières qui nous attendent !

Clayton vient de donner le départ. Nous allons quitter le bureau lorsqu'on tombe face à Jayson, les larmes aux yeux. Il semble complètement perdu. Clayton se dirige vers l'ascenseur, essayant de me tirer avec lui, mais je sens une poigne forte sur mon poignet. La main de Jayson me retient. Austin comprend que Jayson veut me parler en tête-à-tête. Les deux garçons disparaissent, me laissant seul avec Jayson. Je ne sais pas comment réagir lorsqu'il m'arrête, je laisse faire, attendant de voir ce qu'il a à dire.

— Merci.

— De quoi ?

— De l'avoir sauvé cette nuit-là.

— Pas de problème.

Je pense que la conversation s'arrête là et je commence à m'éloigner. Jayson ne devrait pas me remercier pour ça. Je ne serais jamais resté à regarder Austin se vider de son sang. Mes yeux se portent sur le poignet de Jayson, toujours accroché au mien, et un bleu sur celui-ci me fait froncer les sourcils.

Jayson capte mon regard, et il retire immédiatement sa main, la glissant dans sa poche. Je ne suis pas dupe, je sais très bien qui lui a fait ce bleu. Sûrement un parmi tant d'autres.

— Je me suis fait mal en montant un meuble, dit-il, la voix hésitante.

— J'ai connu mieux comme excuse, rétorqué-je avec une pointe d'ironie.

— Ne lui dites rien, s'il vous plaît.

— Je n'en ferai rien, mais il serait temps que tu ne le laisses plus faire.

— Je l'aime.

— L'amour ne lui donne pas le droit de te blesser.

Je commence à marcher vers l'ascenseur, suivi de près par Jayson. Je l'ai aimé aussi, et je lui ai laisser l'occasion de me faire du mal, même si ce n'était pas physique, mais bien mental, le mal était présent.

— Est-ce que... est-ce que je peux m'incruster pour la soirée ?

— Quelles excuses tu as pour ça ? Convaincre Austin sera compliqué.

— Eh bien, je veux apprendre à connaître ma nouvelle équipe. Pour ce faire, je dois bien m'intégrer à leur soirée.

Un léger sourire se dessine sur mes lèvres à cette phrase. Contrairement à ce que j'ai dit, je sais qu'Austin sera content de le voir.

— Bien.

— Merci.

Je hoche simplement la tête en guise de réponse. Nous entrons dans l'ascenseur, qui nous conduit au rez-de-chaussée. Austin et Clayton discutent sur le trottoir. Une idée me traverse l'esprit, et avant même que je ne réalise, Jayson a déjà l'air malicieux, ce qui signifie que nous avons la même idée. En silence, je m'approche et chuchote un "bouh" à l'oreille d'Austin. Il pousse un cri qui résonne dans toute la rue, et je ne peux m'empêcher de rire. Jayson éclate de rire à son tour, suivi par Clayton. Ce dernier, habitué à mes blagues, ne sursaute même pas.

— Sam ! Tu es vraiment un connard ! Je n'aime toujours pas ton mode ninja, boude Austin.

— D'ailleurs... comment faites-vous ?

— Pour quoi ?

— Être aussi discrets ? En général, j'entends les gens rapidement, ce qui nous aide beaucoup sur le terrain, mais vous, je ne vous ai pas entendus...

— Il y a des choses que tu ne veux pas savoir, mon cher Jay'. Par contre, qu'est-ce que tu fais ici ? Tu ne devrais pas être avec Cameron ?

La question pèse sur lui, et il semble hésiter. Je vois la panique s'installer dans ses yeux, mais je viens à sa rescousse.

— Eh bien... je...

— Je l'ai invité à la soirée, après tout. C'est mieux pour qu'il puisse s'intégrer, non ?

Austin saute de joie. Jayson me remercie du regard, et je hoche la tête en signe de compréhension. Clayton observe, capte l'échange entre nous deux. Aucun de nous ne dit quoi que ce soit, mais nous sommes sur la même longueur d'onde.

— Qui monte avec qui ? interroge finalement Austin.

J'ouvre ma voiture, et Jayson reste un instant bouche bée devant la Camero dont les warnings viennent de s'allumer. Ses yeux s'illuminent d'émerveillement.

— Elle est à vous ?

— Je crois que j'ai ma réponse, dit le blond en riant.

Austin se dirige vers la voiture de Clayton. J'hausse les épaules, puis je lance mes clés à Jayson, qui les rattrape au vol. Je ne prête jamais ma voiture, ou seulement dans de très rares occasions.

— C'est vrai, je peux ?

— Je t'en prie.

Jayson est fier et n'hésite pas à prendre place côté conducteur. Je monte côté passager. Nous prenons la route, suivant un instant la voiture de Clayton. Je sais que Jayson a envie de pousser un peu plus, alors je lui fais prendre une autre direction. Après tout, je comprends ce que c'est d'être au volant d'un tel bolide.

Je sens l'excitation monter en moi alors que je baisse la fenêtre, laissant l'air frais s'engouffrer dans l'habitacle.

La nuit est mon moment préféré. Le silence est plus présent, l'air plus respirable. J'aime que le vent caresse la peau de mon visage. Je ferme les yeux un instant, savourant cette sensation de liberté, puis je les réouvre pour regarder la route défiler à vive allure. C'est dans ces moments que j'oublie mes soucis. Je jette un coup d'œil à Jayson, qui semble savourer ce moment autant que moi.

Un coup d'œil au rétroviseur extérieur me fait froncer les sourcils : une voiture nous suit. Jusqu'ici, rien d'inquiétant, mais elle semble nous suivre depuis trop longtemps. J'ouvre la bouche pour dire quelque chose, mais je suis interrompu.

— Je sais, j'ai vu, répond Jayson, comme s'il lisait dans mes pensées.

Nous n'avons pas besoin de parler pour nous comprendre. Je me détache de mon siège, et sans que j'aie besoin de dire quoi que ce soit, une nouvelle fois, Jayson fait de même. Il garde son pied sur l'accélérateur, soulevant légèrement son bassin pour que je puisse passer sous lui. Je sens l'adrénaline monter alors que je me glisse à sa place, et il reste concentré sur la route, attendant que je sois prêt. Je place mes pieds sous les siens, lui donnant le départ.

La conduite change instantanément, devenant bien plus sportive. La ville défile à toute vitesse devant nous. Je sens le regard de Jayson se poser souvent sur moi, et j'éprouve un frisson d'excitation. Je tire le frein à main et donne un coup de volant pour faire glisser la voiture sur la droite.

Je jette des regards dans le rétroviseur pour vérifier où en est notre suiveur : toujours derrière nous. Je connais la ville comme ma poche, ce qui est un bon point. La lumière des réverbères éclaire notre chemin avant de disparaître, et tout ce qui compte pour moi, c'est de semer ceux qui nous poursuivent. L'adrénaline m'envahit, et la sensation d'une course effrénée fait battre mon cœur plus fort, je tente un coup de bluff, dérapant dans une rue sombre avant de m'engager dans un parking souterrain. La place est serrée, mais je ne touche aucune extrémité. Juste à ce moment-là, le téléphone de Jayson sonne. J'entends qu'il met sur haut-parleur.

— Où est-ce que vous êtes ? Vous deviez arriver y a dix minutes, proteste Clayton.

— On a un léger contretemps, réponds-je sérieusement, la concentration toujours sur ma conduite.

J'arrive rapidement au dernier étage du parking, je glisse la voiture dans une place et coupe immédiatement les feux et le moteur, ne voulant pas nous faire repérer. La voix de Clayton reste inquiète. Cela vient du fait que j'ai parfois disparu pendant des jours sans donner de nouvelles. Mais cette fois, c'est différent.

— Qu'est-ce qui se passe ? s'inquiète Austin.

— On vous rappelle.

Jayson coupe le téléphone en entendant le moteur de la seconde voiture arriver. J'attends que la voiture passe derrière nous et continue son chemin. Je pousse un soupir de soulagement, mais je ressens encore les effets de la course-poursuite.

Je redémarre la voiture et effectue une marche arrière habile avant de passer en première pour repartir rapidement. Je redescends les étages aussi vite que je les ai montés, sachant que j'ai quelques secondes d'avance sur ceux qui me suivent. Je n'allume pas les feux ; une voiture noire dans l'obscurité est plus difficile à repérer.

Je serpente à travers les petites rues jusqu'à être certain de ne plus être suivi.

Finalement, je file vers mon immeuble, m'engage dans le parking sécurisé et veille à fermer rapidement le portail derrière moi. Je stoppe ma voiture à ma place. D'ordinaire, je ne me sers pas de cet emplacement, mais cette fois, c'est mieux pour la discrétion. Je descends du véhicule en silence, suivi par Jayson. Nous prenons l'ascenseur qui nous mène au troisième étage. Clayton et Austin nous attendent devant la porte de mon appartement, soulagés de nous voir.

Mes mains tremblent encore, l'excitation de l'aventure me submerge.

— Qu'est-ce qui s'est passé ? interroge Clayton, soucieux.

— On s'est fait suivre à peine avons-nous quitté la grande rue.

— Suivre ? s'affole Austin. Comment ça, suivre ? Par qui ?

— Oui, suivre, je ne sais pas par qui. Clay, j'ai besoin du numéro de Bridge.

Clayton me tend son téléphone sans chercher à comprendre, et je prends le double des clés de mon meilleur ami avant de pénétrer dans l'appartement.

— Tu m'as fait patienter dehors alors que tu avais ses clés ? s'étonne Austin.

— Je voulais être prêt à repartir au cas où il y aurait un problème.

CHAPITRE HUIT

Je m'éloigne des trois garçons pour composer le numéro de Bridge, repérant facilement son contact dans le téléphone de Clayton. Eriven est dans les premières lettres de l'alphabet, et je m'accroche à cette petite facilité.

— Agent Bridge. Loin de me plaindre, Monsieur, mais il est assez tard.

Sa voix endormie me fait grimacer. Je pourrais trouver ça adorable si ma requête n'était pas si urgente.

— J'ai besoin que tu me cherches une plaque d'immatriculation.

— Monsieur Carter ? Euh Evans ? Je... Oui, bien sûr. Attendez deux petites minutes.

Je fais ce qu'elle me demande tout en me dirigeant vers le balcon pour prendre l'air. Je m'appuie sur la balustrade, sort une cigarette et l'allume, tire une longue bouffée. Le mouvement à travers le combiné me parvient : si la jeune femme est encore dans son lit, elle doit se dépêcher de trouver du papier et un stylo.

— Je vous écoute.

— 2 Thomas Jordan Xavier 218.

— Je n'ai aucune immatriculation à ce numéro.

Un frisson d'angoisse me parcourt. Pourquoi nous avait-on suivis ? Qui sont ces gens ? Puis surtout qui est-ce qu'ils suivaient, Jayson ou moi ? La facilité avec laquelle on change des plaques d'immatriculation me vient en tête, et je suis bien placé pour savoir à quel point c'est simple.

— Très bien, désolé pour le dérangement. Bonne nuit.

Je ne laisse pas le temps à Bridge de répondre et raccroche, relâche la fumée de ma cigarette. J'ai l'impression d'avoir rêvé cette poursuite. Juste au moment où je m'apprête à reprendre une bouffée, Jayson s'approche, vole ma cigarette, la glisse entre ses lèvres.

— On est bien d'accord que quelque chose se trame. Tu ne l'as pas rêvé. Je ne l'ai pas rêvé.

— Elle n'existe pas.

— C'est simple de changer les plaques, tu dois le savoir, non ?

Je fronce les sourcils, perplexe. Jayson semble comprendre mes doutes, et l'échange prend une tournure inattendue.

— Course clandestine à la **Fast and Furious**, n'est-ce pas ?

— Je te demande pardon ?

— On sait tous les deux que tu n'as pas appris à conduire comme ça uniquement par plaisir.

Je vois très bien où il veut en venir, mais je ne dirais rien de plus, je réalise que nous sommes sur la même longueur d'onde concernant la modification des plaques.

— Je ne sais pas de quoi tu parles.

— Malheureusement, je sais que tu mens. Je sens cette connexion entre nous. Alors, pourquoi la nier ?

Je le regarde, une nouvelle compréhension se dessine entre nous. Ce lien, ce frisson, c'est réel. Mais sa déduction sur les courses clandestines me surprend.

— C'est du passé.

— Je comprends mieux comment tu as connu Cameron. En revanche, je ne pige pas comment tu as rencontré Austin.

— Eh bien...

— Il a été ma première affaire.

Nous nous tournons tous les deux vers Austin, Jayson est intrigué et l'observe attentivement, et Clayton nous rejoint. Je n'ai jamais raconté comment j'avais rencontré les frères Jones, même si je pense que Clayton sait un peu l'histoire.

— J'ai été appelé un soir par Cameron parce que les policiers avaient fait une descente là où se déroulaient les courses.

Flashback, dix ans auparavant.

Je me souviens de la panique qui saisit les participants. Tous partent dans un chaos désordonné, klaxonnent et s'insultant. Je remarque un châtain bouclé, au téléphone, poussé au sol par un autre concurrent. S'il ne reçoit pas de secours, il risque d'être piétiné dans la mêlée. Je m'approche pour l'aider à se relever, conscient que chaque seconde compte. En le relevant, je sens que je fais une erreur en perdant du temps cependant, je retourne m'asseoir sur le capot de ma voiture, résigné à la situation.

Au moment où la police arrive, le bouclé se tourne vers moi, visiblement perplexe. Ses yeux vert émeraudes m'hyponisent imédiatement. Je n'avais jamais vu de yeux aussi beaux de ma vie. Je pourrais passer pour une gonzesse qui ne sait pas se contrôler devant son crush... Pourtant l'effet de ce gars est indescriptible. Des frissons me parcourent de part et d'autres, bien entendu, je ne montre rien.

— Tu ne pars pas ?

— Quel intérêt ? Ils vont tous nous coffrer à cause de ces imbéciles qui bloquent tout.

Je me sens désolé pour lui. Pendant que je fume, j'écoute son interlocuteur hurler dans le téléphone.

— Calme-toi, je ne suis pas seul.

— Je t'avais dit que tes courses t'attireraient des ennuis ! Ce n'était pas censé se passer comme ça !

— Navré.

— Bon, je suis sur le parking, où es-tu dans tout ce merdier ?

— Je suis près d'une Camaro noire.

Quelques instants plus tard, une tête blonde émerge, frappant le châtain bouclé sur la tête. Je fronce les sourcils, prêt à intervenir. La tension palpable entre les deux est presque tangible.

— Austin, je suis désolé d'accord, je pensais que Greffin avait mené les flics ailleurs.

— Super, ça me fait une belle jambe ! Tu peux m'expliquer comment je vais te sortir de cette merde ?!

Je sens que je suis devenu un spectateur involontaire de leur confrontation. Le regard froid d'Austin se pose sur moi.

— Tu es qui, toi ?

— La règle des courses, c'est pas de nom.

Je reste impassible, les mains dans mes poches, mon regard fixé sur la scène. Je déteste être attaqué alors que je ne demande rien. Mais un pressentiment me dit que cette nuit-là a changé le cours de ma vie.

— Tu vas te retrouver au poste et tu ne pourras plus faire le malin. Tu sais qu'avec ta plaque on peut te retrouver ?!

— Eh bien, bonne chance à toi, monsieur le super flic.

Je suis d'une tranquillité qui déstabilise Austin et émerveille Cameron. Je ne suis pas du genre à être impressionné, surtout pas par un policier.

— Tu vas me suivre au poste, toi.

Austin sort les menottes et me les passe sans scrupule, m'arrachant une légère grimace de douleur lorsqu'il les serre autour de mes poignets. Je devine facilement qu'il prend un mâlin plaisir à le faire.

— Attends, Austin ! Il m'a secouru tout à l'heure ! On devrait faire de même ! s'interpose Cameron.

— Je n'aide pas les criminels !

— Désolé, mais tu es venu pour m'aider, et je suis un criminel…

Je souris en coin à la réplique de Cameron. Je l'aime bien, ce gars. Provocateur et agréable à regarder.

— Tu m'emmerdes ! Et quelle explication je peux trouver pour ce crétin sans nom ? Et quelle excuse pour toi ? Est-ce que tu sais que tu peux me mettre en porte-à-faux pour ma première enquête ? Tu sais qu'elle compte beaucoup pour moi ! Et foutre mon propre frère derrière les barreaux, c'est loin de me satisfaire !

Cameron baisse les yeux, coupable. J'observe un instant les deux garçons. Austin semble tenir à son nouveau travail, et à Cameron. Je soupire doucement. Voilà que je vais devoir jouer les bons samaritains. Je n'ai pas envie d'être le responsable d'une dispute.

— Les drames familiaux, très peu pour moi. Toi, dis-je en désignant Austin. Tu vas dire que ton frère t'a appelé parce qu'il a vu plusieurs voitures de sport rouler ensemble. Et toi, dis-je en indiquant Cameron, tu envisages de te faufiler sous couverture pour servir la police. Tu voulais surtout aider ton frère à capturer ces gens de la nuit.

— Et toi ? s'inquiète Cameron. Tu ne te serais pas fait coincer si tu n'étais pas venu m'aider.

— Et moi, je suis celui qui vous conduira à l'organisateur de cette course.

Fin du flashback.

Je ressens un pincement au cœur à ce souvenir. C'est à partir de ce moment que tout a commencé entre Cameron et moi, l'amitié entre Austin et moi aussi. Au départ, Austin ne m'aimait pas, il trouvait que j'avais de très mauvaises influences sur Cameron. Mais je savais que c'était Cameron l'organisateur de ces soirées. J'avais tout fait pour l'innocenter. Personne ne l'a jamais su. Seuls nous deux le savions. Et c'est très bien comme ça. Celui qui a été coincé était le bras droit de Cameron. Ça avait suffi à la police. J'ai eu un avertissement, Cameron aussi, et Austin a reçu des félicitations et une promotion.

Je ne suis pas sûr que mon meilleur ami connaisse toute l'histoire, mais il ne semble pas surpris. Clayton travaillait avec Austin et lui avait demandé la vraie raison de mon arrestation. Jayson s'appuie un peu plus contre la balustrade derrière moi. Je remarque qu'il m'observe étrangement, comme s'il me jaugeait. Ça ne me dérange pas particulièrement.

— J'étais au courant.

— Tu étais censé être parti, dis-je.

— Je venais de rentrer justement, c'est la première affaire que j'ai traitée avec Austin.

Nous avions fini par ne plus nous adresser la parole pendant plusieurs semaines après une de nos dispute. J'avais entendu dire que Clayton était en déplacement en Australie, mais pas qu'il était revenu. C'était la seule fois où nous nous étions fâchés si durement. La faute à mon comportement auto-destructeur de l'époque.

Nous pénétrons à nouveau dans mon salon. Chacun s'assoit sur le canapé. Austin et Clayton s'installent sur les fauteuils, Austin du côté de Jayson et Clayton de mon côté. J'allume la télé pour choisir une chaîne de foot, on tombe sur les infos. Je me tends en reconnaissant la personne qui parle. Les poils de mes bras et de ma nuque se dressent. Une boule se forme dans ma gorge. L'angoisse, voire la panique, me prend par bouffées.

« Vingt-cinq ans après le premier enlèvement, voilà que le kidnappeur refait son apparition. J'ai voulu demander à la famille Carter comment ils avaient réagi à cela. Cependant, le frère du disparu n'a pas souhaité répondre à mes questions. Je pense que cette histoire lui rappelle trop de souvenirs, et la culpabilité qu'il peut ressentir sur cette... »

La télé s'éteint aussi vite qu'elle s'est allumée. Clayton a amorcé le premier geste, mais n'a pas été assez rapide. Il tourne son regard vers moi, qui suis plus pâle qu'un linge. Je ne me sens pas bien. Cependant, ce n'est pas moi qui ait éteint cette maudite télé. Non, c'est Jayson qui a agi.

Je n'ai fait aucun geste qui puisse faire croire que le sujet m'atteignait. C'est pourquoi Clayton ne comprend pas comment Jayson a supposé que ce sujet était sensible. Je me pose la question également, un court instant, car mon esprit est trop embrouillé par les paroles qui résonnent encore dans ma tête. Je me lève et quitte la pièce sans un mot, laissant les trois autres dans un silence glaçant. Chacun dans ses pensées les plus sombres.

CHAPITRE NEUF

POV JAYSON

Je n'ai pas compris cette soudaine montée de colère en moi, ni ce sentiment de culpabilité qui m'agresse. Je me sens très mal, presque à avoir des difficultés à respirer. Pourtant, je suis sûr que ce ne sont pas mes émotions. Elles me sont insupportables. En un geste, j'éteins la télé, espérant faire disparaître cette atmosphère pesante. Le départ de Sam me ramène à la réalité et calme mon malaise.

— Pourquoi tu as éteint la télé, Jay ?

— Je... Je ne sais pas, balbutié-je, encore perturbé.

Clayton me fixe, intrigué, et je sens une pression monter dans ma poitrine.

— Comment tu as su ? demande-t-il finalement.

— Je ne sais pas... Je ne sais pas. Répété-je une seconde fois.

J'ignore pourquoi j'ai agi ainsi. C'était comme une nécessité de faire taire ce journaliste, comme s'il m'effrayait. Je tourne mon regard vers la porte que Sam vient de claquer, réalisant que cette détresse ne m'appartient pas, qu'elle est la sienne. Encore cette fichue connexion que nous ne comprenons pas.

Je sens Clayton m'observer, quant à moi, mon regard est braqué sur mon meilleur ami, Austin, qui est trop absorbé par Clayton.

— Qu'est-ce qui s'est passé ?

— Tu connais le vrai nom de Sam, pas vrai ?

— Évidemment.

— À toi de faire le rapprochement avec ce qui vient de se dire alors.

Je me sens complètement perdu, comme si quelque chose m'échappait. Je n'ai pas toutes les pièces du puzzle. Quel vrai nom ? Sam n'est pas son vrai nom ? Un mal de tête me saisit. Je suis sur le point de poser la question à voix haute, quand la sonnerie du portable de Clayton retentit.

— Salut, agent Bridge. Je suis navré que Sam vous ai appelé si tard.

Un silence s'installe alors que Clayton écoute attentivement la femme. L'angoisse monte en moi, cette fois je réalise que c'est la mienne qui fait surface. La porte s'ouvre sur Sam, et je sens mon stress diminuer, comme si ma réaction était instinctive.

— Mets sur haut-parleur, ordonne Sam.

Clayton s'exécute, et curieusement, personne n'ose contester l'ordre.

— Re-bonsoir, monsieur Ca... Evans. J'ai fait plus de recherches sur la plaque d'immatriculation. Elle n'a rien donné. En revanche, je sais que cette dernière a été volée dans un garage il y a quelques semaines.

— Un garage ? Pourquoi voler une plaque dans un garage, en sachant que chaque personne peut en refaire une facilement ? réfléchit Austin.

— Et quoi de mieux pour rendre une voiture... commence Sam.

— Invisible, je complète.

— Exactement ! s'enthousiasme Eriven.

— Ceci dit... ça ne nous avance pas mieux. Une voiture invisible qui poursuit d'autres automobilistes. Et pourquoi Sam en particulier ?

La tension monte d'un cran.

POV SAMMAEL

— Je n'ai rien de plus, je suis désolée, monsieur Sullivan. J'ai vraiment fait mon possible pour cette affaire.

— Le nom du garage.

— Je... Euh...

Un bruit de papier froissé se fait entendre à nouveau.

— Car Rénove. Sur la cinquième...

— Merci, agent Bridge.

Je coupe la communication. En observant Jayson, je remarque qu'il est passé de soucieux à inquiet. Je le ressens, cette angoisse qui m'envahit aussi. C'est inexplicable, mais c'est là.

— Sam ! Il va vraiment falloir que tu apprennes les règles de politesse, bon sang.

— Il y a trois semaines, j'ai emmené ma Camaro au mécano. Devine le garage ?

— Car Rénove ?

— Je te le donne dans le mille.

— Tu veux dire que ta voiture était dans le garage en même temps que la plaque a été volée ?

— Un traceur ?

83

Jayson lance cette idée à voix haute, ses mots résonnent dans le silence. Il rougit sous nos regards, deux interrogatifs, et le mien qui est indescriptible... Je sors de la pièce à toute vitesse, laissant mes amis perplexes. J'ai besoin d'être près de ma voiture, d'explorer cette intuition qui me pousse après la suggestion de Jayson.

Jayson me suit, il semble vouloir comprendre pourquoi je suis parti ainsi. Nous arrivons près de ma Camaro. Je la regarde, comme si elle pouvait me révéler ses secrets.

— Un traceur. Où est-ce que tu le planquerais ?

— Sous la voiture ?

— Trop évident.

Je hoche la tête, je le sais. J'ouvre le coffre, cherchant désespérément. Rien. Je fouille sous les sièges, dans la boîte à gants, dans le pommeau de vitesse... Rien. Je suis sur le point de céder à l'impuissance quand Jayson s'allonge, le regard concentré sur le plafond.

— Vous avez déjà fait l'amour, Cameron et toi, dans ta voiture ?

Je me cogne violemment la tête en entendant sa question, complètement pris au dépourvu. Je me frotte le crâne, essayant de rassembler mes pensées.

— Pardon ?

— Je pose la question comme ça. Par contre, c'est normal que ton plafond soit abîmé ?

Je suis déstabilisé par son changement de sujet. Je grimpe sur la banquette arrière, écrasant Jayson au passage, et j'attrape le tissu du plafond, le tirant brutalement.

« Bravo, Carter, tu ne sembles pas aussi stupide que les gens pensent. »

Je sens une oppression m'envahir, rendant ma respiration difficile. Mon souffle devient court, et je quitte ma voiture, espérant trouver de l'air dehors, cela ne fonctionne pas. Je connais trop bien cette sensation de manque d'oxygène, comme si ma cage thoracique se comprimait, me broyant de l'intérieur. Ce n'est que la deuxième en quelques minutes, une habitude en soit.

— Sam ! Sam, respire !

J'attends à peine la voix de Jayson qui semble paniquer. Je n'ai pas le temps d'essayer de comprendre que ses lèvres s'écrasent sur les miennes brutalement. À cet instant, je réalise que cela me dégoûte, non pas à cause de ses lèvres, mais parce que ce geste n'est pas naturel. J'ai une attirance pour lui que je ne peux expliquer, mais ce n'est visiblement pas de l'amour. Je repousse Jayson sans ménagement.

— Ne refais jamais ça, Donovan, lui dis-je froidement, sans réaliser que le manque d'air s'est évaporé.

— Je... Désolé, c'était le seul moyen que je connaissais. Attends une minute ! réagit Jayson. Comment tu connais mon nom de famille ? Je ne l'ai jamais dit.

Je fronce les sourcils. Je suis informaticien et je travaille pour la police. Bien sûr que j'ai fait des recherches sur lui. C'est ce que l'on fait dans ma situation.

— Dois-je te rappeler que je suis informaticien ? Forcément que je fais des recherches sur les coéquipiers d'Austin.

Il hausse les épaules à ma réponse, se rendant compte que sa réaction avait été stupide. Il poursuit.

— Pourquoi Carter ? C'était ton nom pour les courses ?

— Non. C'était mon nom tout court.

Il ne comprend pas, et je vois la confusion dans ses yeux. S'il insiste, je vais me braquer, et il n'obtiendra rien de plus de moi. La gêne du baiser l'empêche de poser davantage de questions. Nous retournons à l'intérieur après avoir pris une photo de mon toit. Austin et Clayton discutent de quelque chose, mais ils s'interrompent en nous voyant revenir. J'apprécie toujours de les voir s'entendre.

— Pourquoi vous êtes partis comme ça ? Je n'ai pas compris l'histoire du traceur.

Je dépose mon téléphone sur la table. Clayton blanchit, et Austin reste un moment perdu. L'atmosphère devient lourde, et je sens le regard de Jayson sur moi.

— Sérieusement, Sam, je commence à flipper. Comment est-ce possible qu'on s'en prenne à toi ? Tu n'es sur l'enquête que depuis trois jours.

— Je n'en sais rien. Je n'en sais vraiment rien. Si on commence à s'intéresser à ma voiture, c'est que cette personne savait déjà quand attaquer et qui serait impliqué. Probablement pourquoi aussi…

— Je vous propose qu'on aille se pieuter, on aura les idées plus claires demain.

J'ai déplié mon canapé pour qu'il soit en lit pour que mes invités soient installés tranquillement.

Jayson s'allonge à côté de son meilleur ami comme si c'était naturel. Clayton et moi quittons la pièce pour aller dans ma chambre. Nous sommes tous les deux plongés dans nos pensées. Néanmoins, Clayton finit par s'endormir, tandis que pour moi, tout tourne dans ma tête inlassablement.

POV JAYSON

Je n'ai aucun mal à m'endormir cette nuit-là, malgré toutes les émotions de la journée. Il faut dire que le voyage m'a épuisé. Je finis par rêver.

« Vingt-cinq ans après le premier enlèvement, voilà que le kidnappeur refait son apparition. J'ai voulu demander à la famille Carter comment ils avaient réagi à cela. Cependant, le frère du disparu n'a pas voulu répondre à mes questions ; je pense que cette histoire lui rappelle trop de souvenirs et la culpabilité qu'il pouvait ressentir sur cette... »

Je me réveille en sursaut, toutes les pièces du puzzle viennent de s'imbriquer. Le dossier Carter, Sam, de son vrai nom Sammaël, l'enlèvement de son jumeau il y a vingt-cinq ans, et le pourquoi il est tant impliqué dans l'affaire. Tout fait lien. Je remarque qu'Austin dort à poing fermé ; cela me tire un sourire.

C'est à cet instant que je vois la lumière dans la cuisine. Je me lève discrètement pour m'y rendre. Sam est là, son dos appuyé contre le frigo, les yeux fermés. Il ne fait aucun mouvement pour signaler qu'il m'a remarqué, mais je sais que le garçon a conscience de ma présence. Sammaël est torse nu, me laissant à vue de nombreux tatouages et une peau pâle. Pourtant, je ne ressens rien en le voyant. Sans mentir, Sammaël est bien bâti. Mon regard remonte sur les pecs du jeune homme, puis mes yeux se plongent dans ceux de Sam. Le bleu de ses yeux est spécial ; il contraste entre le bleu azur et le bleu nuit.

— Sammaël, Sammaël Carter. je murmure à peine.

Ledit Carter se crispe légèrement à son nom de famille. À cet instant, je sais que j'ai visé juste. Ce nom semble être un mot dérangeant pour Sam.

POV SAMMAEL

J'entends mon nom de famille et je me contract. Cela me rappelle toujours ce que j'ai perdu. Ma famille détruite.

— C'est pour ça que le journaliste t'a tant atteint hier.

— Bien joué, Sherlock.

Je sens que je dois éviter ce sujet. Il me touche trop, et je ne suis pas encore prêt à en parler. En tout cas, il a vu juste.

— Je comprends.

— Comprendre quoi ?

— Pourquoi tu repousses les autres.

CHAPITRE DIX

Je reste un instant silencieux face à Jayson. Un frisson d'incertitude parcourt mon esprit, et je sens que je baisse ma garde avec lui, inexplicablement. Je lève le regard, cherchant une réponse dans ses yeux, avant de quitter la cuisine pour retourner dans la chambre. C'est encore un de mes nombreux cauchemars qui m'a tiré de mon sommeil. Je m'allonge près de mon meilleur ami, une vague d'inquiétude m'enveloppe. Pourquoi ai-je l'impression de connaître Jayson depuis toujours, comme si nos âmes s'étaient croisées bien avant ce moment ? Le baiser échangé entre nous a été plus qu'étrange, chargé d'une tension que je ne peux pas qualifier, ce ne sont donc pas des sentiments amoureux. Pourtant, je me sens perdu, mes pensées s'embrouillent, et je ne trouve pas de réponses à mes questions.

La nuit a été longue, mes pensées ne m'ont pas laissées tranquilles un seul instant. La tension dans mon corps est si palpable que je sens la douleur dans chacun de mes membres. Je me lève pour quitter la chambre, mais l'absence d'Austin et de Jayson me frappe immédiatement. Sur le frigo, un morceau de papier attire mon attention.

« On a dû partir, apparemment. Dana a du nouveau. On se retrouve au poste. À toute. J. »

Je bâille, puis me sers un bon café. Inutile de discuter tant que je n'ai pas eu ma dose de caféine. Pourtant, la personne qui frappe à ma porte semble ignorer cette règle fondamentale. En ouvrant, je fais face à l'agent Bridge, qui rougit en me découvrant dans cette tenue légère. Je me décale, lui offrant le passage, puis retourne dans la cuisine.

— Bonjour, monsieur Evans. Je... S'il vous plaît, arrêtez de me raccrocher au nez quand je vous propose mon aide. Ça commence à m'agacer, dit-elle d'un ton presque désespéré.

Je lève un sourcil, surpris. Je m'attendais à mille raisons pour sa venue, mais pas à ça.

— Tu as fait quinze kilomètres juste pour ça ? Tu sais bien que ça ne changera rien.

— Non, évidemment que non.

— Donc ?

— Vous... Je... Pourriez-vous vous habiller, s'il vous plaît ?

Elle rougit encore davantage. Je ne peux nier que cela fait chavirer mon cœur de voir que je lui fais de l'effet ainsi vêtu. Je lève les yeux au ciel l'air de rien, puis me dirige vers la chambre, enfilant un tee-shirt et un jean à la va-vite. Je reviens dans la cuisine, suivi de Clayton qui semble encore à moitié endormi.

— Oh... Je... Je dérange ? Je repasserai plus tard.

— On ne couche pas ensemble. Je te rappelle que c'est mon meilleur ami, dis-je, la frustration perçant ma voix.

— Ça ne me regarde pas, vous savez.

90

Je soupire, l'agacement me rongeant.

— Pourquoi es-tu venue ?

— Je suis venue par rapport à la photo que Jayson m'a envoyée hier soir.

Mon cœur rate un battement, et je manque de faire tomber ma tasse. C'est surprenant, je ne savais même pas que Jayson avait envoyé la photo à Eriven, et je ne l'ai pas vu faire. Je me concentre à nouveau sur les paroles de la jeune femme.

— Bien, et qu'est-ce que tu as ?

— C'est une écriture qui a déjà été enregistrée dans notre base de données...

Elle semble hésiter, son regard fuyant. Clayton l'incite à continuer.

— Il y a vingt-cinq ans.

Le choc me frappe de plein fouet, et cette fois, je ne peux rien faire pour empêcher la tasse de se fracasser au sol. Les morceaux de porcelaine se plantent violemment dans mes pieds, la douleur physique s'ajoute à celle qui m'étreint déjà l'esprit. Je chute, les cris de Clayton devenant des échos lointains. Eriven s'active pour soigner mes blessures, mais j'ai du mal à me reconnecter à la réalité. Ce n'est que lorsque je sens un gant mouillé sur mon front et une douleur insupportable que je reviens à moi. Mon regard se porte sur Eriven, qui tente d'enlever les morceaux de porcelaine. Le sang éclabousse, transformant la scène en un tableau cauchemardesque. Clayton veut attirer mon attention, mais tout cela m'échappe, la douleur prenant le dessus.

— Il faudrait peut-être appeler une ambulance, il perd beaucoup de sang là ! s'affole Clayton, la panique dans sa voix.

— Laissez-moi faire.

Finalement, mes pieds sont bandés en quelques minutes seulement, et le sang ne coule plus, mais la tension demeure, le chaos intérieur difficile à apaiser. Je pense que mon meilleur ami exagère lorsqu'il exige une ambulance, je n'ai pas perdu autant de sang que ça.

Je me relève avec l'aide de Clayton. Les informations tourbillonnent dans ma tête comme une tempête désordonnée. Je n'arrive pas à retrouver ma concentration, l'anxiété me tient et ne me lâche plus.

— Est-ce que… Est-ce que tu as réussi à trouver l'auteur ? demandé-je, la voix tremblante.

— Non…

Un frisson me parcourt l'échine, une sensation glaciale. Pourquoi ai-je cette intuition troublante que tout a été manigancé depuis le début, et que nous sommes simplement tombés dans un piège ? Ma respiration s'accélère, l'air me manque. Je m'appuie contre l'îlot central, essayant de me calmer, mais ce n'est pas suffisant. C'est à ce moment-là que le téléphone de Clayton sonne.

— Agent Donovan, ce n'est pas le moment, je suis… commence-t-il.

— Passez-le-moi !

La voix de Jayson résonne, tranchante et directe. Clayton, par crainte de le contrarier, me tend le combiné. J'ai du mal à le tenir, ma respiration devient de plus en plus saccadée, comme si chaque mot me demandait un effort surhumain.

— Respire avec moi. Samy, respire avec moi, m'ordonne Jayson, la voix douce mais ferme.

Le surnom qu'il utilise me renvoie vingt-cinq ans en arrière, à un temps où mon jumeau m'appelait ainsi. Je déteste ce surnom en temps normal, mais Ezickel était le seul à l'employer. Étrangement, que Jayson l'utilise ne me dérange pas, c'est même étrangement familier, comme un vieux souvenir réconfortant. Je fais ce qu'il me dit et tente de respirer avec lui. Après quelques minutes, je parviens à me calmer, mais je me sens déjà épuisé, comme si cette simple conversation avait drainé toutes mes forces.

— Merci, soufflé-je, la voix brisée par l'émotion.

— Qu'est-ce qui s'est passé ? me demande Jayson, son inquiétude palpable.

— Je… L'écriture… L'écriture sur la photo… Elle correspond à une écriture dans la base de données… Utilisée il y a vingt-cinq ans…

Des bruits de l'autre côté du combiné me parviennent, témoignant de l'agitation.

— Cameron, lâche-moi, j'ai un truc urgent à régler, dit Jayson.

— Ton couple n'est pas urgent ? réplique Cameron, une pointe de sarcasme dans sa voix.

Je devine facilement qu'il est non loin de Jayson. J'entends le bruit d'une veste qu'on boutonne, comme un signe que quelqu'un s'en va.

— Écoute, je suis désolé, mais tu n'es pas le centre du monde aujourd'hui. J'ai besoin de voir d'autres personnes, continue Jayson, l'exaspération sous-jacente dans son ton.

— Mon ex. Tu veux te le taper ? rétorque Cameron, provocateur.

— Quoi ?

Jayson et moi disons ça en même temps, l'étonnement partagé, même s'il n'est pas à côté de moi.

— Je ne compte pas me taper ton ex. Je te rappelle que je suis fidèle, contrairement à certains, ajoute-t-il, la tension dans sa voix s'intensifie. Et maintenant, je m'en vais, que ça te plaise ou non.

Sa voix est glaciale, la porte claque, j'en déduis que Jayson a laissé Cameron seul.

— Je suis là dans cinq minutes. Clayton ne te laissera pas aller bosser dans cet état, pas vrai ? reprend Jayson, déterminé.

— Je commence à me demander si c'est mon meilleur ami ou le tien, dis-je avec un sourire, une lueur d'humour tentant de percer la tension.

— Austin aurait agi de la même façon. Toujours à nous couver, me répond-il, sa voix plus légère.

Je souris légèrement avant de raccrocher, sentant un répit fugace. Je regarde Eriven et Clayton discuter avec animation, une tension palpable entre eux.

— Du tact, Eriven ! Vous savez que cette affaire le touche personnellement ! s'exclame Clayton, la frustration dans sa voix.

— Je… Pardon, je ne pensais pas… Je suis désolée, répond Eriven, l'angoisse transparaissant dans son regard.

— Clay, stop, dis-je d'un ton qui ne laisse pas place à la discussion. Elle ne pouvait pas savoir.

Clayton pince les lèvres, contrarié, mais il hoche la tête, réalisant que j'ai raison.

— Excusez-moi, Eriven, murmure-t-il, la culpabilité l'envahissant.

— C'est moi, balbutie-t-elle, le regard fuyant.

— Ne te sens pas coupable de quoi que ce soit, dis-je, essayant de les rassurer.

— C'est de ma faute si vous vous êtes blessé…

— Non, ce n'est pas de ta faute.

— Dans tous les cas, tu restes ici. Hors de question que tu ailles au poste dans un état pareil, tranche Clayton, son autorité étant indiscutable enfin c'est ce qu'il croit.

Clayton prend ses affaires et quitte la pièce avec Eriven, me laissant seul. Je lève les yeux au ciel, exaspéré par cette prévisibilité. N'ai-je pas confirmé ça au téléphone avec Jayson à l'instant ? Bien sûr que si.

Je reste seul environ une minute. La sonnette retentit juste après le départ de Clayton. Une angoisse sourde s'empare de moi à l'idée que mon meilleur ami puisse croiser Jayson. J'ouvre la porte, laissant entrer ce dernier, dont le regard se pose immédiatement sur le désordre dans la cuisine, puis glisse vers le sol.

— Ça va ? Son ton trahissant son inquiétude.

— Je vais bien, grogne-je. On ne peut pas en dire autant de ma tasse.

Il arque un sourcil, perplexe.

— On est d'accord que tu ne vas pas rester sans rien faire ?

— Non, c'est clair.

— On pourrait peut-être trouver un cheveu ou quelque chose dans ta voiture qui nous donnerait une piste, propose-t-il.

— Bonne idée.

— Tu es sûr que tu vas bien ?

Je sens qu'un mensonge serait vain. Je suis un livre ouvert pour Jayson, il sait lire entre les ligne, il est capable de lire à travers mes faux-semblants. Parfois, je peux duper mon meilleur ami, mais avec Jayson, c'est impossible.

— Je survivrai, dis-je, tentant de paraître détaché.

— On le retrouvera. Ce salop ne s'en tirera pas comme ça, j'en suis persuadé.

J'aimerais partager sa confiance, mais l'angoisse m'envahit.

— J'ai l'impression qu'il me nargue. Il savait que j'enquêtais sur lui... Il m'a manipulé, comme une marionnette !

La colère remonte en moi, brûlante et irrationnelle. Je frappe le mur le plus proche, la douleur soudaine dans ma main atténuant temporairement celle qui déchire mon cœur. Jayson se rapproche, pose doucement sa main sur la mienne, j'ai l'impression qu'il essaye d'aspirer ma douleur, autant physique que mentale.

— Oui, il t'a manipulé. Il a peut-être gagné une bataille, mais pas la guerre. Tu peux encore agir, tu peux le piéger.

Les mots de Jayson touchent une corde sensible, faisant fondre ma colère aussi rapidement qu'elle est venue.

— Comment piéger un type qui sait appuyer là où ça fait mal ?

— Peut-être qu'il s'attendait à ta réaction. Mais s'attendait-il à ce que tu aies un nouveau coéquipier aussi intelligent que toi ? dit-il en souriant, son espièglerie éclairant l'atmosphère tendue.

— On sait très bien que je suis le plus intelligent des deux.

— Dans quel monde vis-tu, Samy ? Nous savons tous que c'est moi, rétorque-t-il, amusé.

Un sourire s'étend sur mes lèvres, Jayson est définitivement un remède efficace contre la morosité.

— Par quoi on commence ?

— Réparer ton plafond ?

— Ça me semble être une excellente idée.

Jayson sourit en coin, prenant mes clés pendant que j'enfile mes chaussures.

— Il nous faut une couverture.

— Une couverture ?

— Clay va essayer de revenir chez moi pendant la pause déjeuner. Il faut le distraire.

— Oh… Je n'ai pas vraiment d'idée pour ça.

Prenant mon portable, je compose un numéro que je n'ai pas appelé depuis longtemps.

— Duncan Guerreso, que puis-je pour toi ?

— J'ai besoin d'un service.

Je mets le téléphone sur haut-parleur pour que Jayson puisse entendre.

— Toujours pas de sexe ?

— Non, toujours pas.

— Merde, je suis déçu. Que puis-je faire pour toi ?

— Peux-tu occuper Clayton suffisamment pour qu'il ne vienne pas chez moi à midi ?

— Hum… Je ne vois pas trop ce que je pourrais faire…

— S'il te plaît. J'ai vraiment besoin de ce service.

— Ok. Juste, promets-moi de ne rien faire de stupide.

— Tu sais que je ne fais jamais de promesses que je ne peux pas tenir.

Je raccroche avant qu'il ne réponde, le regard de Jayson, interrogatif, en dit long.

— Ouais… J'ai été en couple avec lui pendant un temps.

— Pourquoi j'ai l'impression que tu te sens coupable ?

— Parce que c'est à cause de notre relation que Clayton a été accepté dans la police, mais il ne le sait pas.

— Il l'a appuyé parce que vous étiez ensemble ?

— Il l'a fait parce que nous étions ensemble, mais aussi parce que Clay était déterminé à me redonner espoir. Ça a fait pencher la balance.

— Pourquoi vous vous êtes séparés ?

— La culpabilité. J'avais l'impression de trahir mon meilleur ami en faisant ça, et je ne pouvais pas continuer.

— Tu te sens coupable de beaucoup de choses qui font juste de toi un être humain.

Jayson me frôle en sortant de la pièce. Je le suis, songeant à ses paroles. Nous arrivons rapidement au parking, et je fais un pas vers ma voiture. La douleur dans mes pieds me rappelle à l'ordre : conduire n'est pas une option. De toute façon, Jayson a déjà pris mes clés, autant ne pas me faire d'illusions.

CHAPITRE ONZE

Je prends place du côté passager en silence, tandis que Jayson s'installe au volant, tout aussi silencieux. Ce silence n'est pas dérangeant ; il est simplement le reflet de nos pensées mêlées. Je scrute l'arrière de ma voiture, espérant apercevoir une piste, mais au fond de moi, je sais que l'homme ou la femme qui me manipule a pris soin de ne laisser aucune trace.

— Écoute, tu m'as révélé un de tes secrets hier, concernant ton nom de famille… J'aimerais te rendre la pareille.

— Tu n'es pas obligé, lui dis-je.

— J'y tiens... J'ai été adopté quand j'avais cinq ans.

Je fronce les sourcils, cette révélation me surprend. Que faire avec cette information ? Devrais-je compatir, l'encourager à se dévoiler davantage ? Ce sont des questions auxquelles je n'ai pas l'habitude de répondre. J'agis par instinct.

— Tu connais ta famille biologique ?

— Non. Et non, je ne veux pas la retrouver, coupe-t-il net, anticipant ma prochaine question.

— Pourquoi ?

— Je n'ai pas envie d'en parler.

Je me pince les lèvres. Jayson fonctionne comme moi : quand les questions deviennent trop personnelles, il se ferme, se braque, et évite la discussion.

— Qui est au courant ?

— Personne. Personne, hormis toi.

Ce geste me touche profondément. Est-ce que cela signifie que Jayson me fait confiance autant que je lui fais confiance, sans vraiment savoir pourquoi ? Apparemment, oui.

— Tu sais où on peut aller pour ta voiture ?

— Il y a un hangar à la sortie de la ville, conduis jusqu'à là bas.

Il hoche la tête, acquiesçant sans discuter. Je réfléchis un instant avant de lui indiquer la route. Au bout de quelques minutes, nous arrivons devant le hangar, au milieu d'un endroit complètement abandonné.

— Oh... Euh... Je ne pensais pas mourir ici.

Je lève les yeux au ciel, exaspéré. Vraiment, Jayson est une véritable drama queen. Je descends de la voiture, ouvrant les portes du hangar pour qu'il puisse entrer avec le véhicule. Ce n'est pas un simple hangar ; c'est un endroit rempli de matériel mécanique : des pièces de voiture, des moteurs, et tout l'équipement nécessaire à la mécanique. Une fois garé, Jayson descend, perplexe.

— Je... Je ne comprends pas.

J'allume la lumière, révélant tout l'équipement.

— C'est mon hangar. C'est ici que je venais quand…

— Quand tu faisais les courses, coupe Jayson, une étincelle d'enthousiasme dans ses yeux.

— Exact. Je m'occupais de la mécanique, mais il ne fallait pas que je me fasse repérer.

— Tu as retapé ta voiture toi-même ?

Jayson s'émerveille devant l'endroit. Il déambule entre les objets mécaniques tandis que je m'assois sur le capot de la voiture, une habitude réconfortante. Je le laisse explorer, sentant le poids du passé m'envelopper. Ici, je me sens chez moi, comme si j'étais revenu dix ans en arrière, à une époque où la vie me semblait insignifiante et où la vitesse et le risque faisaient vibrer chaque fibre de mon être. Je ferme les yeux un instant, me laissant envahir par des souvenirs. L'odeur du cambouis est inchangée.

— Ta voiture a dû finir dans un sale état un paquet de fois.

Je sors de ma bulle à la remarque de Jayson. Je ne peux pas le nier. J'ai eu ma part d'accidents et de tôles froissées. Je hausse les épaules, me dirigeant vers l'étage du hangar, rapidement suivi par Jayson. Un toit en piteux état traîne là. Je m'approche pour retirer le tissu encore intact. Jayson s'approche d'un siège, et il grimace en voyant le sang séché qui macule le tissu qu'il effleure.

— C'est… c'est…

— Mon sang ? Jayson hoche la tête, et je soupire. Ouais… Il n'y a pas eu que des bons côtés avec les courses.

Jayson me pousse à poursuivre.

— C'était une période sombre de ma vie, où je ne tenais pas à grand-chose. Prendre des risques était devenu mon mantra. Un soir, il pleuvait des cordes. La course aurait dû être annulée, peu de participants ont voulu courir. Cameron… Cameron et moi, on a décidé de tenter notre chance. Ton copain était aussi fou que moi à cette époque. Les virages étaient terriblement glissants. Cameron a dérapé, a percuté l'arrière de ma voiture, me déviant de la trajectoire et m'envoyant dans le ravin en contrebas. Ironie du sort, je m'en suis tiré avec un mois de coma, plusieurs fractures, et ma caisse complètement détruite. Quand je suis sorti de l'hôpital, Cameron m'a fait jurer d'arrêter les courses. Je l'ai fait, mais j'ai tout de même reconstruit ma voiture.

Jayson jette un coup d'œil à la voiture en contrebas.

— Je pensais que lorsque Austin t'avait arrêté la première fois, vous aviez vraiment arrêté. Et comment peux-tu conduire une voiture qui a failli te tuer ?

— Quand Austin nous a arrêtés, ce n'était que le début. Cette voiture m'a sauvé, au contraire. Grâce à elle, j'ai trouvé un nouveau but. J'y ai passé des mois, des années à la retaper. Je l'ai même emmenée chez le mécano il y a quelques semaines pour vérifier que tout était en ordre.

— Qu'est-ce qu'on est venu faire ici, alors ?

— J'ai peut-être ce qu'il nous faut.

Je lui montre un ciel de toit presque neuf. Jayson s'approche, inspecte le tissu et constate qu'il est en excellent état, contrairement au reste du toit qui semblait fichu.

— Combien de temps es-tu resté en couple avec Cameron ?

La question me prend au dépourvu. Jayson a ce talent pour poser les questions qui le tourmentent et qui déroutent les gens.

— Cinq ans.

Il semble avoir du mal à encaisser ma réponse. Je le remarque.

— Vous avez rompu à cause de ce qui s'est passé à l'anniversaire de Cameron, mais… je suppose que c'était la goutte d'eau.

— Cameron est un poison. Il t'attire dans ses filets, te montre le monde en rose, puis il te rabaisse et te détruit.

Je jette un coup d'œil au poignet caché de Jayson.

— C'était un accident.

Je ricane. Jayson se vexe immédiatement.

— Tu sais aussi bien que moi que ce n'en est pas un.

— On n'est pas là pour parler de ma vie avec Cameron, mais pour réparer ta voiture, rétorque Jayson.

— C'est toi qui as lancé le sujet.

Je descends avec ce dont nous avons besoin, oubliant presque la douleur dans mes pieds. J'ouvre les deux portes pour arracher le ciel de toit restant. Comme je l'avais imaginé, en le retirant, je ne trouve aucun indice, aucune trace de l'homme qui m'a plus ou moins menacé.

Je sens la présence de Jayson dans mon dos. Aucun de nous ne parle, le sujet de Cameron est trop sensible entre nous. Finalement, Jayson m'aide dans ma besogne, et il ne nous faut pas longtemps pour tout enlever. Je vais chercher ma brosse métallique pour tenter d'effacer les inscriptions. Nous passons plusieurs heures à les gratter, et une fois cela fait, nous remettons le ciel presque neuf. Je pose la brosse au sol et, soudain, un bruit provenant de derrière le rideau que j'ai installé pour aménager un coin nuit me fait sursauter. Je fais signe à Jayson de se taire.

— Evans, je sais que tu es là. Faut qu'on parle.

Je remarque que Jayson reste caché à l'entente de la voix de Cameron.

— Tu es si prévisible.

— Jones, que me vaut le déshonneur de ta visite ?

— Mon cher copain m'a quitté ce matin pour venir te voir et n'est toujours pas rentré.

— Tu m'envois ravi.

Je lève les yeux au ciel.

— Je t'interdis de t'approcher de lui, crache froidement Cameron.

Je fais un pas menaçant en direction de Cameron.

— Tu ne m'interdis rien du tout. Ton copain est assez grand pour choisir qui côtoyer, je rétorque avec un ton glacial.

Cameron me plaque violemment contre le lavabo derrière moi. Je vois Jayson bouger, mais Cameron n'a rien capté. Je fais un geste discret de la main pour lui signifier de rester en retrait. Il reste immobile. Cameron écrase mon corps de tout son poids. Je maudis mon coeur qui s'emballe malgré tout. J'ai beau détesté Cameron de tout mon être, mes sentiments pour lui reste pourtant inchangé.

— Il est à moi. Je ne te laisserai pas lui retourner le cerveau.

Avant que je ne puisse anticiper son mouvement, Cameron m'embrasse. Je le repousse violemment et lui mets un coup de poing dans le nez, l'envoyant au sol et révélant ainsi la présence de Jayson non loin de nous. Je m'éloigne de Cameron, qui se relève et fixe Jayson, ses yeux emplis de larmes. Cela serait mentir que de dire que je n'ai rien ressenti à son baiser. Mais je n'ai pas le droit de ressentir quoi que ce soit : il est en couple, et je le hais.

— Les salops comme toi ne changeront jamais, j'assène.

— Les âmes détruites comme toi non plus.

Je serre les poings, le cœur battant.

— Qui est détruit continuera de s'autodétruire. Combien de fois as-tu pensé à en finir, Sammaël ?

Je me retourne vivement, prêt à faire un pas en avant, mais une poigne de fer me retient. Mon regard se pose sur Jayson, qui me tient fermement. Ses mots sont comme un poison qui s'introduit dans mes veines. Il sait toujours choisir ceux-ci avec soin.

— Il n'en vaut pas la peine.

Cameron ricane.

— Et toi, regarde-toi, tu es faible. Tu ne vaux pas mieux que lui.

Sans hésiter, Jayson s'approche de Cameron et lui donne à son tour un coup de poing dans le nez, suivi d'un directement dans le ventre, faisant tomber Cameron une fois de plus. Après s'être défoulé, Jayson se dirige vers le côté passager de la Camaro. Je m'accroupis à côté de Cameron et chuchote :

— C'est toi le faible. Ça a toujours été toi. Tu es incapable de voir que tu ne sais vivre qu'en installant la peur chez les autres. Regarde-toi, tu es tellement minable.

Je le laisse seul et rejoins Jayson dans la voiture. Je démarre, recule, puis quitte les lieux sans un regard en arrière. Le silence dans la voiture est pesant, l'un de nous est sur les nerfs, l'autre est détruit. Je roule à travers la ville sans vraiment savoir où je vais. J'ai juste besoin de rouler sans but.

CHAPITRE DOUZE

J'ai roulé à l'autre bout de la ville avant de prendre un chemin de terre, où une maison abandonnée se dresse, lugubre et menaçante. Je descends de la voiture, après l'avoir arrêtée dans un bruit de pneus crissant, le cœur lourd. En m'avançant vers la maison, je suis surpris de sentir Jayson me suivre. Sa présence derrière moi m'apporte un léger réconfort, mais l'angoisse pèse sur moi. Je pousse la porte, qui s'ouvre dans un bruit sinistre, comme un cri de désespoir. Mes yeux parcourent la maison ; rien n'a bougé, si ce n'est la poussière accumulée sur les meubles, témoignant d'années de négligence. Cet endroit est celui que je déteste le plus, le lieu de mes plus grandes souffrances. Pourtant, c'est aussi l'endroit qui me soulage lorsque j'ai besoin de temps pour moi.

À chaque pas dans la pièce, des souvenirs douloureux refont surface. Je prends la batte de baseball posée dans un coin. Je l'observe un instant, la texture du bois me rappelle des souvenirs amers, puis la colère m'envahit, telle une marée noire. Je frappe violemment la télé, laissant échapper un cri de rage qui résonne dans l'air, faisant sursauter Jayson. La colère déferle sur chaque meuble présent, je me libère de ma douleur, je détruis tout.

Jayson s'approche de moi, son regard inquiet me touche profondément. Il pose délicatement sa main sur mon poignet pour récupérer la batte, et dans ce geste, je sens son soutien. Je m'effondre, la rage qui m'avait envahi laisse place à un torrent de larmes qui coulent clandestinement sur mes joues. Jayson s'installe à mes côtés et m'enlace, comme si c'était la seule chose qu'il pouvait faire pour me réconforter. Dans ses bras, je me sens à la fois fragile et protégé, comme si, pour un moment, tout pouvait aller mieux.

Des heures passent, et je suis allongé la tête sur les genoux de Jayson, éprouvé par la douleur mais apaisé par sa présence. Ce moment de calme est brisé par le son de son téléphone qui sonne, me tirant brutalement de ma torpeur. Il met le haut-parleur.

— Oui ?

Sa voix est rocailleuse, et j'entends la fatigue qui l'accable.

— Sam est avec toi ? s'inquiète Austin.

— Oui.

— Où êtes-vous ?

— À la sortie de la ville. Dans une... maison abandonnée.

— Une maison abandonnée ?

Un couinement s'élève de l'autre bout du combiné, et j'imagine l'inquiétude croissante d'Austin attirant l'attention d'autres personnes.

— Ils sont dans la maison des Carter, signale Clayton à Austin. Qu'est-ce qui s'est passé ?

— Je ne sais pas exactement...

— Passe-le-moi.

Je secoue la tête, le poids de ma tristesse me paralyse, et je refuse de parler.

— Vous êtes sur haut-parleur, informe Jayson, sa voix tremblante de nervosité.

— Sam, parle-moi.

Je secoue encore une fois la tête, la douleur me serre la poitrine.

— Il ne... ne veut pas vous parler...

— Austin, va chercher ta voiture. Sam, s'il te plaît, parle-moi.

— Je n'en ai pas envie.

Ma voix est brisée, chargée d'émotions, comme celle de quelqu'un qui a trop pleuré, trop crié, trop laissé son âme s'exprimer.

— Sammaël...

Je raccroche le portable de Jayson, un sentiment de désespoir m'envahit.

— Ils vont venir nous chercher, tu en es conscient ?

— Je sais.

Dans cette réponse, je sens une lourdeur, comme si l'avenir nous rattrapait, et j'ai peur de ce qui pourrait arriver ensuite.

La nuit tombe, et le froid s'infiltre dans la maison, glaçant chaque recoin. Une rafale polaire me fait frissonner alors que je m'endors, épuisé par la tension. Jayson, silencieux à mes côtés, semble inconscient du temps qui passe. Bien que la situation soit troublante, je me sens étrangement à ma place. Puis, le crissement des pneus résonne à l'extérieur. Je me réveille en sursaut lorsque la porte s'ouvre, je suis perdu pendant quelques minutes, puis je comprends rapidement qu'il s'agit de mon meilleur ami.

Clayton se précipite vers nous, une énergie nouvelle dans ses mouvements. Il drape une couverture autour de moi, puis une autre autour de Jayson, apportant une chaleur réconfortante qui contraste avec le froid ambiant. Je tente de me relever, cependant, mes jambes fléchissent sous le poids de la fatigue et de la confusion, une poigne ferme m'empêche de tomber. Je sens qu'on me prend les clés de la voiture, je ne trouve pas la force de protester, noyé dans un océan de lassitude. Je me laisse guider jusqu'à la voiture, je ne trouve pas la force de résister. Installé côté passager, je vois vaguement Austin s'occuper de Jayson, son visage mêlant inquiétude et détermination. J'appuie ma tête contre la vitre, le monde s'estompe lentement autour de moi. La couverture serrée contre moi, je sombre à nouveau dans les bras de Morphée, un soulagement temporaire.

Ce n'est que de longues heures plus tard que je reprends connaissance. Je suis dans mon lit, entouré de couvertures chaudes qui me bercent d'une douce chaleur. Une douleur sourde me traverse la tête, pulsant comme un tambour dans mon crâne. Je me redresse doucement, la fatigue toujours présente, mais une agitation extérieure attire mon attention. Des éclats de voix provenant de l'autre côté de la porte me font comprendre que je ne suis pas seul.

— Bon, maintenant tu vas nous dire ce qui s'est passé ? s'agace Clayton, son impatience palpable.

— Clay... sermonne Austin, mais l'angoisse est déjà là, alimentée par l'inquiétude.

— Pardon, lâche Clayton, un peu honteux.

— Je vous l'ai dit, je ne sais pas. On était dans un hangar où il y a des pièces de voitures, cherchant de quoi réparer sa voiture. Cameron nous a retrouvés là-bas. Ils se sont engueulés. Cameron a tenté de l'embrasser. Puis il dit une phrase qui l'a atteint...

— Une phrase ? Qu'est-ce que c'était ? enchaîne Clayton, la tension dans sa voix.

— Ça ressemble à quelque chose comme, « Qui détruit, continuera de s'autodétruire. Combien de fois as-tu pensé en finir, Sammaël ? »

— Je vais le butter ! s'écrie Austin, la colère et l'inquiétude se mêlant dans sa voix.

— Non.

Tous les regards se tournent vers moi, et je sens le poids de leur attention. Appuyé contre le chambranle de la porte, c'est la seule chose qui me soutient. Clayton fait un pas vers moi, mais je recule dans la pièce. Tout tourne autour de moi, et je suis sur le point de chuter lorsque deux bras puissants me retiennent fermement, une seconde fois en peu de temps. Je reprends pied dans la réalité, assis sur une chaise, le souffle court. Je devine que c'est Jayson qui m'a soutenu et permis de m'asseoir. Un verre d'eau apparaît devant moi. Je le bois d'une traite, la fraîcheur du liquide me redonne un peu de force.

— Comment ça, non ? agresse Austin, l'angoisse maintenant visible sur son visage.

— J'ai dit non. Tu n'iras pas le butter, je rétorque d'une voix froide et tranchante.

— Mais putain ! Combien de fois devra-t-il te mettre par terre encore pour que tu arrêtes de le défendre, bordel ! s'énerve Austin, sa frustration éclatant dans chaque syllabe.

— Ce n'est pas sa défense que je prends, couillon ! C'est la tienne ! Hors de question que tu passes ta vie à payer les pots cassés comme à chaque fois ! Stop, on arrête les frais, on arrête les conneries. Ça suffit, j'abandonne. Cette fois, il a gagné. J'ai laissé le bénéfice du doute suffisamment longtemps. Je ne le laisserai plus faire partie de ma vie. Je ne veux plus entendre parler de lui.

— Sam... se calme Austin, un mélange de surprise et de regret dans sa voix. Excuse-moi.

Je le regarde comme s'il était fou. Pourquoi s'excuse-t-il exactement ? Pour la connerie de son frère ? Il n'est pas responsable, il n'en a jamais été responsable, et je désespère de le voir si aveugle. J'espère qu'il parviendra à se le rentrer dans la tête.

Le poids de la situation m'écrase, mais dans cette tempête émotionnelle, une lueur de détermination commence à briller en moi. Je ne laisserai pas Cameron détruire ce que j'ai construit. Je refuse de lui donner ce pouvoir.

— Bon, je pense qu'il est tard, il est temps qu'on rentre, intervient Clayton.

— Oui, rentrons.

Austin et Clayton se lèvent, déterminés à quitter l'appartement. Jayson reste assis un instant, puis finit par se lever pour suivre les autres. À peine la porte se ferme-t-elle que je me sens déjà seul, une sensation désagréable qui s'installe immédiatement. Ce sentiment de vide que laisse Jayson lorsqu'il part me pèse, sans que je puisse vraiment l'expliquer. Mon regard parcourt mon appartement, et je prends un moment pour l'observer. Ma tête a arrêté de tourner, probablement que le fait d'avoir bu m'a fait du bien.

Je me lève pour regagner ma chambre, le cœur lourd. Je me glisse dans mon lit, mais mon esprit est trop agité pour me laisser me rendormir. Je fixe le plafond, espérant calmer mes pensées. Je suis tellement perdu. Cameron m'a ramené à un point que je m'étais juré de ne plus atteindre. Il a brisé le peu de force que j'avais pour surmonter notre séparation.

Un soupir s'échappe de mes lèvres, et les larmes perlent à nouveau sur mes joues. Je les essuie d'un geste rageur. Non, je ne pleurerai plus sur notre histoire.Je ne veux pas lui donner cette satisfaction une fois de plus. Mon téléphone vibre dans ma poche, interrompant mes pensées sombres. Je décroche sans regarder l'identité de l'appelant.

— Oui ?

— Bonsoir, monsieur Evans. Je sais qu'il est tard, mais monsieur Sullivan et monsieur Jones sont partis précipitamment du poste après avoir prononcé votre prénom. Je voulais m'assurer que vous alliez bien...

— Bonsoir, Eriven.

Il ne me faut qu'un instant pour reconnaître la voix de la jeune femme. Un étrange sentiment m'envahit à l'idée qu'elle s'inquiète pour moi, même si c'est de manière indirecte. Décidément, j'ai du mal à déchiffrer mes émotions en ce moment. Il y a la contradiction qui me dit fonce, et l'autre qui me dit que je vais encore souffrir si je baisse ma garde.

— Je vais bien.

— Vous savez, je ne vous connais pas depuis longtemps, mais je sens au ton de votre voix que vous mentez...

— Ça n'a pas grande importance, tu sais.

— En fait... Je suis en bas de chez vous... J'ai une bouteille de vin... et de l'italien...

Je me redresse sur mon lit, le cœur battant. Je me lève d'un bond pour changer de vêtements. Hors de question que l'agent me voie mal en point. Je jette mon pull tâché dans la balle à linge sale et enfile une chemise propre. Je fais de même avec mon jean, tout en gardant le téléphone à mon oreille.

— Je t'ouvre.

À peine ai-je prononcé cette phrase que j'appuie sur le bouton de l'interphone pour ouvrir à la jeune femme avant de raccrocher. Je me demande brièvement comment elle a pu rentrer le matin même.

Je ne prends pas le temps de me poser la question. Je passe par la salle de bain pour vérifier mon apparence. Je sursaute presque en me voyant. Teint pâle, yeux rouges, cernes horribles. Je soupire de nouveau et me passe de l'eau sur le visage pour retrouver un peu de couleur. Je me parfume et me peigne rapidement. Juste à temps puisque la sonnette retentit.

Je me précipite vers la porte pour ouvrir. Eriven se tient devant moi, une robe rouge qui met en valeur sa peau blême, cela lui donne un charme fou. Ses lèvres colorées en rouge me frappent plus que je ne l'aurais pensé. Elle est tout simplement magnifique. Une attirance charnelle me submerge à sa vue. Je me décale de la porte pour la laisser entrer, tentant de refréner mes pulsions. Je refuse de passer pour un homme assoiffé ; je respecte bien trop l'être humain, et surtout les femmes, pour faire quoi que ce soit qui irait à l'encontre de sa volonté.

CHAPITRE TREIZE

J'invite Eriven à pénétrer dans mon appartement et referme la porte derrière elle. Mes yeux ne la quittent pas alors qu'elle s'avance vers la table. Il serait mentir de dire que sa présence ne me plaît pas. Soyons honnêtes, je ne sais pas cacher ce que je ressens à cet instant précis. Je suis hypnotisé par chacun de ses mouvements, comme si elle dansait sur une mélodie secrète. Cette mélodie est complètement envoûtante. Elle est plus que désirable, et je lutte contre l'appel bestial qui monte en moi, un besoin presque vital. Heureusement, j'ai tout de même un bon self-control.
Je vais chercher deux verres dans la cuisine, mais la chaleur embrase mon corps. Je dois cependant me contenir ; après tout, elle est sans doute venue pour s'assurer que je vais bien, non ?

Je lui tourne le dos, mais sa présence derrière moi est palpable. Le parfum d'Eriven emplit mes narines comme une douce drogue. Je m'appuie contre le rebord de l'évier, luttant contre la pulsion qui me dévore. Visiblement, elle a un autre projet, je sens ses mains qui glissent sous ma chemise, effleurant ma peau avec une tendresse troublante qui fait chavirer mon cœur. Chaque parcelle de mon être répond à cette caresse, des frissons me traversent, ma respiration se fait erratique. Pourtant, je tiens bon, luttant contre mes désirs.

Elle pose sa main sur mon poignet, me forçant à me retourner. Le spectacle de son regard, dilaté par le désir, m'électrise. Je vois l'ardeur dans ses yeux, une flamme que je partage. Mon souffle se perd un peu plus. L'appel de ses lèvres devient insupportable. Quand enfin nos lèvres s'unissent, c'est comme si le monde extérieur disparaissait, laissant place à une connexion brute et authentique. Ce baiser est une explosion de désir, loin d'être doux ; c'est une lutte passionnée, comme si nous cherchions à nous découvrir au plus profond de nous-mêmes. Nos dents s'entrechoquent, nos langues s'enlacent, et chaque mouvement fait vibrer notre âme. Je renverse la situation, plaçant Eriven entre l'évier et mon corps. Mes mains explorent son corps par dessus le tissu de sa robe, mais celle-ci devient vite un frein.

Eriven se débarrasse rapidement de ma chemise, dévorant mon cou avec une telle ferveur que chaque baiser laisse une traînée de chaleur sur ma peau, attisant un désir insatiable. Je frémis à chaque contact, et ses mains glissent sur mon torse, me faisant perdre pied un peu plus à chaque seconde.

La pièce se réchauffe, l'atmosphère devient électrique. Je déplace Eriven pour la plaquer contre l'îlot central, un frisson d'excitation me parcourt. D'un geste impulsif, je fais tomber tout ce qui se trouve sur le meuble. L'instant d'après, je la soulève et l'allonge dessus. Ses jambes s'enroulent autour de mon bassin, et je sens une nouvelle vague de chaleur m'envahir, une connexion qui dépasse le physique. Je déboutonne la fermeture éclair de sa robe avec une impatience contenue, chaque mouvement chargé d'une promesse. En quelques secondes, son habit rejoint ma chemise au sol, et l'urgence de l'instant rend l'endroit presque étouffant.

Nos lèvres se retrouvent pour un combat passionné, chaque caresse de nos mains révélant notre désir ardent. Des marques rouges et violettes se forment sur nos peaux naturellement pâles, témoins silencieux de notre passion. Les derniers vêtements qui restent sont nos sous-vêtements, trop encombrants pour ce qui est en train de se passer. Nous les faisons disparaître, l'appel d'une union totale étant irrésistible. Pourtant, je me vois contraint de me séparer d'Eriven un instant pour attraper un préservatif dans un tiroir. J'arrache l'emballage avec mes dents, mon cœur battant à tout rompre, puis le déroule sur moi.

Eriven me tire à nouveau vers elle, ses yeux brillants d'envie et de passion. Un coup de reins bien placé nous unit dans un élan de plaisir pur, comme si nous fusionnions en un tout. La pièce n'est remplie que de nos gémissements, nos peaux qui se frottent, chaque mouvement devient une danse entre désir et satisfaction. Pendant un instant, je sens que nous sommes complets, que nous sommes exactement à notre place. Ce n'est pas juste physique ; c'est brut, c'est réel, c'est nous. Une pulsion irrépressible se libère entre nous, et chaque instant passé à explorer l'autre ne fait qu'intensifier notre connexion.

Nous ne nous arrêtons pas à l'îlot ; notre passion nous entraîne dans la douche, puis dans la chambre. Chaque lieu résonne de nos soupirs et de nos rires, et chaque instant est un cadeau que nous nous offrons. Nous ne finissons par nous endormir que tard dans la nuit, épuisés mais comblés. Je dors sur le ventre, la couverture ne recouvrant que mes fesses. Lorsque je me réveille, je croise le regard d'Eriven, qui m'observe en se mordillant la lèvre. Un sourire se forme sur mon visage. Sa main effleure mon épaule. Je la fixe, mes yeux bleus foncés s'ouvrent pleinement, captivés par celle qui m'éblouit. C'est l'une des plus belles visions que j'aie jamais eues.

— Bonjour, monsieur Evans, dit-elle en souriant.

— Monsieur Evans ? je taquine. Étrangement, je n'ai pas souvenir que tu m'aies appelé ainsi cette nuit.

Bizzarement, le souvenir de la veille suffit à ranimer l'envie qui brûle en moi. La jeune femme se jette à nouveau sur mes lèvres, et l'étreinte passionnée reprend. Elle s'installe à califourchon sur moi, ses longs cheveux effleurant mes épaules, me rendant fou de désir. Il ne nous faut que peu de temps pour nous replonger dans notre danse, nos corps se mêlant dans une harmonie sauvage. Chaque geste, chaque souffle, chaque regard nous rapprochent, comme si nous étions destinés à vivre cette passion ensemble.

Ce n'est que lorsque mon téléphone sonne pour la vingtième fois, une heure plus tard, que je décide enfin de répondre.

— Bordel de merde, Sam ! Ça fait vingt fois que j'essaie de t'appeler ! crie Clayton dans le combiné, sa voix brisée par l'inquiétude.

— J'étais occupé. Et je le suis toujours.

En effet, Eriven s'amuse à titiller chaque partie de ma peau pour me faire réagir. Cela fonctionne trop bien, car une vague de frissons parcourt mon épiderme, rendant chaque mot de Clayton lointain, presque absurde. Je lutte pour rester concentré sur la conversation, mais chaque effleurement de ses doigts sur ma peau me détourne de la réalité.

— Sam ! Eriven n'est pas au bureau ! Elle n'est jamais absente !

À ces mots, je réagis enfin, stoppant les gestes de la jeune femme pour regarder l'heure sur mon téléphone. Il est presque midi, et la panique me saisit.

— Merde ! m'écrie-je, ma voix résonnant comme un coup de tonnerre dans le calme de la pièce.

Je me lève du lit comme si j'avais été piqué, attrapant un boxer dans mon armoire tout en gardant le téléphone à l'oreille. La réalité me rattrape, et l'adrénaline pulse dans mes veines.

— Sam ?

— Ouais, elle est avec moi. On arrive.

— Comment ça, elle est avec toi ? Et comment ça "on" arrive ?

— Crois-moi, tu ne veux pas savoir.

Je raccroche le téléphone, l'urgence de la situation me pousse à m'habiller rapidement. En me retournant vers le lit, je croise le regard d'Eriven, qui m'observe avec un sourire amusé, un sourire qui fait chavirer mon cœur. Je lui vole un baiser, conscient du risque que cela peut représenter. Mais à cet instant, je n'en ai que faire. Ce baiser, chargé d'une intensité nouvelle, parle de quelque chose de plus profond qu'une simple aventure, néanmoins ça, je ne lui dirais pas.

— Je suppose que je ne peux pas remettre ma robe pour le boulot...

— Tu risquerais de ne pas la garder longtemps, je réponds avec un sourire malicieux, ma voix trahissant le désir encore palpable entre nous.

— C'est bien ce qui me semblait. Tu aurais des vêtements de rechange ?

Je hoche la tête positivement, me dirigeant vers un coin de mon armoire d'où je sors des vêtements féminins. Le simple fait de l'aider à se vêtir me procure un sentiment de protection, une envie de la garder près de moi.

— Merci, murmure-t-elle, une lueur d'appréciation dans ses yeux, et je me sens enivré par cette gratitude.

Eriven ne pose pas de questions, et je ne me justifie pas, après tout, nous ne sommes pas en couple. Aucun de nous n'a de compte à rendre à l'autre. La complicité qui s'installe entre nous est intense, comme un fil invisible qui nous relie. Pourtant, je refuse de m'attacher entièrement à elle, car c'est prendre le risque de la perdre. Je ne veux pas y penser.

— Dommage pour l'Italien, il est gaspillé, ajoute-t-elle avec une légère moue, son regard trahissant un mélange de regret et de taquinerie.

Elle s'habille rapidement avant de faire un tour dans la salle de bain pour se rendre présentable. En un instant, le maquillage a disparu, mais les marques sur son cou, elles, demeurent, témoins silencieux de notre passion. Je regarde notre reflet dans le miroir, nous deux, portant chacun les traces de ce moment partagé. C'est à la fois vulnérable et puissant.

Sans que je ne m'y attende, elle sort un foulard de son sac et l'entoure autour de son cou.

— Navré, très cher, tu seras le seul à te faire chopper.

Un sourire en coin se dessine sur mes lèvres, et je ne ressens pas une once de gêne à cette idée. Nous quittons l'appartement ensemble, le silence entre nous chargé d'une complicité nouvelle. Je conduis Eriven au bureau, une atmosphère presque électrique entre nous. Nous arrivons vers midi et demi dans le bureau de Clayton. Comme à mon habitude, je pénètre dans le bureau sans frapper, Eriven sur mes talons. Clayton allait parler, mais lorsqu'il voit les nombreuses marques sur mon cou, il lève simplement les yeux au ciel, un soupçon de désapprobation mêlé à l'amusement.

— Ta raison, je ne veux rien savoir, dit-il avec un dégoût feint.

— Pourtant, ça te ferait pas de mal de t'envoyer en l'air de temps en temps.

— La ferme. Dana a du nouveau. Il y a des empreintes sur le tissu que j'ai récupéré hier. Celui de ta voiture.

Je hoche la tête positivement, prenant place sur la chaise, croisant mes pieds sur la table sans la moindre gêne. Eriven se place d'instinct à mes côtés, sa présence est rassurante dans ce contexte tendu.

— Et qu'est-ce que ça a donné ?

— Eh bien...

— Rien, interrompt Jayson.

Austin et Jayson viennent d'entrer dans la pièce comme si de rien n'était. Je me redresse sur ma chaise pour faire face aux nouveaux venus.

— Tel un fantôme, fais-je avec un soupir, ma frustration croissante.

Je remarque le geste d'Eriven vers moi, un espoir de réconfort dans son regard, mais elle semble le suspendre, regardant mes doigts comme si elle cherche à y lire quelque chose. Mon regard croise celui de Jayson, je sais qu'il a compris. Je ne sais pas comment, néanmoins, il a saisi l'essentiel. Je reporte mon attention sur mon meilleur ami.

— Retour à la case départ pour la troisième fois. Toronto approche à grands pas et nous n'avons toujours rien. Ce gosse va se faire kidnapper, et encore une fois, personne ne pourra rien faire pour sa famille, m'agace-je. À moins que...

— À moins que quoi ? rebondit Clayton.

— Il faut que l'on cherche les jumeaux nés à Toronto il y a cinq ans, du moins, ceux qui vont avoir cinq ans cette année.

— Donc, des jumeaux nés en 2016 ? demande Eriven pour confirmation.

— Ouais. Deux garçons. Ça devrait réduire les choses.

— Pourquoi deux garçons ? Cela pourrait être des filles, non ?

— Depuis le début, il s'en prend aux jumeaux garçons, clarifie Clayton.

— Je vais chercher ça. Mais je ne te garantis rien, Toronto est une grande ville...

— Je sais.

Eriven hoche la tête puis quitte la pièce dans un courant d'air, et tous les regards se posent sur moi.

— Depuis quand est-ce qu'elle te tutoie ?

— Je croyais que tu ne voulais pas savoir ? m'amuse-je, l'esprit encore embrumé par ce qui vient de se passer entre nous.

Je ne laisse pas le temps à Clayton de répondre que je quitte à mon tour la pièce. J'ai besoin d'un café. Je mets une pièce dans la machine qui me donne rapidement mon café, le bruit résonnant comme une promesse de réconfort. Je regarde le fond de ce dernier un instant, me perdant dans mes pensées. Je suis constamment tiraillé par la colère, la tristesse, l'incompréhension, et maintenant, avec Eriven et Jayson, de nouveaux sentiments font surface, cela je ne les comprends pas. L'impression d'être compris, soutenu, et surtout complet. Je me passe une main dans les cheveux, conscient que ma vie vient de prendre une tournure inattendue, mais tellement bienvenue.

CHAPITRE QUATORZE

Des jours s'étirent, une semaine, ou peut-être deux ; le temps m'échappe, et je suis enfermé dans une routine de boulot et de rencontres furtives avec Eriven. Pourtant, aucune piste ne se dessine à l'horizon.

Je suis assis devant l'ordinateur de Jayson et une vague de frustration m'envahit. Il y a trop de jumeaux pour que nous puissions déterminer lesquels pourraient être séparés. Mon esprit s'agite, à la recherche d'une solution, quand soudain, une idée me frappe comme un éclair. Je me lève d'un bond et sors toutes les enquêtes sur les enlèvements que nous avons examinées. Une récurrence attire mon attention : la date de naissance des jumeaux. Tous sont nés en novembre. Mon cœur s'emballe alors que je me jette sur la chaise pour approfondir mes recherches sur les jumeaux de Toronto. Une seule paire est née durant ce mois.

— J'ai une piste ! crie-je dans le bureau, l'excitation faisant vibrer ma voix.

Austin, Clayton, Eriven, Jayson et Dana arrivent en courant, leurs visages marqués par la curiosité.

— Quelle piste ?

— Eh bien, il y a eu de nombreuses naissances de jumeaux à Toronto en 2016.

Je marque une pause, mon regard se plissant alors que je scrute les dossiers.

— Mais j'ai remarqué une récurrence dans les cas d'enlèvements.

— Laquelle ? s'intéresse immédiatement Eriven, son attention pleinement captée.

— La date de naissance. Tous les jumeaux enlevés sont nés en novembre.

— De novembre ? s'étonne Jayson, la surprise se peignant sur son visage.

— Oui.

— Super, et en quoi cela peut nous aider ? intervient Austin, le scepticisme dans sa voix.

— Il n'y a eu qu'une seule paire née en novembre 2016.

Je me penche sur le dossier médical, une détermination nouvelle m'anime.

— Les Johnson.

— Je t'ai déjà dit qu'il faut un mandat pour obtenir les dossiers médicaux.

— Oui, mais nous n'avons pas une minute à perdre.

— Combien de temps nous reste-t-il ? questionne Eriven, l'inquiétude perce dans sa voix.

— À peine quelques jours.

— Nous avons besoin d'un plan !

Jayson, qui jusque-là était resté silencieux, s'approche pour examiner les dossiers étalés devant moi.

— Pourquoi cibler les enfants de cinq ans en particulier ? Pourquoi un seul sur deux ? Pour mettre en place un plan, il faut comprendre la psychologie de cet enfoiré.

Un silence lourd s'installe dans la pièce, et je grince des dents, la tension est à son comble. La seule personne qui aurait pu nous aider est absente, et je doute être prêt à faire appel à lui. Pourtant, je sais qu'il faut affronter cette réalité : sans lui, je ne pourrai pas avancer dans cette enquête. Mon regard croise celui de Jayson, qui semble comprendre mon dilemme. La personne qui m'a brisé pourrait bien être celle qui me reconstruira.

— J'ai un appel à passer.

Je quitte la pièce sans un regard en arrière, le cœur lourd mais résolu. Je compose le numéro que je connais par cœur, une habitude qui me déplaît profondément. À peine ai-je effleuré le bouton d'appel que la personne décroche à la première sonnerie.

— Je ne pensais plus jamais recevoir un appel de ta part.

La voix est glaciale, tout autant que mes propres pensées. Mais parfois, il faut savoir mettre de côté ses problèmes pour résoudre des enquêtes.

— Je ne pensais plus jamais t'appeler.

— C'est de bonne guerre. Qu'est-ce que tu me veux ?

— Es-tu toujours à Los Angeles ?

— Ouais. Je suis à l'hôtel Hilton, à côté de l'aéroport. Je comptais rentrer ce soir.

— Numéro de chambre ?

— 250. Pourquoi ?

Je ne laisse pas le temps à Cameron de répondre et raccroche. En me retournant, je sens une présence derrière moi : Clayton est là, son regard chargé d'inquiétude.

— Après tout ça, tu penses encore qu'il pourra nous aider ? Au risque de te détruire ?

Je prends une profonde inspiration, pesant mes mots.

— Il peut aussi être celui qui me reconstruit. Je suis prêt à tenter le coup, le jeu en vaut la chandelle. C'est la vie d'un gosse qui en dépend. Je ne peux pas laisser mes sentiments éloigner toutes les chances de le sauver.

— Mais à quel prix, Sam ?

Cette phrase résonne en moi, une mélodie lugubre que je n'ai jamais entendue aussi souvent depuis le retour des Jones dans ma vie. Clayton s'approche et me prend dans ses bras. D'habitude, je déteste ce genre d'affection, mais je sais qu'il a besoin de ce réconfort pour se rassurer. Alors, je resserre l'étreinte, embrasse son front et me dégage doucement. Je me dirige vers l'ascenseur. Quand je me retourne, je croise le regard de Jayson. Je ne parviens pas à déchiffrer ses émotions, mais je sens qu'il partage mes doutes. Les portes se ferment, et mes mains commencent à trembler. L'angoisse me saisit : c'est un jeu à double tranchant, où je risque de tout perdre. Il n'y aura plus de retour en arrière possible.

Je prends les clés de ma voiture, mes mains toujours tremblantes. Les portes de l'ascenseur s'ouvrent, et je quitte l'immeuble, mettant mes doutes de côté pour faire place à la détermination. La vie de ce gosse est plus importante. Je reprends contenance, ouvre la portière de ma voiture et, l'instant d'après, je démarre. La ville défile sous mes yeux, chaque lumière éclaire ma route, et il ne me faut que peu de temps pour arriver à l'hôtel.

Je gare ma voiture, descend et entre dans le hall. Je monte les escaliers, le numéro 250 en tête. Une fois devant la porte, je prends une grande inspiration et frappe. Je n'attends pas longtemps avant que la porte ne s'ouvre. Face à moi se tient Cameron, toujours aussi beau que dans mes souvenirs.Cependant, sa beauté ne suffit pas à atténuer la douleur qu'il a laissée derrière lui.

Cameron s'efface de l'entrée, pour me laisser passer. En entrant dans cette chambre d'hôtel, je me sens oppressé, comme si l'air se faisait plus lourd autour de moi. Les souvenirs me frappent de plein fouet. Le parfum qu'il porte me rappelle la première fois que nous nous étions rencontrés, une odeur familière qui éveille en moi une vague de nostalgie, mêlée à la colère et à la tristesse. Je ferme les yeux un instant, essayant de me concentrer sur l'objectif, mais l'intensité de mes émotions me paralyse, m'empêchant d'avancer.

Flashback.

Austin nous a conduits au poste. Cameron et moi sommes côte à côte dans l'ascenseur, et son parfum me subjugue. J'ai toujours eu une sensibilité aiguë aux odeurs. Je l'observe du coin de l'œil, mordillant ma lèvre. D'ordinaire, je ne me laisse pas emporter par mes hormones, mais là, je ne peux pas nier que l'homme à côté de moi me captive. Les portes de l'ascenseur s'ouvrent, et je reprends une bouffée d'air frais. Austin sort le premier, suivi de Cameron, dont le parfum flotte encore dans l'air, me rappelant tout ce que j'essaie d'oublier. Je finis par les suivre.

Fin du Flashback.

Notre relation a commencé quelques jours plus tard. Cameron a réussi à obtenir mes coordonnées grâce à Austin et m'a recontacté. Nous nous sommes revu pour une course. Puis, après la course, une chose entraînant une autre, nous avons fini par nous abandonner à nos désirs sur la banquette arrière de la Dodge.

Je secoue la tête, chassant ces souvenirs. Je n'ai pas le droit de penser à ça. Je suis sûr que Cameron le fait exprès ; il connaît ma sensibilité à son parfum. En général, il le porte chaque fois qu'il désire me séduire. Il frôle mon bras avant de s'asseoir sur le lit. Je ferme les yeux un instant, conscient que je suis en train de perdre. Je le sais, je le sens. Tous les points négatifs ne parviennent pas à me garder les pieds sur terre. Cameron a toujours été ma faiblesse. Nous nous sommes séparés plusieurs fois, mais à chaque fois, j'ai cédé, et nos nuits étaient torrides.

Je cherche une ancre et la trouve : le visage de Jayson surgit dans mon esprit. Je me reconnecte au monde réel, et quand je rouvre les yeux, Cameron sourit avec une pointe de déception.

— Je crois que tu as trouvé une cause plus grande que ton désir.

— Je ne suis pas là pour ça.

— Je l'ai compris à l'instant où tu as repris ta respiration. J'ai cru que tu allais céder à ta pulsion. Tu n'as jamais su y résister.

— Tout le monde change.

— Non. Tes pulsions, c'est ce qui te fait avancer. On le sait tous les deux. C'était la pulsion de la colère qui t'a poussé à mettre fin à notre relation. C'est la colère qui t'a incité à te dresser contre moi, plus que ta pulsion du désir. Mais, au vu des marques dans ton cou, j'en déduis que tu y as cédé. Ce sont tes pulsions qui te tiennent debout. Comme je sais que c'est la pulsion du désespoir qui t'a probablement conduit à la maison abandonnée où tout a commencé.

— On a besoin de toi sur l'enquête.

La colère monte en moi face à l'analyse de Cameron, et pour cause, il a parfaitement raison. Cameron est ma faiblesse parce qu'il me connaît par cœur, et les années n'ont rien changé. Je suis toutefois étonné qu'il soit au courant pour la maison. Était-il là lorsque Austin et Clayton ont appelé Jayson ?

— Intéressant. J'ai souvenir qu'il y a quelques années, tu me crachais au visage qu'il était hors de question que ma psychologie interfère dans ton travail.

Cameron s'amuse comme un petit fou ; j'en mettrais ma main à couper. Je serre les poings un instant. Ne pas céder. Ne surtout pas céder...

— Tu sais que j'aime te torturer.

— Non. On sait tous les deux que tu essaies de me manipuler.

Cameron perd son sourire. Je continue.

— Si mon défaut est de céder à mes pulsions, le tien est de rabaisser les autres pour être en position dominante. Tu te fiches du mal que tu peux causer tant que tu as la main mise sur les gens. Tu te moques de ce qu'ils peuvent ressentir. Pourtant, n'était-ce pas toi qui m'avais dit qu'il était hors de question que l'on te prenne pour un être sans cœur ? Mais dis-moi, Jones, où est ton cœur ?

Je m'avance, voyant Cameron perdre des couleurs au fur et à mesure de mes paroles. Je me penche et murmure à son oreille.

— Où est cet homme qui te fera changer ? Hein ?

Je me recule à nouveau, scrutant son visage.

— Je ne suis pas le seul à céder à mes pulsions. Le problème, c'est que tu es aussi détruit que moi.

— La ferme.

Je sais que j'appuie là où ça fait mal, et pourtant, je ne peux m'empêcher de continuer.

— Tu es aussi détruit que moi, Cam. La vérité, c'est que tu t'en veux toujours pour cet accident. À partir de ce moment, tu as commencé à repousser tout le monde.

— La ferme ! s'écrie Cameron.

— Tu m'as repoussé, tu m'as fait jurer de ne pas reprendre les courses, mais les cauchemars liés à elle demeurent. Combien de fois as-tu songé à en finir, Cameron ? Dis-moi, combien de fois as-tu refait cette route au milieu de la nuit en espérant finir dans le même état ?

Cameron bondit sur moi et me frappe à plusieurs reprises. Je ne cherche pas à me défendre, je ne cherche même pas à rendre les coups. Je veux que le plus vieux des Jones se libère enfin. Cameron déverse sa colère sur moi, jusqu'à ce qu'il ne puisse plus frapper. Il se laisse simplement tomber sur moi, les larmes coulant sur ses joues. Je sais que je vais probablement avoir des bleus sur tout le corps, mais pas sur le visage.

— La vérité, murmure-je. C'est que tu ne t'es jamais pardonné. Et le mal que tu ressens, tu le projettes sur moi. Puis sur Jayson. Parce qu'il te rappelle moi. La vérité, Cam, c'est que tu n'y es pour rien. La vérité, c'est que je t'ai pardonné depuis longtemps.

Comme si c'était une libération pour Cameron, il commence à pleurer sur moi. Je resserre mes bras autour de lui, convaincu de lui avoir pardonné chacun de ses faux pas, depuis ce soir où je me suis retrouvé dans cette maison abandonnée. C'est pourquoi je me sens si dévasté.

CHAPITRE QUINZE

Nous restons un long moment allongés. Je ne sais pas à quel moment nous avons fini par nous retrouver au sol. Cameron a pleuré toutes les larmes de son corps, et je lui ai frotté le dos, pour le réconforter malgré tout ce qui a pu se passer entre nous, je me vois mal le laisser dans une telle détresse émotionnelle. Après un instant, il se redresse, essuie ses joues mouillées, puis il tend la main vers moi. Je la saisis, notre contact brûlant d'une tension que nous avons longtemps ignorée.

— Comment tu as su ?

— Je pense que je l'ai toujours su. Mais ce qui m'a totalement convaincu, c'est ce regard rempli de détresse quand je suis parti avec Jayson. Je te soupçonne d'ailleurs d'avoir parfaitement entendu notre discussion. Et le baiser, c'était uniquement pour le faire fuir, pour te protéger.

— C'est toi qui devrais être psy…

— Certainement pas, tu sais bien que je n'aime pas les gens.

— Ça n'aurait jamais marché entre nous, pas vrai ?

Cameron s'assoit sur le lit, et je prends place à côté de lui, l'atmosphère est étrange entre nous.

— Deux âmes détruites ensemble, c'était voué à l'échec, je confirme.

— Il me rend heureux, tu sais.

— Je sais. Arrête de le repousser, il pourrait t'apporter tout ce dont tu as besoin. Et surtout tout ce que je n'ai pas pu t'apporter.

— Il me rappelle toi par moments…

— Je sais… Les mêmes pulsions.

— Vous semblez identiques, autant physiquement que sur certains aspects psychologiques.

— On est différents. Je suis celui qui te détruit, et il est celui qui te répare. On le sait tous les deux. On n'a pas des caractères compatibles.

— Ouais… On aura eu de bons souvenirs, tout de même…

— Je ne regrette rien, Cameron. Tu es ma plus belle histoire d'amour et la pire aussi. Je te remercie d'avoir cru en moi. Mais je n'ai jamais été celui qu'il te faut. Tu devrais l'appeler et t'excuser. Par contre, tu vas ramer.

— Roh, la ferme. Tu vas me rendre niais.

Un sourire en coin apparaît sur mon visage, et je savoure ce moment, cette légèreté fugace.

— Revenons-en à ton affaire. En quoi est-ce que je peux t'aider ?

— J'ai besoin que tu analyses le profil du kidnappeur. On est sur une piste, mais on doit comprendre comment il fonctionne pour espérer le coincer.

Cameron hoche simplement la tête, son visage se fermant sous le poids de ses pensées. Les tensions entre nous semblent avoir disparu, comme si nous avions enfin trouvé un équilibre, un terrain d'entente. Nous avions besoin de cette discussion depuis bien trop longtemps. Nous le savions tous les deux, pourtant nous l'avions repoussée. Nous avions redouté ce moment, conscient que cela signerait la véritable fin de notre amour. C'est douloureux, mais essentiel pour que nous puissions tourner la page. La lourdeur de nos passés respectifs flotte dans l'air, au fond de moi, j'espère qu'il pourra se libérer de cette ombre.

Il est temps pour nous de quitter l'hôtel et de retourner au poste. Cependant, j'ai un petit détour en tête. Cameron est sur mes talons alors que nous atteignons rapidement la Camaro.

— Tu l'as toujours ?

Cameron caresse la carrosserie de la voiture avec une douceur presque respectueuse, l'observant comme un trésor.

— J'ai commencé à la retaper après ton départ, puis, je l'ai laissée en stand-by jusqu'à ce que je la finisse il y a quelques semaines.

— Je pensais qu'elle serait à la casse.

— Comment pourrais-je la mettre à la casse ? Cette voiture, c'est ma vie.

— Je sais. Je ne pensais pas la revoir un jour.

J'ouvre les portes et nous montons dans cette voiture luxueuse. En démarrant le moteur, un frisson d'adrénaline parcourt mon corps alors que je prends la route, cependant, je ne prends pas la route du poste comme c'était prévu initialement.

— Ce n'est pas la route pour aller au commissariat, ça.

Je ne réponds rien, gardant le silence.

— Je croyais qu'on était en bons termes. C'est maintenant que tu vas me dire que c'était qu'un piège et que tu vas me tuer ?

— Aussi drama queen que ton copain, c'est impressionnant.

Je lève les yeux au ciel, un sourire en coin se dessinant sur mon visage face à sa bêtise. Je roule jusqu'à la sortie de la ville, conduisant vers la maison abandonnée.

— Pourquoi on est là ?

Je sais que Cameron reconnaît les lieux. Je l'ai déjà conduit ici, et c'est dans cette baraque que nous avons partagé nos meilleurs moments. Je m'arrête dans un dérapage contrôlé devant la maison et descends sans un mot. Cameron me suit immédiatement. Au lieu d'entrer, je prends le chemin sur le côté de la maison. Un garage se trouve dans la cour arrière. Je sors mon trousseau de clés et ouvre la porte du garage. Devant nous se tient une Dodge Challenger rouge de 2011. Cameron retient sa respiration, son regard s'illumine, il est émerveillé mais également confus. Il s'approche de la voiture, passant ses doigts sur les courbes, comme s'il s'agissait d'une œuvre d'art, la sienne cette fois. Je suis appuyé contre le chambranle de la porte, les bras croisés, observant chaque réaction de Cameron avec une fierté silencieuse.

— Tu l'as toute retapée ?

J'hoche simplement la tête.

— Comment tu as fait pour la ramener ici ? Sans que personne ne remarque rien ? Comment... Ils étaient remontés jusqu'à moi, c'est pour ça que je suis parti, ils allaient me coincer... Comment ?!

— Tu oublies que j'étais un minable informaticien.

— Tu as falsifié des documents officiels ?! s'indigne Cameron.

— Bien sûr que non. Je les ai menés à une autre piste, j'ai fait coffrer Nelson. J'ai fait en sorte que ta voiture soit considérée comme détruite. J'ai refait les papiers en modifiant les numéros de châssis. Nelson pensait tout contrôler, mais il a fini par tout avouer. Affaire classée. Il n'avait pas réussi à l'appréhender lorsque je l'avais vendu à Austin.

— Je… Wow… Même après notre rupture, tu m'as protégé ?

— Les sentiments ne disparaissent pas subitement. Même si les choses se sont dégradées entre nous, surtout après… Après l'accident, cela ne voulait pas dire que je voulais te voir croupir en prison. Et j'ai obtenu une vengeance personnelle, puisque nous savons que c'est Nelson qui nous a poussés à faire cette course.

Cameron regarde sa voiture, l'objet même de tout ce qui s'est passé, ses yeux brillants trahissant une émotion complexe. Un mal pour un bien.

— Pourquoi l'avoir emmenée ici ?

— C'était le dernier endroit où les flics la chercheraient

— Pourtant, ils savent que c'est ta maison, je veux dire que tu en es le propriétaire.

— Oui, mais ils savaient aussi qu'on ne pouvait plus se voir en peinture. Donc j'ai laissé les mauvais souvenirs avec les mauvais souvenirs. Je n'ai pas eu le courage de la ramener au hangar. Faire face à elle alors que tu n'étais plus là, c'était insupportable. La retaper a été une torture mentale. Je ne te le cache pas. Mais quand je l'ai finie, elle est devenue ma délivrance.

— Pourquoi est-ce que tu me la montres ?

Je m'approche de lui et lui jette les clés. Cameron les attrape sans difficulté, ses mains tremblantes trahissant ses émotions. Elles se battent en lui, et je crains un instant qu'il n'arrive à reprendre le dessus sur celle-ci.

135

— Il est temps que tu combattes ta phobie de la conduire. Ce n'était ni ta faute, ni celle de la voiture. C'était la faute de la pluie et de Nelson qui avait organisé la course. Pas toi.

— Non...

Sa respiration se coupe, son regard se perd.

— Je ne peux pas… Je ne peux pas…

— Bien sûr que tu peux, et tu le dois. Sinon, tu n'arriveras pas à passer à autre chose. Pour le bien de Jayson et pour le tien, il faut que tu tournes la page. Et puis… Tu me dois une revanche.

Cameron ouvre la voiture avec précaution, comme s'il craignait de briser quelque chose, et s'assoit sur le siège conducteur.

— C'est dingue… C'est toujours la même odeur… Comme si… Comme si rien n'avait changé.

— Je l'ai remontée comme elle était à la base. J'ai remplacé les choses cassées, et c'est tout. Tu n'aimais pas les améliorations. Démarre-la.

Cameron insère la clé dans le contact, la tourne, et le moteur démarre au quart de tour, résonnant comme un vieux souvenir familier. Il accélère quelques fois, savourant le son du moteur, et je ne peux m'empêcher d'afficher un sourire en coin. Je sais que je vais avoir droit à ma course.

— Le dernier arrivé au commissariat paie le resto à l'autre.

— Je… D'accord.

J'attends que Cameron sorte la voiture du garage avant de le fermer derrière moi et de me diriger vers ma propre Camaro. Je monte et démarre. Je lui fais signe d'entrer sur la route. D'un accord tacite, la course est lancée. Nous nous élançons à vive allure. Je reste juste derrière Cameron, le laissant se réhabituer à son passé.

Quand il semble plus à l'aise, je n'hésite pas à le doubler. L'adrénaline de la course me manque tellement. Frôler le danger, cette sensation délicieuse qui donne l'impression qu'on est intouchable, c'est ce qui m'a toujours attiré. Je prends les virages avec agilité, tout en vérifiant que Cameron me suit. Il ne tarde pas à reprendre la tête. C'est différent aujourd'hui, car il y a d'autres usagers sur la route. J'ai quand même la nostalgie de ce moment, Cameron et moi faisions souvent ce genre de chose, même sur route ouverte.

Une bonne vingtaine de minutes plus tard, nous nous garons simultanément, dans un dérapage parfait. Notre complicité n'a pas changé pendant toutes ces années. Nous descendons de nos voitures dans une synchronisation calculée. Je passe les portes de l'immeuble, avec Cameron sur mes talons. Nous montons jusqu'au bureau de Clayton, et comme d'habitude, j'ouvre la porte sans frapper. Clayton est assis à son bureau, Austin en face de lui. Austin se lève d'un bond lorsqu'il aperçoit son frère, et Cameron ne peut éviter le poing d'Austin.

— Tu l'as mérité.

Je hausse simplement les épaules face au regard faussement trahi de Cameron qui se tient à présent le nez. Austin fulmine depuis quelques semaines à mon égard. Cameron n'est pas tellement étonné.

— Où est Eriven ? je demande, conscient que mon meilleur ami sait pour nous sans jamais l'avoir dit à voix haute.

— Dans son bureau.

J'hoche la tête.

— Et Jay ? demande Cameron, penaud.

— Toi, je ne veux pas entendre ta voix, grogne Austin.

Je lui donne un coup de coude dans les côtes, ce qui le fait grogner. Il comprend alors.

— Dans le bureau avec Eriven, répond Clayton de façon neutre.

PARTIE II

CHAPITRE SEIZE

Je me dirige vers le bureau avec Cameron, m'efforçant de ne pas faire de bruit. En m'approchant, j'entends des bribes de conversation et décide de m'arrêter pour écouter.

— Non, je suis désolée, Jayson, je ne peux pas lui demander ça pour vous.

— Mais... s'il vous plaît. Vous couchez avec lui, non ? Vous pouvez bien faire ça pour moi ?

— Non, non, non et re-non ! Si vous voulez son aide, vous lui demandez vous-même.

— De toute façon, il écoute déjà à la porte, grogne Jayson.

Je pousse la porte, confirmant ainsi les dires de Jayson. Avec ma carrure, je cache Cameron derrière moi, cependant je me décale pour le dévoiler. Immédiatement, je remarque le soulagement dans les yeux de Jayson en me voyant, mais son expression se fige dès qu'il aperçoit Cameron.

La température dans la pièce semble chuter d'un coup. Est-ce Jayson, ou bien Eriven, qui provoque cette tension palpable ? Peu importe, les deux le regardent comme s'ils voulaient l'assassiner du regard. Pour la première fois depuis longtemps, je me sens mal à l'aise ici. Je m'éloigne, pour me diriger vers le tableau rempli d'informations accroché au mur, et commence à l'analyser. C'est bien plus captivant que la dispute qui éclate derrière moi. J'entends à peine leurs éclats de voix.

Quelqu'un a pris le temps de relier chaque élément que j'ai découvert, chaque lien entre les personnes impliquées. Le travail est soigné, presque artistique. Je ne sais pas qui a conçu ce tableau, mais je dois reconnaître que c'est impressionnant.

Je sens plus que je ne vois Eriven approcher. Son parfum m'enveloppe, et elle s'arrête à mes côtés, les bras le long du corps, comme si elle attendait que je fasse quelque chose. Je frôle ses doigts des miens, une connexion discrète, presque imperceptible, mais tout aussi puissante. Pas besoin d'échanger de regards ; le geste suffit. Nous sommes attirés l'un par l'autre, pourtant nous devons garder nos distances.

Notre moment est soudainement interrompu par un bruit de verre brisé, suivi d'un coup de feu. Instinctivement, je me baisse, attirant Eriven avec moi. Mon premier réflexe est de vérifier qu'elle va bien. Une fois assuré que tout est en ordre, la panique m'envahit. Je me retourne rapidement et vois Cameron et Jayson accroupis, mais ils n'ont pas l'air blessés, juste un peu choqués.

Je me redresse et tente de repérer l'origine de l'attaque, je ne vois rien. En revanche, je remarque un papier posé sur la table. Je m'approche et le déplie.

« La prochaine fois, je ne raterai pas ma cible, Carter. Cherche le point rouge. »

Mon cœur se serre alors que je cherche un faisceau laser. Je vérifie d'abord sur Eriven, puis sur Jayson et

Cameron. Finalement, je baisse les yeux sur mon propre corps. Le point rouge est là, en plein sur mon cœur. J'avale ma salive difficilement, une boule d'angoisse se forme dans ma gorge.

Jayson, qui a lu le mot juste après moi, remarque également le point rouge sur ma poitrine. Il passe sa main à l'endroit où il brille, l'inquiétude teintant son regard.

— Qu'est-ce qui vient de se passer ? demande Cameron, complètement perdu.

Clayton et Austin arrivent en courant, alertés par le coup de feu.

— Tout le monde va bien ? demande Clayton.

— Nous n'avons rien, confirme Eriven.

Je sens les yeux de Jayson fixés sur ma poitrine, là où le point rouge vient de disparaître. Je m'autorise à respirer de nouveau lorsque je constate qu'il n'y est plus. Clayton s'approche de moi, la préoccupation gravée sur son visage.

— Sam ? Tout va bien ?

— C'était lui la cible, dit Jayson, la voix tremblante.

— Quoi ? réagit Austin, incrédule.

— Il... c'était Sammaël que le sniper visait ! répète Jayson, à la limite de l'hystérie.

Clayton prend le papier des mains de Jayson, son expression se durcit.

— Dana !

La jeune femme accourt à son appel.

— Faites analyser ce papier et cette balle, s'il vous plaît.

Elle ne se fait pas prier et quitte la pièce aussi vite qu'elle est arrivée. Je m'assois sur le bureau derrière moi, les jambes légèrement instables, le cœur toujours en émoi. Eriven se rapproche de moi, comme pour s'assurer que je vais bien. Mon cœur bat à toute allure, et cette fois, ça n'a rien à voir avec elle. On vient de me menacer. Je ne sais plus quoi penser. Je ne comprends pas qui m'en veut, ni pourquoi. Ce que je sais, c'est que cette personne me connaît. Elle utilise mon ancien nom de famille, celui que je n'entends plus depuis longtemps. Quelqu'un de mon passé, sûrement. Mais qui ? Pourquoi ? Comment ? Trop de questions me submergent, sans aucune réponse. Je prends ma tête entre mes mains, essayant de remettre un peu d'ordre dans ce chaos.

Je ne remarque pas que tout le monde a quitté le bureau. Ce n'est que lorsque je relève la tête que je me rends compte que je suis seul... ou presque.

À ma droite, un mouvement attire mon attention. Cameron s'est assis sur la table, juste à côté de moi. Je l'observe, silencieux, attendant qu'il parle.

— C'est une des raisons pour lesquelles j'ai tenté de faire échouer mon frère dans la police, il y a dix ans. C'est moi qui ai passé ce coup de fil anonyme, avoue-t-il, sa voix teintée de regret. Je ne voulais pas le perdre, je ne voulais pas qu'il risque sa vie pour les autres.

Je tourne lentement la tête vers lui. Comment pourrais-je lui en vouloir ? Si j'avais pu protéger Clayton de cette manière, je l'aurais fait sans hésiter. Chaque jour, la peur pour la vie de mon meilleur ami me ronge. Cette angoisse, cette boule dans ma gorge qui ne me quitte jamais...

— Et puis, je t'ai rencontré, continue Cameron. Grâce à toi, j'ai compris que je ne pourrais jamais le faire changer d'avis. Alors je t'ai laissé le couvrir, nous couvrir. Mais ensuite, il y a eu ton accident... J'ai eu la peur de ma vie...

Sa voix tremble légèrement. Je sais qu'il dit la vérité. Je m'en suis rendu compte quand il m'a interdit de reprendre les courses après ma rééducation. Cameron n'a jamais vraiment surmonté cette peur.

— J'ai refait cette route des centaines de fois, poursuit-il, la douleur palpable dans sa voix. Et comme tu me l'as si bien dit, dans l'espoir d'une fin un peu plus tragique. Je n'arrivais pas à me pardonner. Je me suis éloigné de toi parce que la peur de te perdre me paralysait. Et pourtant, c'est ce que j'ai fini par faire. On a eu cette dispute la veille de l'accident d'Austin, et le lendemain, je suis parti. J'ai pris conscience que je ne pouvais pas vivre sans toi... Alors un jour je suis revenu à Los Angeles. Et c'est là que je t'ai vu avec un autre. Pas n'importe qui... Duncan Guerreso... Tu semblais enfin heureux. Et là, j'ai commencé à te haïr parce que tu avais réussi à passer à autre chose...

— Quoi ?

La voix qui vient d'interrompre Cameron ne m'est que trop familière. Je me tourne, en même temps que Cameron, pour voir Clayton debout devant nous, l'air complètement perdu.

— Tu sortais avec Guerreso ?

Cameron s'agite immédiatement, sentant sans doute qu'il a révélé quelque chose que j'avais caché. De mon côté, je me frotte la nuque, gêné, tentant de faire disparaître cette tension. Les révélations de Cameron me blessent, mais je n'ai même pas le temps de les digérer. Clayton attend une réponse, et je dois affronter cette nouvelle réalité.

— Oui...

— À quel moment ?

Je commence à paniquer intérieurement. Je sais où il veut en venir, et je serai incapable de lui mentir s'il me pose la question que je redoute. J'essaie de respirer calmement, mais la pression monte, comme un serpent qui se resserre autour de ma poitrine.

— S'il te plaît, ne me dis pas que c'est à cause de ça que j'ai été accepté ici, me supplie-t-il, la voix brisée.

Je sens ma gorge se nouer. Je ne peux pas lui mentir, je n'y arrive pas. Les mots me manquent, et mon silence en dit déjà bien trop. Clayton me regarde, et je vois son visage se fermer. La trahison est écrite en toutes lettres sur ses traits. J'ouvre la bouche pour me justifier, mais il ne me laisse pas le temps.

— Non, en fait, ne dis rien, dit-il froidement. Tu m'avais juré que tu n'y étais pour rien.

Son ton me transperce comme une flèche. Ses mots sont comme des coups de couteau, déchirant le peu de stabilité qu'il me restait. Je le vois se détourner de moi, son regard chargé de déception, et il quitte la pièce sans un bruit. Je reste planté là, assis sur ce bureau, le regard perdu dans le vide. Je sens que tout s'effondre, et je ne peux rien faire. Clayton était ma bouée dans cette mer agitée, et maintenant, je sombre sans lui.

— Tu as toujours le don de mettre les pieds dans le plat, Jones.

Tous lèvent la tête vers le nouvel arrivant, mais moi, je reste imperméable à cette présence. Mon esprit est déjà ailleurs, perdu dans un tourbillon de pensées.

— Je n'étais pas censé savoir qu'il ne lui avait rien dit, se défend difficilement Cameron.

— Pourquoi tu ne te mêles jamais de ce qui te regarde ? réplique l'autre, son ton tranchant.

Je secoue la tête en entendant cette phrase, puis je le fixe droit dans les yeux, le cœur lourd. Duncan n'a jamais apprécié Cameron de toute façon.

— Le seul fautif ici, c'est moi. Ça l'a toujours été.

Je me lève sans un mot de plus et quitte la pièce, ignorant les appels d'Eriven qui résonnent derrière moi. Je ne vais pas faire demi-tour. J'ai besoin d'air, besoin de m'isoler. De quoi ai-je réellement besoin ? Je l'ignore. Mais je sais que je dois fuir cet endroit, ces visages, ces personnes qui m'entourent.

Je descends les escaliers quatre à quatre, incapable d'attendre l'ascenseur, et je rejoins ma voiture en trombe. J'ouvre la portière, je monte, je démarre, et je quitte le parking comme une furie. La colère monte en moi, comme une marée noire, insatiable. J'ai perdu Clayton, la seule personne qui me permettait de tenir le coup. Maintenant, il n'y a plus rien, juste cette douleur qui grandit, qui déchire. Alors que les kilomètres défilent, mes larmes commencent à couler. Je ne contrôle plus rien.

Les virages s'enchaînent à une vitesse folle. Je me fous du danger, comme si ma vie n'avait plus aucune valeur. Peut-être que c'est vrai. Peut-être que je suis égoïste, prêt à tout risquer, à tout perdre. Après tout, quelle différence ça fait ? La vie est une salope.

Je roule ainsi pendant une heure, jusqu'à atteindre cette route, celle qui aurait pu me tuer. Je m'arrête brusquement avec le frein à main et je descends de la voiture, en proie à la fureur. Je fais face au ravin qui aurait dû m'engloutir. Et je hurle. Je hurle jusqu'à en perdre la voix, expulsant toute cette douleur, cette rage, cette tristesse qui m'étouffent. Mon téléphone vibre sans cesse dans ma poche, mais je m'en fiche. Je ne veux pas répondre.

Je descends le ravin à pieds, trouvant la plage juste en bas. Je quitte mes chaussures une fois arrivée à destination. Le sable chaud sous mes pieds contraste avec la froideur en moi. Je m'assois face à l'océan, regardant les vagues, épuisé de lutter sans cesse contre mes propres démons. À chaque fois que je crois toucher un peu de bonheur, tout s'effondre. Et j'ai la sensation que c'est toujours de ma faute. Tout est de ma faute.

Je finis par me laisser tomber sur le sable, les larmes continuant de couler sans relâche. Je ferme les yeux. Le bruit des vagues m'apaise un instant, m'accordant un répit fragile. Puis, un son lointain me tire de cette accalmie : un moteur. Quelques minutes passent avant que des pas ne s'enfoncent dans le sable à proximité. Je n'ai pas besoin d'ouvrir les yeux pour savoir qui c'est. Cette odeur, je la reconnaîtrais entre mille. Le moteur aussi. Cameron.

Il s'allonge à mes côtés, en silence. Aucun de nous ne parle, parce que les mots sont inutiles. Le silence dit tout ce qu'il y a à dire.

— Tu ne peux pas continuer à te détruire, Sam... murmure Cameron.

Il est si proche, et pourtant je reste figé. Ses paroles s'insinuent en moi, comme un poison. Elles blessent, bien plus profondément que je ne l'aurais imaginé. Mes larmes redoublent, et je mords ma lèvre pour étouffer un sanglot. Cameron soupire doucement avant de me tirer contre lui. Dans cette étreinte, je sens mes dernières barrières s'effondrer.

Et là, je craque.

Tout éclate. Des années de douleur, de culpabilité, de tristesse, de colère, d'abandon. Tout s'échappe dans un flot incontrôlable. Cameron reste silencieux, se contentant de me tenir fermement dans ses bras. À cet instant, je m'effondre complètement.

Mais peut-être, juste peut-être, que je commence aussi à me libérer.

CHAPITRE DIX-SEPT

Cameron et moi avons passé la journée, puis une bonne partie de la soirée, allongés sur cette plage. Je finis par m'endormir sur lui, et c'est probablement le premier véritable sommeil réparateur que j'ai eu depuis des années. Les cauchemars m'ont laissé enfin tranquille. Je suis réveillé brusquement lorsque je sens qu'on me soulève. Mon esprit est encore dans le flou, mais je reconnais tout de suite l'odeur familière de mon meilleur ami, le parfum des gens me permet de facilement les identifier. Pourquoi Clayton est-il là ? Ne me déteste-t-il pas pour ce que j'ai fait ?

— Merci de m'avoir appelé, dit-il d'une voix rauque.

— Je suppose que tu m'aurais tué si je ne l'avais pas fait, sachant où il était, répond-il, l'ironie teintant son ton.

— Probablement.

— Il n'a jamais fait ça pour te nuire.

— Je n'ai aucun doute là-dessus.

— Alors pourquoi tu lui en veux ?

— Parce qu'il m'a menti pendant cinq ans. Parce que j'ai cru que j'avais été choisi pour mon talent, et non pas parce qu'il m'avait appuyé en couchant avec Guerreso, répond Clayton froidement.

Je serre les dents à ses mots, encore engourdi. Je sens Cameron ricaner à mes côtés.

— Ils ont rompu lorsque tu as été embauché. Tu ne penses pas que si c'était Sam qui faisait pencher la balance, Guerreso t'aurait viré ? Tu dis être son meilleur ami, un meilleur ami cherche à avoir les réponses avant de jeter la pierre. On avait beaucoup de défauts, c'est sûr, mais j'ai appris avec Sam qu'il vaut mieux lui demander les réponses. Parfois, tu peux être surpris.

La conversation s'éteint lentement, une tension palpable flottant dans l'air. Je sens qu'on me dépose délicatement sur un siège. Épuisé, je replonge dans le sommeil, mon corps fatigué par l'intensité des émotions.

Lorsque je me réveille à nouveau, je ne ressens plus le mouvement de la voiture. J'ouvre lentement les yeux, un mal de crâne lancinant me prends immédiatement. Je les referme aussitôt, un gémissement de douleur s'échappant de mes lèvres. Le peu de temps où j'ai ouvert les yeux, j'ai reconnu mon appartement.

Une présence à mes côtés attire mon attention. Je fais un effort pour rouvrir les yeux. La brume de mon esprit se dissipe lentement, et je vois Clayton assis au bord du lit, me fixant intensément.

— Qu'est-ce que tu fais là ? dis-je, peinant à reconnaître ma propre voix tant elle est cassée.

Je tente de m'asseoir, cependant, c'est compliqué. Le marteau piqueur qui martèle dans ma tête rend mes gestes maladroits.

— La dernière fois que je t'ai laissé seul lors d'une de nos disputes, j'ai cru que j'allais te perdre, assène

150

Clayton d'une voix dure. Alors oui, je t'en veux, mais je préfère te garder à l'œil, au cas où quelque chose de stupide te passerait par la tête.

Je prends en pleine face cette pique sans répliquer. Après tout, je l'ai bien mérité.

— Je dois aller au boulot, mais tu as intérêt à rester ici et à ne rien faire de stupide.

Son ton ne laisse pas place à la discussion. Je ne fais qu'acquiescer. Je prends un cachet sur ma table de nuit et bois le verre d'eau d'une traite. Mes yeux cherchent mon jean et je l'aperçois posé sur la chaise. La porte claque derrière lui, signalant qu'il vient de partir. Je me penche pour attraper mon portable.

"30 appels manqués, 4 messages vocaux, 6 SMS."

D'accord... Je ne m'attendais pas à ça. En regardant les appels manqués, je remarque que la plupart viennent de Clayton. Certains de Jayson, d'autres d'Eriven, Austin également, et un appel inconnu. Aucun de Cameron, mais lui était le seul à savoir où me trouver.

Je décide d'écouter les messages vocaux.

Clayton : "Je sais qu'on vient de s'engueuler, mais s'il te plaît, ne fais rien qui puisse te blesser."

Eriven : "Rappelle-moi, je suis inquiète..."

Austin : "Arrête de faire le con et ramène ton cul ! Jayson est en train de creuser des tranchées tant la panique le gagne. Il n'arrête pas de dire que tu vas mal."

J'avais oublié qu'il y avait une connexion entre Jayson et moi, pour une raison que j'ignore. Je finis par écouter le dernier message du numéro inconnu.

Voix inconnue : "Je suis en train de gagner Carter. Tu vas échouer... Encore."

Un ricanement flippant résonne juste après cette phrase. Je ne comprends rien. Mon esprit est en ébullition, néanmoins, une chose est certaine : je dois découvrir qui se cache derrière cette menace.

Je réfléchis un instant, à qui pourrais-je parler de ça sans alerter Clayton ? Cameron ? Non, c'était le premier à tout balancer à Clayton au moindre problème. Austin ? Non, il serait encore plus paniqué que moi. Eriven ? Non, je ne peux pas l'impliquer. Mes doigts composent involontairement le numéro de Jayson. Je m'attends presque à ce qu'il me raccroche au nez. Mais, il n'en fait rien.

— J'ai cru que tu n'allais jamais rappeler ! attaque Jayson, sa voix trahissant son inquiétude. C'est horrible de ne pas avoir de tes nouvelles alors que je sentais parfaitement ta détresse !

— Désolé, murmuré-je, la culpabilité me rongeant.

Que puis-je dire d'autre ? Je le suis vraiment. Je n'ai aucune envie que le garçon se fasse autant de soucis pour moi.

— Qu'est-ce qui se passe ? Tu as l'air préoccupé.

— Tu es seul ?

— Je le suis.

— J'ai besoin de toi.

— J'arrive.

Je suis étonné par sa réponse. Je m'attendais à ce qu'il me demande des explications, qu'il m'envoie balader, mais pas à « j'arrive ». Je me lève de mon lit avec difficulté, enfile la première chose qui traîne, un jean et un tee-shirt, et l'interphone sonne. Très rapide. Je regarde par la fenêtre et remarque une Dodge rouge. Je fronce les sourcils avant d'ouvrir à la personne en bas. Une minute plus tard, on frappe à ma porte. Je l'ouvre. Je me trouve face à Jayson.

— Il t'a prêté sa voiture ?

— Je lui l'ai empruntée plus exactement.

Je ricane, la tension dans mon corps se relâche un peu.

— Il va te tuer.

— Il me doit bien ça.

Il hausse les épaules. Oui, c'est vrai, il lui doit bien ça.

— Qu'est-ce qui se passe ?

Je ne perds pas de temps et fais écouter le message à Jayson. Ce dernier devient livide, ses traits se durcissant.

— Tu penses au Snipper ?

— Je ne sais pas. Je ne sais vraiment pas quoi penser...

— Sam... Je sais que si tu m'as appelé, c'est que tu ne veux pas prévenir Clayton, mais peut-être que tu devrais...

— Non... Je pense que j'en ai assez fait, je doute qu'il veuille entendre parler de moi pour le moment.

— Il est en colère... Ça lui passera, il tient à toi.

— Tenir à moi ne suffit pas.

— Je sais.

Jayson s'assoit sur une chaise, je m'assois sur mon îlot comme j'ai l'habitude de le faire, cherchant désespérément un moyen de résoudre ce chaos.

— Quand mes parents m'ont avoué que j'ai été adopté, j'avais quinze ans. J'ai été très en colère contre eux. J'avais l'impression qu'ils m'avaient menti toute ma vie. Ce qui, d'une certaine manière, était vrai. Puis, j'ai cherché à comprendre pourquoi. Ma mère était stérile, mais voulait absolument un enfant. Ils sont passés par une agence qui pouvait leur promettre un bébé, et je suis arrivé. Ils m'ont offert une vie de rêve, une vie exceptionnelle, je n'ai jamais manqué de rien... Pourtant, j'avais l'impression... J'avais l'impression qu'il me manquait quelque chose... Que je n'étais pas complet... Mais par respect pour eux, pour les personnes qui m'ont tout appris, je ne voulais pas rechercher ma famille biologique.

J'écoute attentivement Jayson, conscient que chaque mot qu'il prononce est chargé de son propre vécu, mais aussi d'une leçon que je dois saisir.

— Mais... Mais quand je t'ai rencontré, j'ai eu l'impression que j'avais trouvé ce qui me manquait. Comme deux faces d'une même pièce d'un puzzle. Alors... Alors je me suis dit que si ça se trouve, j'avais des frères et sœurs quelque part dans le monde, et je veux connaître ce lien particulier avec eux. Mais... Je me sens incapable de faire des recherches, j'ai peur de découvrir pourquoi mes parents m'ont abandonné. Peur de me dire qu'ils...

— Ne t'aimaient pas ? Je coupe, le cœur serré en voyant que c'est difficile pour Jayson de le dire.

— Ouais... C'est ce que j'ai demandé à Eriven lorsque tu es arrivé.

Je penche la tête sur le côté, mes pensées tourbillonnent dans tous les sens.

— Je voulais que tu fasses ses recherches pour moi. Tu es le seul au courant... Et étrangement, tu es le seul en qui j'ai confiance pour les retrouver.

Je ne m'attendais pas du tout à ça, je suis profondément touché. Je hoche la tête positivement, déterminé à faire ses recherches pour le jeune homme. Après tout ce qu'il a fait pour moi, je lui dois bien ça.

— Si je te dis ça aussi, c'est parce que je sais ce que ressent Clayton, même si tu ne cherchais absolument pas à lui nuire. Faut dire que j'ai eu ta version avant, ça a peut-être aidé à être tolérant avec toi. Mais Clayton ne savait rien...

— Je sais.

— Quand tu es parti, il a essayé de te rattraper. Cameron l'a empêché. Il a dit que tu avais besoin d'être seul. Mais Clayton tournait comme un lion en cage. Il était persuadé que tu allais faire une connerie.

J'ai un rire triste à cette révélation.

— La dernière fois qu'on s'est disputés violemment, c'est le soir où j'ai eu l'accident. Il pense que c'est de sa faute. Cameron pense que c'est de la sienne. Alors que c'est juste de la mienne. J'ai perdu le contrôle quand Cameron m'a poussé. Fin de l'histoire.

— Cet accident les a beaucoup affectés, tous les deux.

— Chacun, se croit responsable, rejete la faute sur l'autre.

Je passe une main sur mon visage, tentant de me réveiller.

— Tes tatouages, c'est... pour cacher les cicatrices ?

— Ne serais-tu pas enquêteur ? je m'inquiète faussement.

Cela a le mérite de faire légèrement rire l'homme assis face à moi.

155

— Qu'est-ce qu'on fait pour le corbeau ? reprend Jayson sérieusement.

— Je n'ai toujours aucune piste le concernant.

— Cam nous a un peu éclairés sur la psychologie du type.

Je me redresse, montrant que j'écoute attentivement Jayson.

— D'après ce qu'il dit, il pencherait pour une personne ayant perdu un enfant, plus particulièrement un jumeau âgé de cinq ans, de manière brutale, d'où sa façon de les kidnapper. Novembre serait probablement le mois de naissance du petit.

J'assimile ce que Jayson me dit. Nous avançons, mais pas assez rapidement. Cette piste est la meilleure qu'on ait, elle ne me mènera pas à lui, pas encore, il nous manque des éléments.

— Maintenant, il faut qu'on trouve l'enfant en question, l'année de sa mort et dans quelle ville. Certainement quelque chose entre Toronto, New York et Los Angeles. Et je penche pour Los Angeles, puisque c'est là que tout a commencé.

— Pourquoi tu ne t'es pas engagé dans les forces de l'ordre ? demande Jayson, impressionné.

— Parce que je ne pourrais pas faire des recherches illégales, sinon.

Mon portable interrompt notre échange. Je décroche sans attendre, de peur d'inquiéter qui que ce soit de plus.

— Sam, c'est moi.

Je reconnais sans problème la voix d'Eriven.

— Tu vas bien ?

— Ça va.

— Pourquoi tu ne m'as pas rappelée ?

— Je n'ai pas pu le faire.

156

— Tu n'as pas pu ou tu n'as pas voulu ?

— Pourquoi est-ce que je n'aurais pas voulu ?

— Parce que quelqu'un d'autre est avec toi.

— Comment ça ?

— Cameron est arrivé seul ; il ne semblait pas inquiet de l'absence de Jayson. J'en déduis qu'il est avec toi.

— Je ne comprends pas trop où tu veux en venir.

— C'était censé être moi que tu aurais dû appeler.

Je ne réponds pas. Je comprends parfaitement le sentiment de la jeune femme, mais je ne l'ai pas appelée parce que je ne voulais pas la mettre en danger. J'ai fini par m'attacher à elle. Et au vu des menaces que je reçois, je préfère la garder en sécurité, ce qui implique l'éloigner de moi.

— On avait dit qu'aucun de nous ne rendait de comptes à l'autre.

J'ai mal en lui disant cela. Je ne le pense pas, mon âme et mon cœur me crient d'arrêter, pourtant mon cerveau continue.

— Nous ne sommes pas un couple.

— Je pensais... Avec ces dernières semaines...

— Je ne veux pas d'attache, je te l'ai dit.

Mon cœur se brise au fur et à mesure de mes paroles. Je sais que je suis en train de tout gâcher. Je me frotte le visage pour tenter de reprendre contenance. Jayson m'observe, et je sens son inquiétude. Je raccroche le téléphone, ma respiration est difficile. Pour sauver les autres, je n'hésite jamais à me sacrifier en premier. Je sens une main sur mon épaule.

— Tu n'avais pas le choix. J'aurais fait de même.

Alors pourquoi je ne me sens pas mieux à cette révélation ? Je pose mon téléphone sur la table. C'est compliqué. J'ai développé de véritables sentiments pour la brune. Je soupire un instant avant d'essayer de me concentrer à nouveau sur Jayson.

CHAPITRE DIX-HUIT

J'ai qu'une hâte, c'est que cette enquête se termine. Elle pèse trop sur ma vie passée et, apparemment, sur ma vie future, et il n'en est pas de question. Je ne veux pas vivre avec cette douleur continuellement. Je ne suis qu'un être humain, et même si je suis loin d'être un exemple, j'estime tout de même avoir le droit d'être un tant soit peu heureux.

Je reprends pied, attrapant mon ordinateur portable. Il est temps pour moi de mettre mes compétences d'informaticien et hacker professionnel en action. Je cherche le numéro de téléphone de ce type. Bien sûr, comme je m'y attendais, il s'agit d'un numéro crypté. Néanmoins, même si ça ne me donne pas l'adresse exacte, je sais que le numéro vient de Toronto. C'est ainsi que je fais la déduction que le kidnappeur et mon corbeau sont la même personne, ou en tout cas, travaillent ensemble.

— Putain de merde ! je crie, faisant sursauter Jayson.

— Quoi ? s'inquiète le jeune Donovan.

— Je pense que notre corbeau est le kidnappeur ou travaille avec lui et qu'il est déjà à Toronto ! Je m'affole.

— Quoi ?! répète Jayson, affolé à son tour.

— Le kidnappeur est déjà à Toronto ! je répète, agacé.

— Et maintenant, on fait quoi ? On ne peut pas se rendre à Toronto que tous les deux... En voyant mon regard, Jayson n'est plus sûr de ce qu'il avance. Pas vrai ? Ou peut-être que si...

Je me dirige vers ma chambre pour préparer mes bagages. J'enfourne des vêtements au hasard et je prends mon matériel informatique. Jayson me regarde faire en soupirant.

— Tu es au courant qu'on va probablement se faire tuer ? Si ce n'est pas par le type, c'est par nos meilleurs amis réceptifs ?

Je lui lance un regard qui signifie clairement que oui je le suis.

— Évidemment que je suis au courant, lui confirmé-je.

Ma valise est prête en un instant. Je prends les clés de ma voiture et je me dirige vers la sortie, Jayson sur mes talons. Nous descendons les étages à toute vitesse et arrivons à ma voiture. Je jette ma valise dans le coffre avant de me mettre au volant. Premier arrêt : l'hôtel où Jayson est, pour récupérer ses affaires. Je roule à vive allure à travers la ville pour arriver devant leur hôtel. Jayson descend avec moi, et nous nous dirigeons vers sa chambre pour préparer sa valise.

— On leur laisse un mot. Avant qu'ils ne pensent à ici, on aura déjà des kilomètres d'avance.

J'acquiesce. Nous pouvons leur laisser un mot sans problème. Après cela, nous faisons le chemin inverse pour regagner la voiture. Je monte dans mon bolide, et nous commençons la longue route qui nous conduira à Toronto. Bien sûr, dans un premier temps, je m'arrête à une station-service. Je fais le plein avant de reprendre la route. Je paie avec ma carte de crédit. Je sais que mon meilleur ami me pistera avec, le but étant d'avoir de l'avance, pas de disparaître entièrement.De toute façon, je suis presque sûr que Cameron remarquera rapidement la disparition de son petit ami.

— Il faut éteindre nos téléphones pendant au moins 24 heures.

Jayson hoche la tête et fait ce que je lui dis. Je balance mon portable par la fenêtre, non pas pour nos amis, mais parce que le kidnappeur peut le tracer. Je roule un long moment. Il faut presque deux jours de route pour se rendre là-bas. Je me demande vraiment si nous y arriverons à temps. Surtout qu'il est obligatoire que nous fassions des pauses, et certainement que nous dormions un minimum.

Douze heures de route s'écoulent. La nuit est tombée depuis longtemps. Je me gare sur le bas-côté, épuisé, avec un mal de tête qui revient. Je dois faire un break. Puis, nous devons manger. Autant dire que rouler autant donne faim. Mais j'ai aussi l'impression que ma vessie va éclater. Je sors de la voiture pour me soulager. Lorsque je me retourne pour regagner mon véhicule, je vois Jayson m'observer par-dessus le pavillon, appuyé sur ce dernier.

— Je prends la relève jusqu'au prochain restaurant. Tu as une mine horrible.

Je hoche la tête et monte côté passager sans broncher. Manque de chance, nous sommes loin de toute civilisation. Ce n'est que trois heures plus tard que nous trouvons un restaurant. Nous nous y arrêtons. Il ne doit pas être loin de vingt-deux heures.

Nous nous dirigeons vers l'enseigne. Il est temps pour nous de se ravitailler. Pendant que Jayson va aux petits coins, je regarde le menu sur la table. Une chance pour nous, ils dont encore le service à cette heure-là. J'ai faim, et pourtant, je sens mon estomac complètement noué. Je ne sais pas pourquoi. Ou, du moins, je ne connais pas la véritable raison. Eriven ? Clayton ? Jayson ? Cameron ? Ce kidnappeur qui est probablement de mèche avec son corbeau. Intérieurement, je sais que mon corbeau et le kidnappeur ne font qu'une seule et unique personne. Ou qu'elles sont très liées.

Mon regard se perd dans les vagues, si bien que je ne vois même pas Jayson revenir. Je relève la tête quand j'entends mon prénom. Je secoue la tête de droite à gauche pour reprendre mes esprits.

— Tu disais ?

— Je te demandais si ça allait... Tu semblais absorbé par le menu.

— Ouais... ouais, tout va bien.

C'est un mensonge, je sens que rien ne va depuis que nous sommes sur cette enquête. Tout m'échappe. Mon passé me revient en pleine tête : d'abord le kidnapping, puis le journaliste, et enfin le retour de mon ex. Je ne sais plus comment faire face à mes émotions. Moi qui ne les montre jamais, j'ai l'impression d'être une éponge en ce moment. Je ne comprends plus ce que je ressens. Comme je l'ai déjà remarqué, j'ai l'habitude de faire face aux émotions négatives, mais depuis l'arrivée d'Eriven et Jayson dans ma vie, je fais face à de nouvelles émotions que je ne contrôle pas. Je ne sais pas comment les gérer et je fais n'importe quoi. Je sais simplement que tout ce qui compte pour moi, c'est de mettre Eriven à l'abri. Alors, bien sûr, j'ai conscience d'avoir agi comme un connard et que la jeune femme va m'en vouloir. Repousser les gens, c'est ce dans quoi je suis le plus doué.

— Sam ?

Encore une fois, Jayson tente de capter mon attention, néanmoins, je suis reparti loin. Je remarque alors le serveur qui me sourit poliment, attendant probablement ma commande. Je n'ai même pas regardé le menu.

— La même chose que lui, s'il vous plaît.

J'ignore totalement ce que Jayson a pris, mais ça n'a pas grande importance. Je sais que je ne mangerai presque rien. J'observe le paysage dehors. La nuit m'a toujours attiré, peut-être dû aux courses, et au côté interdit des choses qui s'en dégageaient.

Je me questionne sans cesse, si nous arrivons à boucler l'enquête, que ferai-je après ? Aurai-je les réponses à mes questions ? Pourrai-je reprendre une vie normale ? Pourrai-je enfin être heureux ? Je ne suis pas sûr que ce soit si simple. Je suis même persuadé du contraire. Est-ce qu'après tout ça, Eriven me pardonnera ? Et Clayton ? Est-ce qu'Austin et Cameron, ainsi que Jayson, repartiront pour New York ? À cette pensée, je sens mon cœur se serrer. Je n'ai aucune envie que Jayson parte... Je me sens enfin bien avec lui à mes côtés.

— Je ne t'ai jamais vu autant dans tes pensées.

Cette simple phrase me ramène à nouveau au moment présent. Je soupire pour chasser mes pensées et regarde Jayson un instant. Non, je ne suis pas prêt pour son départ.

— Qu'est-ce qui t'arrive ?

— Je pense à après.

— Après ? Eh bien, on va trouver un motel et dormir et...

— Après l'enquête... Est-ce qu'on arrivera à la boucler ? Et est-ce que ça signifiera que tu partiras après ?

Mes questions semblent toucher Jayson en plein cœur. Je note qu'il n'a pas du tout pensé à cela. Je me trouve égoïste de partager mes pensées.

— Oublie, pardon.

— Ce sont des questions légitimes. Mais je n'ai aucune réponse, ni à la première, ni à la deuxième en fait...

Je ne suis pas déçu par la réponse du jeune Donovan. Elle est sincère, et il ne me fait pas espérer inutilement. Tout comme moi, Jayson semble tenir au côté réaliste. Il n'embellit pas les choses pour que ce soit moins dur. J'ai toujours préféré qu'on me dise la vérité simplement, plutôt qu'on me mente pour me rendre heureux.

Le reste du dîner se passe dans le silence, chacun perdu dans ses propres pensées. Comme je m'y attendais, je n'arrive à rien avaler. Je sais que j'ai bien agi pour Eriven, pourtant, ma conscience me crie que je ne suis qu'un crétin. Après avoir payé l'addition - Jayson a réglé avec sa carte - nous avons convenu de payer chacun notre tour, en utilisant la carte pour laisser des traces à nos amis, mais pas au type qui en a après moi.

Le trajet jusqu'au motel me paraît interminable. Heureusement, ce n'est pas moi qui conduis. Ce n'est que trois heures plus tard que nous le trouvons. La nuit est bien avancée, et nous arrivons à trois heures du matin. Cependant, il est impératif que nous nous arrêtions pour dormir un minimum. Il nous reste encore pas mal de route jusqu'à Toronto. Nous n'avons fait que la moitié du trajet, et nous n'arriverons que le lendemain après-midi. Après avoir payé notre chambre, j'atterris sur le lit et m'endors comme une masse. Je ne sais pas combien de temps j'ai dormi lorsque Jayson me réveille. J'ai l'impression d'avoir à peine fermé les yeux.

Je me redresse sur le lit et prends le café que le garçon me donne. Je le remercie d'un signe de tête et bois la boisson qui m'est plus que bienvenue. Je la savoure réellement. C'est amer, mais c'est ce que je préfère. La chaleur du breuvage me réveille entièrement.

— J'ai une question importante.

— Je t'écoute.

— Où devrions-nous chercher une fois à Toronto ?

— Je pense qu'il faudrait commencer par le quartier où le premier enlèvement a eu lieu.

— Tu espères trouver quelque chose ?

— Soit il va retaper au même endroit, soit il va frapper là où vivent les jumeaux. Il aime les enlever dans leur habitat.

— Pourquoi ne pas commencer par l'endroit où vivent les jumeaux alors ?

— Peut-être parce qu'il sait qu'on a déjà cette idée ?

— C'est une hypothèse intéressante... C'est là où je regrette que nous soyons partis tous les deux. Tu vois, on aurait pu se séparer facilement si nous avions été au complet.

Je sens comme un reproche dans la voix de Jayson, alors je le regarde intensément. Sous mon regard, Jayson semble vouloir disparaître.

— Je croyais que tu étais d'accord.

— En fait... je ne l'étais pas, mais je ne voulais pas te laisser partir seul, alors je ne t'ai pas contrarié.

Le coup est dur à encaisser. Je pensais que Jayson partageait mon avis. Je suis encore plus contrarié d'apprendre qu'il a agi uniquement pour ne pas me laisser seul.

— Entre nous, si j'avais refusé, tu serais parti quand même, non ?

— Je ne t'aurais rien dit si j'avais su que tu ne le voulais pas.

— Alors je suis content que tu l'aies fait.

— Non, tu n'es pas content, tu dis ça simplement par politesse. Je pensais que tu étais comme moi.

— Je te demande pardon ?

Jayson est complètement perdu par mes paroles.

— Je pensais que tu disais les choses non pas parce qu'on aime les entendre, mais parce qu'elles sont nécessaires.

— Le résultat est le même, il était hors de question que tu partes seul.

— Tu te mets en danger à cause de moi.

Je réalise depuis que nous sommes partis : Jayson est maintenant autant impliqué que moi. Il risque sa vie tout comme moi, et ça me fait peur.

— C'est un peu mon métier. C'est aussi pourquoi j'aurais aimé du renfort. Mais c'est ton enquête, et tu as plus avancé seul qu'avec nous, alors je t'ai suivi, point. Fin de la discussion.

Est-il en train de dire que risquer sa vie pour moi n'est pas un problème ? Étrangement, je ne partage pas du tout son point de vue. Non, je ne le partage absolument pas. Je me sens totalement stupide. Pourquoi a-t-il fallu que je m'attache à cet homme et surtout pourquoi je lui fais aveuglément confiance ?

— Et si je m'étais planté ?! Si nous allons tout droit dans un putain de piège ?! Tu vas te faire descendre à cause de moi !

— Je fais confiance à ton instinct.

166

Jayson est confiant. Totalement confiant. Je commence à me sentir très mal, je ne suis pas sûr du tout de ce que je dois faire à présent. Je sens les mains de Jayson sur mes joues pour redresser ma tête, le bleu foncé contre le clair.

— Et je te fais confiance, souffle simplement Jayson.

Je ferme les yeux douloureusement à cet aveu. C'est la première personne qui me dit cela. Ces mots sont autant dévastateurs que réconfortants.

— Et si je me trompe ? murmuré-je, inquiet.

— Tu y as mis toute ton âme, tu veux sauver ce gosse, malgré les menaces, malgré ton passé, malgré tes douleurs. Je ne pourrais jamais t'en vouloir si tu te trompais.

Je garde les yeux fermés un instant. Je sais que les mots peuvent énormément blesser, mais je découvre à présent qu'ils peuvent aussi être réconfortants.

CHAPITRE DIX-NEUF

J'ai repris la route avec Jayson après notre mise au point. Nous avons passé la journée à nous relayer pour conduire. Nous arrivons à Toronto vers 10 h le matin suivant et avons élu domicile dans un motel miteux du centre. Je tente de trouver des pistes sur mon ordinateur portable. J'ai localisé l'endroit où le premier enlèvement a eu lieu. Comme pour moi, la maison est abandonnée, et personne ne s'est jamais réinstallé, comme si elle était maudite.

C'est en début d'après-midi que nous avons décidé que nous devrions aller faire un tour à cet endroit.

Nous nous arrêtons devant la maison et l'observons de l'extérieur. Mon cœur bat la chamade. Je ne sais pas s'il faut continuer, renoncer, repartir ou simplement entrer. Je prends néanmoins une grande inspiration, puis je descends de la voiture, suivi de Jayson. Mes pas me mènent devant la porte de la maison. Je pousse la porte d'entrée en piteux état. L'odeur de moisi et de renfermé m'agresse les narines, me faisant grimacer de dégoût. Je remarque une grimace similaire sur le visage de Jayson.

J'avance prudemment dans la maison. Le plancher grince sous mes pieds, le bois est très usé et ancien. La poussière recouvre entièrement la pièce. Chacun de mes pas soulève une montagne de poussière, me faisant éternuer plusieurs fois. J'entends Jayson rire de moi, ce qui me pousse à lever les yeux au ciel.

Je marche lentement dans la pièce avant de repérer quelques photos de famille disposées un peu partout sur les meubles. J'en prends une, enlève la poussière avec ma manche, puis la regarde. Une famille souriante, heureuse, deux enfants presque identiques, et les parents les tenant fièrement. Mon cœur se serre, je connais cette tragédie. Je repose le cadre photo, me demandant ce que nous cherchons ici. Je me dirige vers l'escalier. Je remarque des traces de pas dans la poussières des marches.

Je pose mon pied sur la première, mais j'entends un bruit au premier étage. Je suspend mon geste pour éviter d'être repéré. Jayson est sur mes talons, semblant en alerte. Je le vois s'armer de son pistolet, ce que j'ignorais. Peu importe, ce n'est pas le sujet à y réfléchir cela semble logique, c'est quand même son boulot.

Je monte sur la deuxième marche, qui craque sous mon poids. Je m'arrête net, persuadé que nous nous sommes fait repérer. Aucun mouvement à l'étage ne me dit que la personne m'a entendu. Je m'autorise à respirer à nouveau et poursuis mon ascension, faisant très attention à où je mets les pieds. Jayson marche dans mes pas. La saleté aide, mais les empreintes déjà présentes ne sont pas d'une grande utilité.

J'arrive le premier à l'étage. J'observe les lieux pour me repérer au cas où nous devrions prendre la fuite. J'avance dans un couloir plutôt sombre. Aucune fenêtre permettant une fuite. Je ne suis pas du tout rassuré par la tournure des événements, mais maintenant que je suis là, je n'allais pas faire demi-tour.

Je me retrouve devant une porte entre-ouverte. J'essaie de voir ce qu'il se passe à l'intérieur, néanmoins, elle n'est pas assez ouverte pour cela. Je me penche un peu, sans doute trop, puisque la porte s'ouvre dans un bruit sinistre. La personne présente se tourne vivement vers moi.

Je m'arrête d'un geste brusque, surprenant Jayson, qui reste en retrait. L'homme face à moi n'a pas repéré Jayson, puisque je suis plus grand que lui, alors autant ne pas nous mettre tous les deux en danger, surtout qu'il pointe un fusil à pompe en ma direction. Pourquoi je ne veux pas être enquêteur ? Parce que j'ai ce don pour me mettre dans des situations impossibles. Je réfléchis à toute vitesse, cherchant un moyen de me libérer de cet enfer. J'élève instinctivement les mains en l'air face à l'arme. Jayson est sur le qui-vive, il ne fait rien pour ne pas me mettre en danger. Même si je suis de nature suicidaire, je ne veux pas être la cause d'une blessure. Si j'avais été seul, j'aurais pris mon air nonchalant, me fichant des répercussions, mais là, je ne peux pas me permettre cela. Peut-être que Jayson a raison, peut-être qu'on n'aurait pas dû venir ici seuls... Oups.

L'homme devant moi a les mains tremblantes, son regard est quant à lui déterminé. Je sais que je dois mesurer mes mots, sinon je risque de me prendre une balle.

— Qui êtes-vous ? m'agresse-t-il.

— Sammaël Carter.

Je joue la carte de mon nom de famille de naissance, espérant qu'il me reconnaisse et ne me tue pas. Il ne baisse pas son arme pour autant.

— Carter ? Qu'est-ce que vous faites ici ? continue-t-il, menaçant.

— J'aimerais beaucoup vous parler, mais voyez-vous, je ne me sens pas vraiment en confiance.

Un coup de feu retentit, touchant le mur juste à côté de ma tête. Message reçu. Pas de blague. Je rouvre les yeux, n'ayant même pas réalisé que je les avais fermés.

— Ok, ok, j'essayais juste de détendre l'atmosphère... Je suis ici parce que je cherche le responsable de l'enlèvement de mon frère.

— Et en quoi ma maison peut-elle vous aider ?

— Votre maison ? Eh bien... Tout comme moi, votre frère a été enlevé il y a vingt-cinq ans... ici.

— Comment savez-vous ?

L'arme reste toujours pointée sur ma personne. J'ai du mal à trouver les mots justes, et je sens la panique de Jayson à un pas de moi, ce qui ne m'aide pas.

— Comme je vous l'ai dit... Je cherche le responsable, et, puisque vous êtes l'une des victimes de ce monstre… j'espérais trouver quelques pistes dans votre maison.

L'homme finit par baisser son arme, et je reprends enfin ma respiration.

— Lorsque j'ai entendu parler du nouveau kidnapping à Los Angeles il y a quelques semaines, je me suis souvenu que j'avais vécu la même chose. J'ai voulu revenir ici, dans l'espoir de trouver quelque chose. Je ne sais pas, quelque chose que les flics incompétents de l'époque n'avaient pas vu.

— Nous ne sommes pas incompétents, murmure Jayson à mon intention.

Pas assez doucement, car l'hôte l'entend et pointe à nouveau son fusil sur moi. Je lève les yeux au ciel et soupire lourdement, mais cette fois, je ne lève pas les mains.

— Qui est avec toi ?

— Tu pouvais pas la fermer ? rétorqué-je à Jayson.

— Désolé.

Je me pince l'arête du nez. Étrangement, je sens que Jayson n'est pas vraiment désolé. Je fais un pas en avant dans la pièce. L'homme recharge son arme et me vise, prêt à tirer. Jayson s'avance derrière moi. L'homme observe le nouveau venu avant de baisser son arme.

— Tu l'as finalement retrouvé !

— Pardon ?

J'ai du mal à comprendre ce qu'il me dit.

— Ton jumeau.

Je fronce les sourcils, puis me souviens que Jayson et moi nous ressemblons beaucoup.

— Oh... Non, je ne l'ai pas retrouvé. Jayson est mon coéquipier d'enquête.

— Un flic ?!

— O...

— Non ! Bien sûr que non !

J'écrase sans délicatesse le pied de Jayson, lui octroyant un gémissement de douleur. Je lui lance un regard désolé. Jayson grogne pour la forme.

— Il te ressemble vachement.

— Déroutant, pas vrai ?

Je mets mes mains dans mes poches, sentant Jayson bouillir à côté de moi. Finalement, je m'amuse bien, mais je sais que le garçon qui me ressemble me fera payer dès que nous aurons quitté la maison.

— Bref, dit l'homme. Je n'ai absolument rien trouvé. Aucun élément me permettant de relier mon passé à cette enquête. Je suppose que si vous êtes ici tous les deux, c'est que vous avez un semblant d'information, non ?

L'homme s'assoit sur le bureau derrière lui. Jayson lance des regards meurtriers à l'homme, qui ne semble pas le moins du monde impressionné.

— Qu'est-ce qu'il a, ton coéquipier, à me regarder de travers ?

Je regarde Jayson et lui donne un coup de coude dans les côtes, attirant son regard assassin sur moi. Je lève les yeux au ciel en guise de réponse avant de me tourner à nouveau vers l'homme.

— Il n'a pas apprécié le coup de fusil.

L'homme hausse les épaules, apparemment pas désolé, ce qui fait que Jayson serre les dents. Je parcours la chambre du regard, remarquant les photos accrochées aux murs, puis je concentre à nouveau mon regard bleuté sur l'homme.

— Donc... Vous avez entendu parler de l'affaire Carter ?

— Ouais, comment ne pas en entendre parler ? Les médias ne parlaient que de ça, t'accusant de ne pas vouloir retrouver le coupable, puisque tu n'avais rien vu ni entendu.

Jayson serre les poings à présent. Je ne montre rien, mais sa phrase me fait énormément de mal. Les souvenirs ne sont pas agréables.

— Puis... Il y a New York et puis il y a eu nous. Je suppose que tu sais déjà qui je suis.

— Assurément, Philips Down.

— Quand les psychologues ont dit que tu avais un blocage et que tu n'avais aucun souvenir de ce qui s'était passé, j'ai ressenti la même chose quand ça s'est produit. Je voulais aider, je voulais retrouver la personne qui avait enlevé ma moitié. Mais rien. Rien ! Et puis il y a eu ce journaliste, et ma famille a volé en éclats.

Je tiquais à la mention de ce journaliste.

— Un journaliste ?

— Ouais... Brian... Je sais plus quoi.

— McLyne, je complète.

— Ouais, peut-être bien. Ce connard a voulu me mettre la faute sur le dos. Puis mes parents se sont séparés, et il y a eu le suicide de ce flic.

Bridge, le père d'Eriven. C'est étrange de voir quelqu'un qui a vécu la même histoire que moi, de la même manière. C'est effrayant. Six familles détruites par un même individu.

— Combien de familles ce fumier va-t-il devoir briser avant qu'on ne le trouve ? Combien d'enlèvements ? Et pourquoi ? À quoi ça lui sert ? Il aime voir les gens souffrir simplement ? Comment ça se passe dans sa tête ? Je serais bien curieux de le savoir.

— Je ne pense pas que je veuille vraiment savoir, frissonne Jayson de dégoût.

— Ouais, façon de parler. Bref, vous venez de Los Angeles, alors ?

— Peu importe, je ne vois pas pourquoi on répondrait à vos questions.

— C'est qu'il mord le petit, ricane Philips.

Jayson s'apprête à lui coller son poing dans la figure, je le retiens à temps. Je lance un regard glacial à l'homme, qui ne rit plus du tout.

— Ok... Compris, je ne me moque plus de lui.

L'aura menaçante que je dégage semble effrayer le type, tandis que Jayson ne montre aucun signe de peur. C'est presque comique qu'il se sente protégé, le comble pour un flic censé protéger un civil, non ?

— Tu sais, je me pose vraiment la question sur le fait que vous ne soyez pas frères.

— Pourquoi ? demande Jayson, calmement.

— Vous agissez selon comment l'autre réagit. Vous vous protégez et vous vous comprenez d'un regard. Je veux bien qu'on ait parfois une bonne connexion avec les gens, mais il y a des connexions qu'on a uniquement avec sa moitié. Parfois, je ressens encore les sentiments de Marc. C'est pourquoi je sais qu'il est toujours en vie.

Je n'écoute pas vraiment ce que l'homme dit. Ce n'est pas que ça ne m'intéresse pas, mais je ne peux pas être compatissant avec un type capable de blesser ceux que j'apprécie.

CHAPITRE VINGT

— Je suis désolé de vous dire que vous ne trouverez rien dans cette maison. Vous pouvez donc vous en aller.

Je ne suis pas surpris par la façon dont l'homme vient de nous virer sans ménagement. Je quitte la pièce, Jayson sur mes talons. Nous sortons de la maison et regagnons la voiture. Une fois à l'intérieur, je reprends la direction du motel. Aucun mot ne sort de ma bouche. Nous n'avons pas avancé, mais les mots de Down tournent en boucle dans ma tête. Je suis sûr qu'il ne m'a pas tout dit. Je sens qu'il y a quelque chose qui m'échappe, je ne sais pas quoi, et ça m'agace franchement.

Je me gare devant le motel en silence. Je n'ai plus rien à dire, épuisé de chercher quelque chose que je ne trouverai pas. Je descends de la voiture, me dirigeant vers notre chambre, Jayson toujours derrière moi. Une inquiétude me ronge, j'ai l'impression que ce sentiment ne vient pas de moi. Je jette un coup d'œil à Jayson, qui se tord les mains.

— Qu'est-ce qui a ?

— Je ne sais pas... J'ai le sentiment que quelque chose d'important nous échappe, sans que je puisse mettre le doigt dessus. J'ai l'impression... Non, laisse, je dois être dingue...

— Que c'est un piège ? complétai-je.

Jayson se tourne vivement vers moi.

— Oui.

— Je crains qu'on y soit tombés la tête la première, mais je ne sais pas à quel moment, ni pourquoi.

— Samy... On devrait vraiment appeler nos amis. On a besoin d'eux.

J'ouvre la porte de notre motel, mais je m'arrête rapidement en voyant que tout est saccagé. Nous avons été piégés, manipulés et traqués. Sur un pan de mur, une phrase est écrite : *"Arrête tes recherches, Carter, tu ne m'arrêteras pas. C'est le deuxième avertissement. La troisième fois, j'agirai, et si ta vie n'est pas assez motivante, tu pourras dire adieu à ton nouveau coéquipier."*

Mon sang se glace. Effectivement, la menace contre moi n'était pas importante, mais là, il s'agit de Jayson, et je ne veux plus courir aucun risque. La panique me saisit si vite que je ne réalise pas que je viens de m'effondrer au sol, manquant d'air. J'entends Jayson m'appeler, mais rien n'y fait.

C'est un cauchemar, un putain de cauchemar. J'ai lutté toute ma vie pour retrouver cette pourriture, et voilà que je frôle le gars du doigt, que je dois déjà renoncer. Je n'arrive plus à reprendre mon souffle, mes pensées filent à vive allure. Ce n'est que lorsque les yeux bleus de Jayson entrent dans mon champ de vision que je tente de me concentrer sur ce qu'il dit.

— Pire... avec moi...

J'essaie de respirer avec Jayson. Mes poumons me brûlent, et c'est difficile de faire passer l'air. Après un très long instant, je parviens enfin à me calmer. Je déteste les crises de panique. J'ai l'impression de mourir à chaque fois. Je rouvre les yeux et plonge immédiatement dans ceux du jeune Donovan.

— On va trouver ce fumier. Je te jure qu'on le trouvera.

Je ne suis plus aussi convaincu. J'ai l'impression que tous mes derniers espoirs ont fini par disparaître avec les mots qui se trouvent face à moi. Je ne comprends plus rien, il me manque un point important, il me manque l'essentiel.

L'instant d'après, Jayson saisit son téléphone, il ne me demande plus mon avis, il appelle du renfort, comme on l'avait dit, c'est notre dernière chance.

— Je sais ! Pas la peine de me faire une leçon de morale, s'agace Jayson.

La colère prend place dans mon corps, mais elle ne m'appartient pas. Elle semble venir de l'autre personne dans la pièce.

— Tu vas me laisser parler, putain !

Je n'avais jamais remarqué à quel point ma grossièreté avait déteint sur Jayson, et ça me fait pouffer. Je sens son regard sur moi. J'attrape le téléphone des mains de Jayson pour répondre.

— Vous êtes deux inconscients, vous auriez pu vous faire tuer ! Et partir sans prévenir en plus, non mais je rêve.

— Jones, la ferme.

L'interlocuteur se tait un instant, avant de repartir de plus belle. Je soupire et raccroche au nez du garçon. Jayson fait de grands yeux.

— Pourquoi tu as fait ça ?

Le téléphone de Jayson sonne quelques secondes après. Je décroche, et le calme revient.

— Merci.

179

— Ta gueule et parle.

— Je suis outré par tes paroles. Je pensais qu'on ne devait pas être vulgaire avec ses amis. Ceci dit, comment veux-tu que je la ferme et que je parle en même temps ?

— Tu crois vraiment que c'est le moment de faire de l'humour, putain ? s'emporte Austin.

— Ce n'est pas sur Jayson que tu dois passer ta colère. C'est moi qui l'ai entraîné là-dedans.

— Je suis au courant, merci. Jayson est censé, je dis bien censé, être le plus raisonnable de nous ! Et toi, tu l'entraînes avec toi comme ça. Ce n'est pas parce que tes démons te hantent que tu es obligé d'entraîner les autres avec toi ! Il faudrait peut-être que tu penses à arrêter les conneries ! Alors ouais, peut-être que ta vie n'a pas d'importance pour toi, c'est ton droit, même si beaucoup de gens tiennent à toi ! Mais putain, tu n'es pas obligé de mettre la vie d'innocents en jeu !

Je ne l'ai pas vu venir. C'est douloureux, terriblement douloureux. J'ai l'impression que mon cœur se brise encore une fois. J'ai l'habitude d'entendre ça de Cameron ; je peux encaisser sans problème. Mais d'Austin ? Non, plus depuis des années, en tout cas. Austin semble se rendre compte de sa bourde, car un silence gênant s'installe.

— Sam... Je suis désolé... Ce n'est pas ce que je voulais dire.

Je ne réponds pas. Je balance le téléphone sur le lit, devant Jayson, pour que ce dernier reprenne sa conversation. Je quitte la chambre pour me rendre dans la salle de bain, non sans sentir le regard inquiet de Jayson sur moi. Je claque la porte et la ferme à clé derrière moi. Je m'appuie contre celle-ci, avant de me laisser glisser au sol, pour me retrouver assis par terre.

La fraîcheur du carrelage me fait du bien. Je ramène mes jambes contre moi. Mes traîtres de larmes refont surface. En ce moment, j'ai l'impression de passer mon temps à pleurer. Peut-être toutes les larmes que je n'avais pas versées par le passé, à la disparition de mon jumeau. Je reste un instant comme ça. J'entends de loin Jayson crier après son meilleur ami.

Je ne peux pas dire qu'Austin a tort. Je sais qu'il a raison ; cela ne rend pas les choses moins douloureuses. Bien au contraire. Je serre mes jambes un peu plus contre moi, espérant que cela fera disparaître la douleur, mais étrangement, cela n'a absolument rien changé à cette dernière.

Flashback, quelques années en arrière.

Cameron et moi venions de finir une course. Nous avions gagné, ce qui signifiait que le perdant doit donner sa voiture. Les choses ne se sont pas passées comme prévu et ça s'est transformé en bagarre. Si bien que les forces de l'ordre ont dû intervenir. Nous nous sommes retrouvés dans une salle d'interrogatoire, face à un Austin vraiment très en pétard.

— Pourquoi, dès qu'il y a une bagarre, vous êtes forcément dedans ? Je peux savoir ?

— Ce n'est pas de notre faute, il n'a pas voulu donner ce qu'il avait perdu, dit Cameron sur la défensive.

— Étonnant. Et qu'est-ce que vous avez parié cette fois ? Sa femme ? Sa maison ?

— Sa voiture, je réponds tranquillement, ce qui agaçait Austin.

Austin plante son regard bleu perçant sur moi, l'air menaçant. J'agis toujours de manière décontractée, comme si rien ne m'atteignait jamais.

— Génial. Et parce qu'il ne voulait pas donner sa voiture, vous l'avez frappé ?

— Non, ce n'est pas ça ! Il a commencé à dire qu'on avait triché, se défend encore Cameron.

— Mais Cameron, tu as quel âge ? Il serait peut-être temps d'arrêter vos conneries.

— C'est notre hobby.

— Mettre votre vie en danger ? Ouais, je n'ai pas de doute sur toi. Aucune attache, aucune envie de vivre, je l'ai bien compris, mais tu es obligé d'entraîner Cameron avec toi dans la descente ?

— Je ne lui ai pas mis le couteau sous la gorge. Il prend ses décisions seul.

— Depuis qu'il te connaît, je ne le reconnais plus. Tu as très mauvaise influence sur lui.

— Et qui dit que ce n'est pas lui qui a mauvaise influence sur moi ?

Jouer avec les nerfs d'Austin est devenu mon nouveau passe-temps préféré. Cette fois, cependant, Austin est vraiment sur les nerfs. Il claque son poing sur la table, faisant sursauter Cameron, tandis que je hausse simplement un sourcil.

— Arrête de jouer les malins avec moi, Sammaël ! Je pourrais te faire coffrer pour tout ce que je sais sur ton compte.

— Tu pourrais, mais tu ne le feras pas, parce que tu prendrais le risque de faire tomber ton frère. C'est dommage, pas vrai ?

— La ferme.

— Et te faire plonger aussi.

— J'ai dit "la ferme". Tu es un être mauvais, Sammaël. Un jour, tu le regretteras vraiment. J'espère juste qu'il ne sera pas trop tard. Ta vie ne compte pas pour toi, on l'a bien compris. C'est égoïste pour les gens qui tiennent à toi. Je l'accepte, mais je n'accepterai pas que tu mettes la vie d'innocents en jeu !

Fin du flashback.

À partir de ce moment, les choses ont fini par changer entre nous. Quelques jours après, Austin faisait face à des harceleurs. Et c'est moi qui ai réglé le problème pendant que Cameron se bourrait la gueule dans un bar.

Je suis conscient de mon côté sombre ; je sais que ça ne laisse pas les autres impassibles. Je ne pensais pas que ça atteignait toujours Austin. Je m'en veux déjà d'avoir mis Jayson dans cette situation, mais voilà que le blond me rappelle à quel point j'ai encore foiré. Peut-être que je n'aurais pas dû accepter d'aider Clayton finalement. Ma présence sur cette enquête fait plus de mal que de bien, semblerait-il. Je ne m'en étais pas rendu compte.

Je suis interrompu dans mes pensées par Jayson qui frappe à la porte. Je ne réponds pas, je n'ai ni la force ni l'envie.

— S'il te plaît, Samy, ouvre la porte... Il était en colère, il ne pense pas ce qu'il a dit... Tu le connais aussi bien que moi, quand il est en colère, il aime faire mal.

— Il a raison...

J'ai encore du mal à reconnaître ma propre voix.

— Il a tort. Peut-être que toi, c'est parce que tu en as marre de la vie, mais je ne me suis jamais senti aussi vivant depuis que je suis ici. Je découvre de nouvelles sensations, de nouvelles personnes, de nouvelles envies. C'est comme si j'étais parti il y a longtemps et que je revenais pour reprendre toutes mes habitudes. Sam, s'il te plaît, ouvre-moi.

Je pèse le pour et le contre, puis me lève avec difficulté avant d'ouvrir la porte. Jayson ne perd pas de temps pour entrer dans la salle de bain.

— Nous avons une enquête à terminer.

— Je suis désolé... Mais je pense que je n'ai plus la force de me battre pour cette enquête.

La déception de Jayson est perceptible. Même s'il fait tout pour le cacher, je le remarque facilement. Peut-être parce que nous sommes très similaires.

— Qu'est-ce que tu veux qu'on fasse ? On ne va pas abandonner si près du but, quand même. Je ne te connais peut-être pas depuis longtemps. Tu es sarcastique, nonchalant, tu aimes défier les gens, tu es bagarreur, tu es têtu, tu es loyal plus que tout à tes amis. Et je sais également que tu es plus que loyal à ton frère disparu. Sinon, tu ne te serais pas battu pendant vingt-cinq ans pour le retrouver ou pour trouver qui est responsable de ça. Alors tu vas me faire croire que maintenant que tu es si près de réussir, tu vas abandonner. Tout ça, pourquoi ? Parce que mon meilleur ami t'a piqué l'ego ?

Je laisse les mots de Jayson s'imprimer dans mon cerveau. Je ne peux m'empêcher de penser qu'il a raison. J'oublie le sentiment de culpabilité l'espace d'un instant. Puisque Austin m'en veut déjà, que Clayton aussi, qu'Eriven également, autant aller jusqu'au bout des choses, non ?

— Austin m'a dit qu'ils sont déjà arrivés à l'aéroport de Toronto. Clayton a su déchiffrer tes pistes facilement. Ils arrivent au motel dans quelques minutes.

— Formidable.

— Cache ta joie surtout.

— Qu'est-ce que tu veux que je te dise ? Que je suis ravi de revoir les personnes que j'ai le plus blessées par mon côté égoïste ?

— Ton côté égoïste ? s'étonne Jayson. Quel côté égoïste ? Tu n'es pas égoïste. Comme je te l'ai dit, tu es loyal, et tu n'abandonnes pas. Ça ne fait pas de toi quelqu'un d'égoïste. Je n'ai jamais vu quelqu'un aussi dévoué à une cause.

Les paroles de Jayson me remontent le moral. Il n'y a pas à dire, il sait comment me parler.

CHAPITRE VINGT-UN

Je finis par regagner la chambre et m'endors sur le lit, épuisé comme souvent en ce moment. Jayson et moi n'avons pas rangé, au cas où Clayton et les autres pourraient trouver des empreintes.

Je ne me réveille que lorsque j'entends du bruit dans la chambre. En entendant les voix, je garde les yeux fermés.

— Je sais, Jay, pas besoin de me regarder comme ça. J'ai dépassé les bornes, râle Austin. Clayton m'a fait passer un sale quart d'heure.

— Non, je pense que tu ne sais pas à quel point tu as dépassé les bornes. Dis-moi, tu n'aurais pas tout fait pour ton frère s'il avait disparu ? Je n'ai jamais vu une putain de personne se battre autant pour quelqu'un. Ouais, il est un peu brut de décoffrage, et sa vie n'est pas sa priorité. Tu peux lui reprocher ce que tu veux, mais il a toujours été là pour toi. Il n'a jamais bronché parce que tu l'appelles tard le soir après une énième dispute avec Cameron. Et puis, c'est toi qui l'as supplié de te faire venir. Et maintenant quoi ? Tu le lui reproches parce qu'il ne marche pas comme tu le veux ? Tu le connais mieux que moi. Tu sais parfaitement qu'il ne se plie pas aux règles, et sans ça, on ne serait pas si proches du but !

— C'est certain, grommelle Cameron dans sa barbe.

Jayson déballe tout ce qu'il a sur le cœur. Je sens le lit s'affaisser à côté de moi ; une main vient caresser mes cheveux avec douceur. Je reconnais le parfum de mon meilleur ami sans problème. Je m'autorise à ouvrir les yeux. Clayton m'offre un léger sourire, et bien que j'aie envie de lui rendre son sourire, cela n'a pas l'air de le convaincre. Il tourne son regard sur les autres membres présents. Cameron est là, à regarder son frère et son petit ami s'engueuler comme si c'était normal. Je cherche une autre personne du regard.

— Elle n'est pas là... Elle n'a pas voulu venir...

Dire que je suis déçu est faible. À quoi m'attendais-je ? Je l'ai blessée sciemment ; elle ne va pas se précipiter pour m'aider. Je me redresse dans le lit. Je ne peux m'en prendre qu'à moi-même, comme pour tout ce qui se passe dans ma vie. Une boule de culpabilité s'installe dans ma gorge, serrant mon cœur avec une force insupportable.

— Heureusement que je t'ai dit de ne rien faire de stupide...

— Je sais, je passe mon temps à te décevoir.

Clayton me regarde un instant comme si j'étais fou.

— Pardon ? À me décevoir ?

Je sens Clayton me relever le menton avec sa main pour que je le regarde.

— Tu ne m'as jamais déçu, Sam. Je ne serais jamais déçu que tu veuilles trouver le responsable de ta destruction. Non, je ne suis pas déçu. Je pense... je pense que j'ai surtout été vexé, et que mon égo a pris un coup, mais j'ai eu une conversation avec Guerreso qui m'a expliqué le gros du gros. Mais Sam, comment peux-tu penser un seul instant que je sois déçu de toi ?

— Je fais tout de travers... Je t'ai désobéi.

— Tu as suivi ton instinct qui t'a conduit sur une piste que nous n'aurions jamais pu trouver sans toi. Ouais, ne pas prévenir que tu te barrais, c'était clairement du suicide. Mais sans ça, on aurait pu ne pas être sur place à temps. Peut-être qu'on serait partis trop tard.

Malgré les paroles de mon meilleur ami, je ne me sens toujours pas mieux. Les paroles d'Austin tournent toujours en boucle dans ma tête. Ce n'est que lorsque j'entends Austin crier après Jayson que je tourne le regard vers lui.

— Je sais, Jayson ! Je sais que j'ai merdé ! Je vais devoir m'excuser combien de fois ?! J'étais en colère, je ne pensais pas un seul mot de ce que j'ai dit !! J'en ai juste marre de le voir foutre sa vie en l'air et de ne pas y tenir ! Parce que je l'aime, bordel !

Un silence s'installe après ses paroles, pesant comme une chape de plomb. Tous les regards sont braqués sur lui, et il rougit à vue d'œil, clairement mal à l'aise à présent.

— Tu l'aimes ? interroge Cameron, amusé.

— Ouais, pas de la même façon que toi tu l'as aimé, crétin, se vexe Austin.

— Comment alors ? continue Cameron.

— Comme le grand frère que tu aurais dû être ! crache froidement le blond.

Le visage de Cameron se décompose ; il ne l'a pas volée, celle-là. Je fronce les sourcils. C'est vrai pour moi, j'ai toujours considéré Austin comme un petit frère. J'ignorais en revanche qu'il me considère de la même façon. J'ai encore du mal à comprendre mes sentiments face à cette annonce. Je me sens étrangement fier, mais un peu mal pour Cameron.

— C'est toujours très agréable à entendre, se reprend Cameron.

— Tu m'as poussé à bout, se justifie Austin. Il a toujours été là. Il a toujours été là quand je n'allais pas bien. Il a déjà fait le trajet Los Angeles-New York trois fois pour me consoler à cause d'une énième dispute avec toi. C'est lui qui m'a permis d'évoluer dans ma carrière en cachant tes frasques. Oui, il n'était pas parfait, mais lui, il ne m'a pas ri au nez lorsque je me suis fait harceler. Non... lui, il a été en garde à vue pour s'être battu avec eux pour me défendre.

Cameron accuse le coup avant de se tourner vers moi. J'ai craint un instant qu'il m'en veuille et me lance toutes ses vérités à la figure.

— C'était toi ?!

Je me sens accusé, mais je ne comprends pas pourquoi, ni comment je dois prendre cette phrase.

— Oui ?

Cameron s'approche de moi, et je m'attends à prendre un coup. Après tout, Cameron s'approche rarement de moi pour autre chose, même si les choses s'étaient arrangées entre nous depuis le temps. Je ferme les yeux pour me préparer au coup. Au lieu de ça, je reçois une accolade. Je suis pris de court et je ne sais pas ce que je dois faire, donc, je ne fais rien. Cameron finit par s'éloigner puis se repositionner vers son frère. Austin n'ose pas croiser mon regard, et je sais que ce comportement signifie que mon ami s'en veut vraiment.

— C'est bon.

Apparemment, ça suffit pour qu'Austin vienne à son tour me faire un câlin. Je lui rends l'étreinte avec douceur, le cœur serré par la gratitude. Je me rends compte à quel point je suis bien entouré. Je prends conscience que malgré mes mauvais pas, je peux toujours compter sur mes amis. Ils sont là pour moi, dans les bons et surtout les mauvais côtés. Ils ne me jugent pas et font tout pour me garder debout, apportant une lueur d'espoir dans les ténèbres qui m'entourent.

Je me sens soulagé qu'aucun d'entre eux ne m'en veuille pour le comportement de crétin que je peux parfois avoir. Je m'assois sur le lit, Austin d'un côté et Clayton de l'autre. Je fais face à la phrase inscrite sur le mur. Un soupir m'échappe, me demandant comment je vais me sortir de cette galère. Je me laisse tomber en arrière, les yeux rivés au plafond. Les pièces du puzzle semblent s'éparpiller dans ma tête, et je suis certain qu'il me manque un bout crucial.

Le seul avantage que j'ai, c'est que le mec qui m'a laissé le message sur le répondeur n'a pas caché sa voix. Mais où l'ai-je déjà entendue ? Je me creuse les méninges, fermant les yeux dans l'espoir de trouver une réponse. Puis, une alerte s'allume dans ma tête.

— Down !

Mon cri fait sursauter tout le monde. Jayson se retourne vers moi, l'air perdu.

— Qu'est-ce qu'il a à voir, lui ?

— La voix sur mon répondeur !

Je sens quatre paires d'yeux se poser sur moi, ainsi que celle de mon nouveau coéquipier.

— C'est quoi cette histoire de voix ? demande Cameron.

— Il y a quelques jours, j'ai reçu un appel avec un message sur mon répondeur. C'était cette voix.

— Pourquoi tu ne l'as pas fait envoyer au labo ? Dana aurait pu retrouver la provenance, s'étonne Austin.

— Parce que je ne voulais pas vous alerter.

— Je peux l'entendre ? interroge Clayton.

— Euh... comment te dire que j'ai balancé mon téléphone par la fenêtre pour éviter de me faire suivre par le gars.

Clayton lève les yeux au ciel, visiblement peu surpris par ma réponse. Je vois Austin s'approcher du mur pour analyser ce qui est écrit. Il prend une photo pour l'envoyer à Dana, probablement.

— Je pense que c'est inutile. Il s'agit probablement de la même personne qui a écrit le mot la dernière fois, me semble-t-il.

— Effectivement, mais on n'est jamais à l'abri.

Je n'allais pas le contrarier ; il connaît mieux son travail que moi, c'est certain. Je reste assis sur le lit un instant avant de me lever.

— Est-ce que vous avez eu du nouveau pendant notre cavale ? j'interroge.

— Pas vraiment. La balistique et le mot n'ont aucune empreinte. Dana a relevé qu'il s'agissait d'un calibre 50. Mais on n'a pas plus de renseignements. Depuis le début de cette enquête, il y a plus de vingt-cinq ans.

— Un fantôme, complète Jayson en soupirant. Est-ce qu'au moins on est sûr qu'il s'agit d'un humain ?

— Oui, il en est un. Manipulateur, et toujours avec un coup d'avance. Imprévisible et... commence Clayton.

— Pas si imprévisible, je coupe dans mes pensées.

— Comment ça ?

— Eh bien, s'il était imprévisible, il aurait changé de schéma. Même s'il a commencé par New York la deuxième fois, on sait qu'il a visité Toronto. Donc, il n'est pas imprévisible, ce qui signifie également qu'il a des sentiments, ce qui veut dire qu'il est manipulable.

— Pourquoi avoir changé son schéma entre 1996 et 2021 ?

— Il espérait peut-être semer le doute ? propose Austin, non sûr de lui.

— Non. Je pense qu'il s'est trompé pour Los Angeles. Je crois qu'il devait être sur les lieux. En fait, je pense que Los Angeles n'était pas prémédité, mais que ça a donné son point de départ.

— Certes, mais comment peux-tu mêler Down à cette affaire ? Si je ne m'abuse, il a le même âge que toi, à cinq ans, il n'aurait pas pu faire ça.

— Je pense qu'il peut être complice.

— Complice du type qui a enlevé son frère ? Ça n'a pas de sens, Sam.

— Ou alors... Ou alors Down a un coup d'avance, et il veut vraiment faire payer à ce mec, d'où le message sur ton répondeur. Il est en train d'encore gagner parce qu'il sait où il va, contrairement à nous, suppose innocemment Jayson.

Je réfléchis aux paroles de Jayson avant de faire mille pas dans la pièce, sous le regard attentif de chaque membre de l'équipe qui cherche une réponse.

— Et si Toronto n'avait été qu'une mise en scène ? déclare Cameron, jusqu'ici silencieux.

— Explique, invite Austin.

— Eh bien, je ne sais pas, mais par exemple, si c'était un parent de Down qui avait fait le coup et que, pour se dédouaner, ils ont fait croire à l'enlèvement en créant le même schéma. Même schéma qui est d'ailleurs assez anarchique. Bien sûr, on retrouve les mêmes villes, les mêmes façons de procéder, mais pas dans l'ordre. Ce qui reste assez étrange. Il aurait dû reprendre par Los Angeles, ensuite New-York, et après Toronto, non ?

Cette fois, ça a été New York puis Los Angeles, et enfin on termine par Toronto. Pourquoi ?

— New York est probablement l'endroit où tout a commencé.

— Eh bien, peut-être devrions-nous commencer par faire des recherches sur des enlèvements ou meurtres à New York concernant des jumeaux avant 1996.

— Ouais... mais ça peut prendre beaucoup de temps. Ce n'est pas pour dire, mais New York est souvent le théâtre de meurtres étranges. Je ne vois pas trop comment remonter sur 25 ans et... commence Austin.

— J'ai, je le coupe.

Je n'ai pas perdu de temps, je me suis mis en quête de trouver l'identité du gars. Il est facile pour moi de tracer ce genre d'information, surtout avec les précisions que l'on vient de me donner. Tous se sont regroupés autour de moi pour écouter ce que j'avais à dire.

— Cependant, ça n'a rien à voir avec ce qu'on pourrait penser. En 1976, un couple a tué l'un de leurs fils par accident. Le jumeau témoin de la scène a été profondément choqué par ce qu'il a vu. Les parents se baladaient sur un barrage, ils portaient leurs enfants pour leur montrer l'eau. Cependant, un des garçons est tombé dans le barrage. La police a retrouvé le petit noyé. Tandis que l'autre a été placé dans une famille d'accueil et y aurait grandi.

— Bon boulot ! Est-ce qu'on a un nom ?

— De la famille biologique, oui, du nouveau nom du garçon, non.

— Quel âge avait le gosse ?

— Cinq ans, évidemment.

— Pourquoi n'a-t-il pas « juste » tué ses parents ? mime Austin.

— Parce qu'ils se sont suicidés dès que le petit a été placé en foyer, répond Jayson en lisant par-dessus mon épaule, son ton mêlant curiosité et inquiétude.

— Super, mais sans son nom, on ne va pas pouvoir faire grand-chose. Les archives ne sont pas accessibles, dit Clayton d'un air pensif, la frustration palpable dans sa voix.

Je cherche dans la base de données. Bien sûr, je n'ai pas le droit de faire ça, Clayton a insinué qu'il fallait que je le fasse, indirectement, je l'ai saisi. Néanmoins, je ne trouve rien.

— Il n'y a rien concernant l'adoption, c'est comme s'il avait juste disparu après ça. La seule chose que je sais par rapport à l'article, c'est que ça s'est produit en novembre.

— Pourquoi choisir alors ceux qui sont nés en novembre ? Pourquoi pas provoquer les enlèvements en novembre ? demande Austin, son esprit vif s'accrochant aux détails.

— Parce que la probabilité qu'il y ait des jumeaux de cinq ans correspondant à la date exacte du meurtre de son jumeau est quasiment nulle. Il choisit novembre pour être sûr que les enfants atteignent l'âge de cinq ans, ce qui lui laisse plus de possibilités.

— Et comment il les choisit si plusieurs jumeaux naissent en novembre ? Cette question résonne entre les murs.

Un silence s'installe, pesant, jusqu'à ce que Jayson ose briser cette tension.

— Je pense que ça dépend de la distance de ses premiers enlèvements, réfléchit Jayson, les sourcils froncés, concentré sur l'énigme.

— Ouais, mais dans ce cas-là, si c'est à New York qu'a eu lieu cet événement, pourquoi frapper à Los Angeles et Toronto ? D'après Sam, on peut se dire que Los Angeles n'était pas prémédité, il a agi sous pulsion. Mais concernant Toronto ? Comment a-t-il procédé ? Pourquoi précisément ce quartier ? Autres questions : si Los Angeles n'était vraiment pas prémédité, comment pouvait-il savoir avec exactitude que Ezickel et toi étiez nés en novembre ?

Mes doutes s'accumulent, et je sens le poids de l'incertitude sur mes épaules. La question est juste. Même moi, je ne semble plus autant convaincu par ma proposition. Clairement, comment pouvait-il savoir qu'on était nés en novembre s'il avait agi sous pulsion ?

— Ça veut dire qu'il a enquêté sur vous, conclut Austin, son regard devenant perçant. Et par extension, il l'a fait depuis un moment. Qui sait, peut-être même vous observe-t-il depuis votre naissance ?

— Dans ce cas-là, revenant à la question du début, intervient Clayton, son visage soucieux. Pourquoi Los Angeles si tout s'est passé à New York ? Et pourquoi visez-vous les Carter particulièrement ?

Je cherche des informations avant de suspendre mes gestes, le cœur battant.

— C'était ma mère l'avocate du couple.

— Quoi ? questionne Clayton, sa voix trahissant la surprise.

— C'est ma mère qui a défendu le couple. Ils ont été innocentés, cela est passé pour homicide involontaire.

— Le procès a continué malgré leur mort ? s'étonne Cameron, son expression marquée par l'incrédulité.

— Bien sûr. Ceci explique pourquoi il en avait spécifiquement après ta famille. Est-ce que, d'une

196

certaine manière, il ne voulait pas faire payer à ta mère de ne pas avoir puni ses parents, en la punissant elle ?

— Voilà pourquoi il n'a pas frappé à New York en premier. Mais concernant Toronto et New York ?

— Peut-être que chacun faisait partie de l'enquête ? propose Jayson, son ton hésitant mais curieux.

— Genre ? Maman Carter est avocate, que font les parents de Down ?

— Procureur, réponds-je, la tension dans l'air se resserrant autour de moi.

— Laisse-moi deviner, il était sur l'affaire aussi ?

— Ouais...

— Et la dernière famille ?

— La dernière famille n'a pas été autant médiatisée que les autres. On ne sait pratiquement rien sur eux : père militaire, mère pompier, aucun lien avec l'enquête, donc, cite Clayton de tête, son regard plein d'inquiétude.

— En fait... Il y a bien un lien, j'interviens, la révélation sur le bout de ma langue.

— Lequel ? s'étonne mon meilleur ami.

— Devine qui est le pompier qui n'a pas pu ranimer l'enfant ?

— La mère ?

— Bingo.

— Donc, on a trois affaires liées entre elles. Il a choisi ses villes et ses gens par rapport à ce qu'il leur reprochait. Génial. Mais pourquoi recommencer maintenant ? Il a eu sa vengeance, non ? Alors pourquoi reprendre ?

— Peut-être que chaque personne qu'il a frappée a quelque chose à se reprocher ? Il se la joue justicier ? réfléchit Jayson, son regard flottant entre la peur et l'anticipation.

Chacun se regarde. Cette enquête devient de plus en plus compliquée, mais les pièces du puzzle se rassemblent, et l'homme invisible ne l'est plus. Il ne l'est plus du tout, même. Il a un nom de naissance, il a un passé, un vécu, tragique, certes, mais un vécu. Je note toutes les informations que nous avons, mon cœur battant à l'idée que la vérité est à portée de main.

CHAPITRE VINGT-DEUX

Je tique, réalisant à présent que le type me suivait depuis près de vingt-cinq ans, me surveillait sûrement à chaque instant. Il savait ce que je faisais, ce que je cherchais, qui était impliqué, comment il l'était et à quel moment. La colère monte en moi, suivie d'une peur glaçante. Cela signifie que chacun est en danger. Personne n'est à l'abri. Il nous a mêlés à mon passé, impliquant ainsi nos vies dans son futur. Je me demande même un instant si le retour d'Austin et Cameron dans ma vie n'est qu'un hasard que j'ai orchestré moi-même. N'est-ce pas une manipulation de sa part ? Si c'est le cas, je suis encore tombé dans son piège. Je repasse cette enquête dans ma tête. Après tout, chaque personne qui a été au courant de mon jumeau se retrouve dans cette pièce. Il ne manque que Eriven. Je n'ai pas le temps de penser plus longtemps, car la brune fait son entrée dans la pièce.

Je sens mon souffle se couper en la voyant. La culpabilité me submerge, je me sens si mal d'avoir blessé quelqu'un qui mérite mieux. J'avais cru qu'en la tenant éloignée, je la mettais en sécurité, mais en y réfléchissant, c'est précisément en la tenant à l'écart que je l'ai mise encore plus en danger. Je n'ai pas bien agi.

Elle est toujours aussi belle. Ses longs cheveux couleur jais lui tombent en cascade jusqu'en dessous de ses seins. Elle porte son éternel rouge à lèvres rouge, emblématique, un peu comme une signature. Elle ne me lance aucun regard. Puis-je vraiment lui en vouloir ? Non. Je détourne le regard de la jeune femme pour rencontrer le regard émeraude de Cameron, qui me jauge avec une telle intensité que je frisonne. Il me lance un léger sourire d'encouragement. Ce n'est pas suffisant pour apaiser ma conscience, mais au moins, mon ex me soutient. Ce n'est pas si mal, c'est même un fait plutôt rare.

Eriven observe le mur, puis scrute chaque personne présente dans la pièce, évitant soigneusement de croiser mon regard.

— Dana a trouvé que ça venait de la même personne que la dernière fois, sans pouvoir mettre de nom dessus, dit-elle d'une voix étriquée.

Ladite Dana passe la porte, une belle rousse, les cheveux mi-longs, légèrement maquillés d'un mascara et d'eyeliner. Je n'ai jamais pris le temps de la regarder, mais je ne manque pas l'échange de regard lourd de sens entre mon meilleur ami et la rousse. Je hausse un sourcil. Tiens donc, mon meilleur ami a couché avec la jeune femme, et il ne m'en a rien dit. Bien que ce soit moi l'analyseur normalement, j'ai tellement été pris par mes propres problèmes que je n'ai pas remarqué ce qui se passait autour de moi. Je me sens égoïste un instant. Je remarque aussi une tension violente entre Clayton et Austin. Je ne comprends pas d'où elle vient, car normalement, ils s'adorent. J'ai même soupçonné qu'ils sortent ensemble, mais non.

Je m'approche discrètement de Cameron et lui murmure à l'oreille :

— Qu'est-ce qui s'est passé entre ces deux-là ?

— Clayton était à côté lorsqu'il t'avait au téléphone. Clayton a failli le frapper. J'ai dû le retenir. Je pensais pourtant que c'était moi le frère qu'il détestait, se moque Cameron. Ça leur passera. Tu les connais comme moi, ils n'aiment pas se fâcher l'un contre l'autre.

— J'imagine que c'est de ma faute.

— Arrête de croire que tout est toujours ta faute, Sam. Sérieusement, Austin n'aurait pas dû te parler comme il l'a fait, excuse ou non. Il a dépassé les bornes. Clayton l'a remis à sa place, fin de l'histoire. Ne te rends pas coupable de quelque chose dont tu n'es pas fautif. Je pense qu'il était piqué que tu ne partes pas à l'improviste avec lui, plaisante Cameron.

Je souris légèrement à cette phrase. Je ne manque pas le regard assassin d'Eriven sur Cameron. Le bouclé grimace lorsqu'il le remarque aussi.

— Ouais, et Eriven me déteste. Je suppose que ça a un rapport avec le fait qu'on ait été ensemble.

Je ricane un peu avant de m'éloigner de mon ex. Je n'ai aucune envie de déclencher l'apocalypse. La jeune femme me haïssait déjà assez comme ça, pas la peine d'en rajouter. J'ai merdé, c'est suffisant.

— Je vous propose qu'on aille faire un tour dans la maison abandonnée de Down, après tout, il a peut-être caché des choses.

— Dans ce cas-là, il faudrait peut-être qu'on se sépare. Qu'un groupe aille dans la maison abandonnée et l'autre chez lui, pour savoir où il est. Parce que sinon, il va falloir un mandat, suggère Clayton.

201

— Peut-être trois groupes : un groupe à son ancienne maison, un autre à son logement actuel, et un dernier sur son lieu de travail, non ? propose plutôt Jayson.

— Je choisis le lieu de travail avec Jay et Cam, impose Austin.

— Et moi, le nouveau logement avec Dana.

Je sens le coup fourré à trois kilomètres lorsque, deux minutes plus tard, je me retrouve seul avec Eriven dans la pièce. La tension y est à son comble. Je n'ose pas lui parler, et elle n'a pas envie de le faire. Je soupire avant de prendre la sortie, la jeune femme sur mes talons. Je rejoins ma voiture. Eriven prend place du côté passager. Je démarre la celle-ci et commence à rouler dans un lourd silence.

La route me paraît très longue. Je garde le regard concentré sur le trajet, mais mon esprit est totalement tourné vers ma voisine. Aucun mot que je pourrais prononcer ne suffira à exprimer à quel point je suis désolé. Alors, je préfère juste me taire. Je regrette de l'avoir blessée, ça c'est un fait, mais je ne regrette pas d'avoir tenté de la protéger, même si, à l'heure actuelle, je sais que ce n'était pas la bonne solution.

— Est-ce que tu vas finir par parler ou vais-je devoir écouter tes méninges s'emmêler les pinceaux ? m'agresse la jeune femme.

Je lève les yeux au ciel. Et après, c'est moi qui suis brut de décoffrage ? Ce qu'il ne fallait pas entendre. Je reste muet un moment avant d'ouvrir enfin la bouche.

— Qu'est-ce que tu veux que je dise ? Que je suis désolé ? Tout en sachant que cela ne servirait à rien.

— Ça ne servira à rien, c'est clair, crache-t-elle froidement.

Le silence revient aussi vite qu'il est parti. Néanmoins, il ne reste guère longtemps.

— On ne m'avait jamais autant humiliée de toute ma vie ! s'énerve-t-elle. Oui, peut-être que nous n'étions pas en couple, mais était-ce une raison pour me repousser ainsi ? Tu ne pouvais pas juste me dire que je ne t'intéressais pas plus que ça ? s'énerve-t-elle. Non, monsieur a préféré être odieux et se comporter comme un connard.

Aucun mot ne sort à sa phrase, j'accuse le coup difficilement. Sa colère est méritée, alors je n'essaie pas de me défendre. Que pourrais-je dire ? J'ai agi en connaissance de cause, même si mes intentions étaient tout autres.

— Mais tu vas parler à la fin !

Cette fois, elle se retourne vivement vers moi, attendant que je fasse quelque chose.

— Je te le répète, qu'est-ce que tu veux que je dise, bon sang ?! m'agace-je. Oui, je reconnais, j'ai merdé. Bien sûr que je regrette, mais qu'est-ce que ça change ? Nous savons très bien que je ne peux pas rattraper ce que j'ai dit et que ça ne s'effacera pas. Alors dis-moi, qu'est-ce que tu veux que je dise, bordel ?!

— Non mais j'hallucine ! C'est toi qui t'énerve alors que c'est toi qui me largues comme une merde, se vexe-t-elle. Je pensais que tu valais mieux que ça. Oui, tu es bousillé, mais je ne pensais pas que tu pouvais te comporter comme un connard avec les gens. Vraiment, je me suis trompée sur ton compte. C'est bien mieux qu'on ne soit plus ensemble ! Bien que nous n'étions pas un couple, si je cite tes paroles.

Je serre le volant, les mots de la jeune femme me blessent. Ils me touchent profondément, mais je ne m'autorise pas à lui montrer. Je n'ai pas le droit, c'est tout ce que je mérite. Je serre les dents tout en continuant de conduire. Je perçois un geste du côté d'Eriven ; elle essuie sa joue. Là, je comprends que je l'ai fait pleurer. Mon cœur se serre davantage. C'est une chose de la blesser, une autre de la voir s'énerver, mais la faire pleurer, c'est insupportable pour moi. J'arrête la voiture sur le bas-côté. Je coupe le contact, me détache et fais face à la jeune femme.

— Mon but n'a jamais été de te blesser.

Eriven veut me couper la parole, mais je la fais taire en continuant.

— Laisse-moi finir, dis-je froidement. Je sais que je me suis comporté comme un crétin. J'en ai parfaitement conscience. Il était hors de question que tu sois en danger à cause de moi ! Je ne voulais pas que tu prennes de risques à cause de mon passé, à cause de ce qui pouvait se passer. Quand j'ai eu ce message sur le répondeur et que j'ai reçu ton appel juste après, j'ai paniqué. J'ai paniqué parce que je me suis attaché à toi et que je ne voulais pas qu'il puisse s'en prendre à toi.

Le silence retombe. Eriven plonge ses yeux noirs dans les miens. Je vois les émotions se bousculer sur son visage. Elle passe de l'énervement à la déception, puis à l'étonnement, et enfin plus rien.

— C'était stupide de ta part, conclut-elle.

Elle se détourne de mon regard. J'essuie délicatement la larme clandestine qui glisse sur sa joue.

— Tu sais bien que c'est l'adjectif qui me qualifie le plus, je tente.

— Crois pas que tu vas t'en tirer aussi facilement, gronde-t-elle.

— Je ne crois rien du tout, je souligne.

— Et qu'est-ce que j'aurais fait s'il t'était arrivé quelque chose sans que je ne sache rien ? Pensant que tu me détestais ? Comment suis-je supposée réagir face à tes paroles ?! reprend-elle, toujours énervée.

— Je ne sais pas, tu sais que je ne réfléchis pas trop à mes paroles.

— Justement, avant de blesser quelqu'un, tu ferais mieux de réfléchir à tes mots ! s'emporte-t-elle.

— J'ai compris, réponds-je simplement.

— Tu me fatigues !

— Je pense l'avoir compris aussi.

— La ferme.

Je lève les mains en guise de résignation, mais je ne peux retenir un sourire en coin. Je sais que j'ai gagné à l'instant où elle prononce le "tu me fatigues". Les lèvres de la brune viennent s'écraser brutalement sur les miennes, me surprenant un court instant. Je lui rends son baiser sans hésitation. Elle m'a manqué, et je ne m'en rends compte que maintenant que je l'ai retrouvée. Elle, ses mains, son odeur qui emplit actuellement mon habitacle et qui me rend fou. Ses lèvres douces et dangereuses me rendent fébriles.

Les lèvres d'Eriven et les miennes se rencontrent, se séparent, puis se retrouvent, comme une urgence irrésistible. Elle se détache de mon étreinte, enjambant avec difficulté le frein à main et le pommeau de vitesse pour se retrouver sur mes genoux. Je recule mon siège pour lui offrir plus d'espace, un geste instinctif. Une fois sur moi, je bascule le siège en arrière, créant un peu plus de place pour nous deux.

Mes mains se perdent sous son tee-shirt, caressant son dos tandis qu'elle mordille mon cou. Des milliers de frissons parcourent mon corps sous ses douces tortures. En quelques secondes, je suis débarrassé de mon pull, puis j'enlève aussi le tee-shirt et le pull d'Eriven d'un geste décidé.

Comme à chaque fois que nous nous retrouvons, nos mouvements sont à la fois sûrs et impatients, chacun éprouvant le désir de l'autre. Débarrasser mon jean s'avère beaucoup plus compliqué. L'espace entre le siège et le tableau de bord est réduit, mais je l'aide dans sa bataille, rendant la tâche un peu plus simple. Heureusement, elle a eu l'idée de porter une jupe, ce qui me facilite les choses. Je l'enlève avec une facilité presque déconcertante. Mon boxer ne reste pas longtemps sur ma peau. La jeune femme part à la découverte de mes abdos, me faisant frissonner encore une fois.

Je dégrafe son joli soutien-gorge rouge en dentelle et l'enlève, embrassant sa poitrine avec tendresse. L'entendre gémir à mon oreille n'augmente que plus mon désir, me consumant de l'intérieur. Je retire tout aussi souplement le tissu qui nous sépare de son intimité. De la buée se forme sur la vitre de la voiture, laissant facilement imaginer ce qui se passe à l'intérieur est torride. L'envie de ne faire qu'un atteint son paroxysme. La jeune femme soulève son bassin, m'invitant à la pénétrer, avant de le faire, j'attrape un préservatif dans ma boite à gant. Elle m'aide à l'enfiler. Tandis que nos corps s'unissent enfin.

Mes mains caressent chaque parcelle du corps d'Eriven. Je la marque, sur l'épaule, dans le cou, à chaque endroit où sa peau est accessible. Alors qu'elle me griffe légèrement, nous nous perdons chacun dans le plaisir que nous nous donnons. Ses longs cheveux glissent sur ma peau, ajoutant une touche de sensualité que je trouve étrangement irrésistible. Mes lèvres retrouvent les siennes, les unissant à nouveau dans une danse passionnée.

Notre moment d'intimité se termine lorsque chacun de nous atteint le point de non-retour. Nos respirations sont courtes, témoignant de l'intensité de notre étreinte. Nous nous embrassons encore quelques instants. Je retire le préservatif usagé, je le mets dans le cendrier après l'avoir nouer. Je le jetterais une fois que je pourrais. Nous nous rhabillons aussi difficilement que nous nous sommes déshabillés. Nous aurions pu prendre une amende pour ce que nous venons de faire, mais le goût du danger rend chaque instant d'autant plus excitant.

— On ne sait vraiment pas être romantique quand on a envie de l'autre, dit Eriven en rejetant ses cheveux en arrière, un sourire malicieux aux lèvres.

— C'est ce qui nous rend uniques, non ? je lui réponds, amusé.

— Je dirais que c'est ce qui nous rend bestiaux, plutôt, rétorque-t-elle, le regard pétillant de défi.

— Aussi, j'admets, dis-je avec un sourire complice.

Il faut avouer que je ne sais pas me contrôler quand la brune est à mes côtés. J'ai toujours ce besoin pressant d'être en elle, de fusionner nos corps. J'enfile mon pull avant de me regarder dans le miroir du pare-soleil. Plusieurs traces violacées sont visibles dans mon cou et à la jointure de celui-ci avec mon épaule. Une marque est particulièrement visible juste en dessous de mon menton. Je tourne le regard vers Eriven, qui s'apprête à se rendre à nouveau présentable. Je remarque que je n'y suis pas allé de main morte non plus. Elle tourne son regard vers moi et me vole un baiser, une étincelle dans ses yeux. J'ai un léger sourire sur les lèvres. Mais lorsqu'elle sort sa trousse à maquillage, je comprends que je serais seul une nouvelle fois à porter les vestiges de nos ébats.

— Ne crois pas que tu es pardonné, accuse-t-elle, un sourire joueur sur le visage.

— Je ne m'inquiète pas là-dessus, j'assure, ma voix empreinte d'une détermination nouvelle.

CHAPITRE VINGT-TROIS

J'ai repris la route avec Eriven, et les tensions entre nous se sont grandement apaisées. Le silence règne à nouveau dans la voiture, mais cette fois-ci, il est agréable, presque réconfortant. Je me gare devant la maison abandonnée de Down. Aucune voiture à l'horizon, je ne me fie pas à cela ; la veille, quand nous sommes venus avec Jaysn, il n'y avait pas de véhicule non plus. Je coupe le moteur et descends avec Eriven. Je prends un instant pour observer la bâtisse en très mauvais état. Je n'ai pas pris le temps de rénover la maison des Carter après mon acquisition, mais je viens régulièrement y faire la poussière. La maison de Down n'a probablement pas vu âme qui vive depuis le retour de Philips.

Je m'approche de la porte et la pousse lentement, évitant de la faire grincer, ne voulant pas me faire repérer aussi stupidement que la dernière fois. Eriven tient son arme à la main, prête à agir. Elle entre en première, scrutant chaque recoin. Pour le moment, il n'y a aucune trace de Down. Je me dirige vers les escaliers pour aller à l'étage, sachant maintenant où je dois aller. J'évite soigneusement les marches qui grincent. Je tends l'oreille, espérant entendre quelque chose, mais le silence m'accueille comme une présence oppressante. Eriven marche à mes côtés, son regard concentré, l'atmosphère est chargée d'adrénaline.

Je pousse la porte de la chambre où nous étions entrés la dernière fois, mais il n'y a personne. Mon regard balaie la pièce, cherchant quelque chose d'intrigant. Un mur attire mon attention : il ne semble pas lisse comme les autres. Comme s'il y avait un espace derrière. Suivant mon instinct, je cherche avec mes doigts, espérant ouvrir une porte secrète. Je trouve facilement le mécanisme, et en poussant la porte doucement, je me prépare à tout. Eriven, toujours sur ses gardes, pointe son arme en direction de la pièce. Le vide et le noir dominent.

Je cherche l'interrupteur ; une fois trouvé, je l'allume. Mes yeux s'écarquillent d'horreur en découvrant ce qui s'y trouve. Des pans de mur sont entièrement recouverts de photos de moi, plusieurs avec Guerreso, quelques-unes avec Cameron, d'autres avec Austin, Clayton, Eriven, et beaucoup de Jayson et moi. Je m'approche, mes mains tremblant légèrement, des coupures de journaux attirent mon attention. L'enlèvement de mon jumeau, les interviews de mes parents, tout est éparpillé devant moi, comme une mosaïque macabre de ma vie.

Eriven se poste à mes côtés, elle-même terrifiée, et je sens la tension palpable entre nous. Mon regard se porte ensuite sur une coupure de journal évoquant l'affaire Sandy Millers, indiquant que Guerreso a été innocenté grâce à un alibi en béton. Je remarque également que c'était Cameron qui avait eu la patiente et qu'il l'avait fait interner. Je fronce les sourcils ; le lien entre les enlèvements et l'affaire Sandy Millers ne semble pas cohérent. Eriven prend plusieurs photos avant que son téléphone ne sonne. Elle décroche rapidement, ne voulant pas que la sonnerie nous trahisse.

— Bridge, j'écoute. Agent Sullivan. Oui. Non, il n'est pas là.

Je me désintéresse de la conversation et fouille le bureau. J'ouvre un tiroir ; il est vide, mais au vu des marques dans la poussière, il y avait probablement un carnet à l'intérieur. Je ne m'attarde pas sur le manque d'objets. J'ouvre le deuxième tiroir et y trouve un dossier. Je le sors et l'ouvre, le cœur battant.

Il s'agit d'un dossier sur des adoptions, d'une agence qui propose des adoptions d'enfants maltraités ou négligés par leurs parents. Ces enfants sont proposés à des familles qui désirent vraiment un enfant. Je remarque le nom de Jayson ; c'est le seul qui n'a pas d'historique avant son adoption par les Donovan. Aucune date de naissance, aucune particularité. Je fronce les sourcils ; pourquoi les autres dossiers sont-ils complets alors que celui de Jayson est vide ? Est-ce que Down savait que je viendrais et a donc caché cette information ?

Le bruit d'une voiture qui se gare attire mon attention. Le gravier crisse sous les pneus, un bruit inévitable. Je claque le dossier et le range à nouveau dans le tiroir d'où je l'ai pris. Eriven est toujours en pleine conversation avec Clayton, elle n'a donc rien entendu. Je la tire hors de la pièce, éteins la lumière et ferme la porte. Nous devons partir, et vite. Ma Camaro a probablement été repérée, et le temps presse si nous voulons sortir sains et saufs. Je prends le téléphone d'Eriven pour parler à mon meilleur ami.

— Il est là, on va essayer de s'enfuir. Si je ne te rappelle pas dans quinze minutes, envoie du renfort.

Je ne laisse pas le temps à Clayton de répondre. J'entends des pas lourds de Down au rez-de-chaussée, et je repère une fenêtre au bout du couloir.

— Il faut qu'on sorte par cette fenêtre.

Eriven acquiesce, le visage déterminé.

— Je vais faire diversion et tu sortiras, tu ira chercher la voiture, chuchoté-je, le cœur battant.

— Je ne vais pas te laisser seul avec lui ! Il pourrait te tuer ! s'indigne-t-elle à voix basse, la peur dans les yeux.

— On n'a pas le choix, lui rétorqué-je avec fermeté.

Eriven pèse le pour et le contre avant d'hocher la tête à contrecœur. Je peux sentir la tension de la situation, mais je sais que nous n'avons pas d'autre option.

Le stress monte en moi. Je veux à tout prix qu'Eriven se mette en sécurité. Une fois qu'elle le sera, je pourrai me concentrer sur mon « adversaire ». La jeune femme se précipite vers la fenêtre. Je saisis la première chose qui me passe sous la main : un vase ? Ok, ça devrait faire l'affaire. J'attends que l'homme monte, me cachant dans la chambre, à proximité de la porte, pour pouvoir assommer Down et m'échapper aussi vite que possible. J'entends des pas dans les escaliers.

— Carter, je sais que tu es là. Montre-toi, je ne compte rien te faire, minaude Down.

Le ton du garçon ne me convainc étrangement pas. Je n'ose pas me montrer et retiens ma respiration quand l'homme passe devant la chambre. Je n'ai pas le temps de le frapper avec le vase. Il m'a repéré à cause de mon reflet dans la fenêtre. L'homme me menace à présent de son arme. Je lâche le vase, qui s'éclate en mille morceaux, et lève les mains en l'air. Philips est vraiment proche de moi. Je peux presque sentir sa respiration. Je ne me laisse pas aller à l'inquiétude. Comme l'a si bien dit Austin, ma vie m'importe peu ; la mort ne me fait pas peur. Je garde mon regard fixé sur lui, mais je ne peux m'empêcher de penser à Eriven. Je ne veux pas qu'elle soit mêlée à cela.

— Heureusement que je ne t'ai pas cru quand tu as dit que tu ne me ferais rien, je me moque.

— Hilarant, Carter. Ton binôme n'est pas avec toi ?

— Comme tu peux le constater, je suis seul.

— Merveilleux.

— C'est donc toi ?

— Moi ? dit l'homme sans comprendre, avant de remarquer la porte entre-ouverte de son bureau. Il ricane. Non, ce n'est pas moi. Je ne suis qu'un pion, tout comme toi.

— Un pion un peu plus impliqué que moi, quand même, je rétorque.

Je dois gagner du temps. Je garde mon regard braqué sur l'homme, mais me concentre sur ma vision panoramique pour tenter de trouver une échappatoire. J'espère juste qu'Eriven ne fera rien de stupide.

— Ouais... Disons que je ne suis pas resté à me morfondre, tu vois. J'ai tenté de comprendre ce qui s'était réellement passé ce jour-là. Puis j'ai compris que mon connard de père avait innocenté les mauvaises personnes. Un peu comme toi, non ?

Je comprends qu'il fait référence à l'affaire Sandy Millers. Il me reproche d'avoir innocenté Duncan. Je suis impliqué comme l'avait été son père dans l'affaire de ce gosse.

— Il était vraiment innocent, au passage.

— Ouais, comme nous tous, non ? Nous sommes tous de simples victimes, mais nous ne réagissons pas tous de la même manière face à ça. La question n'est pas là. Il ne veut pas que je te tue, lâche Down, dépité.

Qu'il me tue ? C'est bien ce que je pense, Down est de mèche avec le gars qui a fait tout ça.

— Je ne comprends pas... Comment peux-tu aider quelqu'un qui t'a enlevé ton jumeau ?

— Il avait raison de le faire. Mes parents étaient négligents. Mais il m'a laissé le retrouver.

Effectivement, vu comme ça, il ne peut que l'aider. Down semble facilement manipulable lorsqu'il s'agit de famille. Moi aussi, je l'aurais été dans le passé, mais aujourd'hui, je me sers de ça comme d'un point fort.

— Je vois. Et donc, tu as décidé de me faire payer quoi ? L'innocence de Guerreso ?

— Je me fiche pas mal de l'affaire Guerreso, ça ne me concerne pas. C'est lui qui est vénère contre toi. Moi, je n'ai aucun problème avec toi. Enfin, si, tu as fouillé dans mes affaires sans me demander mon avis, mais soit. Je te pardonne.

J'essaie de comprendre la psychologie du garçon face à moi, mais je ne suis pas psychologue. Normalement, je me tourne vers Cameron dans ces cas-là. Je finis par baisser les mains quand Down ne me menace plus. J'ignore comment me tirer de cette situation. J'entends du bruit à l'étage du dessous. Une diversion, merveilleux.

L'homme tourne vivement la tête vers le bruit. J'en profite et le pousse violemment. La surprise du gars le fait tomber. Je ne manque pas cette occasion pour quitter la maison et me précipiter dans les escaliers. J'entends des coups de feu derrière moi, mais je ne me retourne pas un instant. Clayton se trouve en bas des marches. Lorsqu'il me voit courir, il fait immédiatement demi tour pour aller dehors. Les coups de feu ne cessent pas, heureusement ils ne m'atteignent pas.

Mon meilleur ami a un temps d'avance, c'est pourquoi je lui jette les clés de ma voiture qu'il rattrape sans problème. Il grimpe dans celle-ci, la démarre et l'instant d'après, il passe déjà la marche arrière, la porte passagère ouverte. Je saute dans la voiture en marche. Des balles fusent près de moi, contre la carrosserie, mais je n'y prête pas attention, encore une fois. Je ferme la porte de la voiture et m'attache.

Clayton met énormément de distance entre la maison et nous à une vitesse impressionnante. Je reste silencieux un instant, observant le paysage défiler. Je tente de calmer mon cœur qui bat la chamade. Ensuite je questionne mon meilleur ami.

— Où est Eriven ?

— Au motel. Elle m'a appelé une fois sortie de la maison. Je lui ai laissé ma voiture pour partir.

Je hoche la tête, soulagé de la savoir en sécurité.

— Ça va ? questionne Clayton.

— Je ne sais pas, j'avoue.

Digérer tout ce que j'ai vu me semble compliqué. J'ai tout de même découvert que je suis la cible de ce taré et que Cameron l'est également ainsi que Duncan. Les choses devraient normalement s'arranger, pas s'empirer. Je préfère oublier, ne serait-ce qu'un instant, ce que j'ai vu. Alors, je décide de changer de sujet.

— Alors comme ça, toi et Dana, je questionne malicieusement.

Clayton devient aussi rouge qu'une tomate.

— Oui.

— Je suis désolé.

— Désolé ? demande Clayton, totalement perdu. Désolé de quoi, au juste ?

— De rien avoir vu.

— Ne te culpabilise pas. Dana et moi, c'est récent, et nous ne voulions pas que ça se sache. Le fait que tu le voies prouve que tu m'accordes toujours autant d'attention, donc ça me va, sourit Clayton.

— Tu ne crois pas que tu es un peu trop dur avec Austin ? je finis par dire.

Je vois le visage de mon meilleur ami se refermer.

— Il n'avait pas à te parler comme ça.

— Il s'est excusé. Il le regrette, il se sent coupable. Tu veux quoi de plus ? Tu sais comment il est quand il est en colère.

— Il avait juré de ne plus te parler comme ça.

— Oh pitié, Clay. Tu ne vas pas lui en vouloir pour ça. Sérieusement, c'est quoi le vrai problème ?

Clayton soupire doucement, démasqué.

— Je crois que je n'ai toujours pas digéré son départ.

— Donc tu lui en veux depuis cinq ans ?

— Je ne lui en veux pas. J'étais juste triste, et le savoir ici me soulage, mais m'embête en même temps, parce que je sais qu'après l'enquête, il reprendra sa vie à New York, sans nous.

— Tu sais que tu es censé t'émouvoir plus du départ de Dana que d'Austin.

— Ça a toujours été particulier avec Austin. Non, contrairement à ce que tu as toujours pensé, Austin et moi n'avons jamais eu de relation. Il a toujours eu mon respect, parce qu'il parvenait à te redonner goût à la vie. Tu avais un nouvel objectif : le protéger de ces gens qui l'avaient harcelé, de son frère parfois violent, de la perte de son emploi. Tu as fait tout ce que tu pouvais pour le protéger. Tu avais un but, tu avais envie de te battre pour quelqu'un, et ça ne t'était pas arrivé depuis que je te connais. On sait que notre relation est différente. Je ne douterais jamais de ta loyauté envers moi. Mais c'est quand même pour Austin que tu as rompu avec Cameron, alors que j'avais essayé de te faire ouvrir les yeux. Le geste de trop de Cameron sur Austin t'a poussé à tout arrêter. J'ai été fier de toi. Sauf que son départ t'a vraiment atteint. Tu avais perdu ton petit ami, le petit frère que tu aurais voulu, et tu n'avais plus de but dans ta vie. Tu t'es éloigné de moi. Puis, quand j'ai été traîné dans la boue par mes anciens collègues, tu étais là. Tu m'as montré que même si on s'était éloigné, tu ne laisserais personne me faire du mal. Je crois que... Même si j'adore vraiment Austin, j'en étais profondément jaloux. J'ai ressenti cette jalousie jusqu'à ce que tu tabasses presque à mort ce type parce qu'il m'avait menacé. J'ai compris que j'avais la même valeur à tes yeux que Jones.

J'écoute attentivement mon meilleur ami. Je n'avais pas conscience que Clayton avait été blessé par mon éloignement. Je n'avais pas non plus réalisé qu'il avait été jaloux de mon autre ami. En repensant au moment mentionné par Clayton, je me souviens de la fois où j'avais presque tué ce gars qui avait menacé sa vie. Clayton est l'être le plus important pour moi. Il est hors de question que je laisse qui que ce soit le menacer.

— Je suis peut-être insensible, mais je sais donner de l'amour à chaque personne. Chaque personne ne me donne pas le même sentiment. Austin a toujours été fragile, et je sentais que c'était mon devoir de le protéger, parce que son frère ne le faisait pas. Cameron a été un amour dévastateur et destructeur, qui m'a fait grandir. Jayson, c'est compliqué ; je n'arrive pas à définir ce que je ressens pour lui. Je sais juste que ce n'est pas de l'amour, mais que je me sens complet quand il est là. Eriven, c'est la personne qui me permet de me reconstruire. Mais Clayton, mon pilier, c'est toi. Ça a toujours été toi, et ça sera toujours toi. Bien sûr, nous avons eu des disputes, des périodes d'éloignement, mais quoi qu'il arrive, ça a toujours été toi, et ça le sera pour le reste de ma vie. C'est toi qui m'a sauvé. Et ça, personne ne pourra jamais le compenser. Je ne suis pas d'accord : tu n'as pas la même valeur que les autres. Tu es unique pour moi, dans ma vie, et personne ne pourra jamais t'égaler, quoi que tu puisses imaginer.

Je vois une larme sur la joue de mon meilleur ami. Mon cœur se serre. Je me sens égoïste de ne pas avoir réalisé que j'avais blessé Clayton. C'était la dernière chose que je voulais. Je me mords la lèvre, accablé par la culpabilité. J'ai échoué dans mon rôle d'ami, et c'est très dur pour moi. Je fixe la route, le silence pesant entre nous.

— Je suis content que tu sois mon ami, Sam. Et ce que tu viens de dire me touche profondément. Je n'avais pas conscience d'avoir autant d'importance pour toi.

Je tourne mon regard, devenu foncé par le soleil qui se couche.

— Je suis également heureux que tu sois mon ami. Sans toi, je ne suis rien. Retiens ça la prochaine fois que tu doutes. Ou parle-moi.

CHAPITRE VINGT-QUATRE

Nous arrivons au motel une bonne demi-heure plus tard. Clayton a préféré prendre des petites routes pour éviter que Down ne nous suive facilement. La nuit est désormais tombée. Chacun descend de la voiture et regagne la chambre. J'ouvre la porte et pénètre dans la pièce avec Clayton. L'atmosphère est tendue. Eriven est assise sur le lit, se rongeant les ongles. Austin fixe un point dans le vide, Jayson est sur l'ordinateur, et Cameron jette des coups d'œil nerveux à sa montre toutes les trente secondes. Lorsque la porte se ferme, tous les regards se tournent vers nous. Eriven est la première à réagir ; elle vient me prendre dans ses bras et m'embrasse avec chaleur. Dana, elle, s'approche de Clayton, s'assurant qu'il n'a rien, elle est beaucoup plus discrète, mais pas moins sincère.

— Vous en avez mis du temps ! s'indigne Austin, feignant de masquer son inquiétude.

— C'est plus compliqué que je pensais de quitter une maison sans se faire tuer, dis-je en haussant les épaules.

Eriven me donne un coup sur l'épaule, me faisant légèrement grimacer. Je plonge un instant mon regard dans le sien. Je me sens immédiatement coupable d'avoir fait un trait d'humour face aux inquiétudes visibles de la jeune femme. Je lui embrasse le front en guise de réconfort.

— Bien, maintenant qu'on est tous là, je propose qu'on dorme. On a encore beaucoup de boulot, donc autant reprendre des forces, déclare Austin, le ton autoritaire.

Chacun acquiesce, l'atmosphère se détendant légèrement.

— Comment on organise les lits ? demande innocemment Jayson.

— Eh bien, toi et Cameron dans le tien, Sam et Eriven dans le sien. Et nous, on se débrouillera avec les coussins et couvertures en plus.

— Je propose plutôt que Dana dorme avec Eriven, j'interviens, surprenant Dana.

— Pourquoi ? demande Austin, une lueur de curiosité dans les yeux.

— Parce qu'on ne sait pas se comporter comme des gens civilisés quand on est dans le même espace, conclut Eriven en riant doucement.

Je lève les yeux au ciel, amusé. Je prends plusieurs couvertures que j'étends sur le sol. Austin s'allonge sur l'extrémité gauche, Clayton choisit le côté droit, ce qui me laisse la place du milieu. Après avoir éteint les lumières, je rejoins mes amis en enjambant Clayton. Je m'allonge, et quelques secondes après, je sens une couverture se poser sur moi.

— Merci, murmure-je.

— De rien, répond Clayton, sa voix douce et rassurante.

Nous avons l'habitude de dormir ensemble. Pour nous, ce n'est pas tabou, contrairement à beaucoup d'autres. Tandis que pour deux femmes, cela semble normal, deux garçons qui dorment ensemble, même par amitié, sont jugés immédiatement. Pourtant, je n'ai pas hésité à dormir avec Clayton après son agression. Pendant des nuits, je suis resté à ses côtés, le veillant jusqu'à ce qu'il trouve enfin le sommeil. Il n'est pas rare qu'il m'appelle encore au milieu de la nuit quand les cauchemars le hantent.

Je fixe le plafond dans le noir, mes pensées enchevêtrées. Tout ce que j'ai découvert aujourd'hui me tourmente. Down n'est pas responsable des enlèvements ; c'est impossible, car il n'avait que cinq ans lors des premiers. Cependant, il a visiblement un lien étroit avec le responsable de ces actes, mais lequel ? Pourquoi a-t-il choisi d'aider celui qui a causé tant de souffrances, même si son frère a été retrouvé ? Après tout, sa vie a été brisée par des parents divorcés.

Le sommeil ne vient pas, mais je reste immobile. Clayton a sa tête appuyée sur mon épaule, et je ne veux pas risquer de le réveiller. À ma grande surprise, Austin s'endort également contre moi. Je lève les yeux au ciel, amusé mais heureux à la fois. Je me sens à ma place, ici et maintenant. Bien que ma position soit un peu inconfortable, je ne ferai rien pour me dégager.

— Tu ne dors pas ? murmure Clayton tout bas.

— Non, j'y arrive pas.

— Qu'est-ce qui se passe ?

— Je pense à ce qu'on a vu chez Down. Je ne comprends pas le lien entre lui et le kidnappeur. Comment peut-il accepter de travailler pour lui après tout le mal qu'il a causé ?

— Tu sais, parfois il suffit de peu de choses pour que les gens oublient le mal des autres. Ton exemple avec Cameron est révélateur. Vous vous êtes tous les deux détruits, et pourtant, vous êtes là, à vous accepter. Vous avez un but commun, malgré la douleur passée. Et surtout, vous continuez à vous protége mutuellement.

— Parce que vous avez un objectif commun, complète doucement la voix endormie d'Austin.

— Absolument, renchérit Clayton.

— Ok... Dans ce cas, je sais quel est leur but commun.

— Quel est-il ? s'interroge Clayton, intrigué.

— Moi.

Un silence pesant s'installe ; je sens Clayton se redresser brusquement à côté de moi.

— Comment ça "toi" ?!

— Down a plein de documents sur ma vie, sur mes amis, sur l'enquête, sur les preuves qu'on a. Eriven a les photos dans son téléphone. Ce mec me suit depuis des années, si ce n'est pas depuis la disparition d'Ezickel. Enfin, lui, ce n'est pas possible, mais la personne qu'il sert.

Je me lève discrètement pour prendre le téléphone d'Eriven. Je cherche les photos et, une fois allongé à côté de Clayton et Austin, je les montre. Austin zoome sur une photo qui a été prise récemment.

— Cet homme est un psychopathe ! s'exclame Austin un peu bruyamment.

— Chut ! murmurons Clayton et moi en même temps.

Austin se fait tout petit sous nos représailles.

— Pardon... Mais c'est vrai quand même. Suivre quelqu'un comme ça, ça relève de la perversité !

— Un peu, oui, admet Clayton.

— Vous avez appris des choses au moins ?
questionne Austin.

— Rien qui puisse les coincer tous les deux. Du
moins, rien qui pourrait nous conduire au kidnappeur.
Ils en ont après moi à cause d'un dossier que j'ai falsifié.

— Lequel ?

— Sandy Millers.

— Sandy Millers ? La femme qui avait dit avoir été
agressée sexuellement par un homme de la police alors
qu'elle était schizophrène ? demande Austin.

— Je ne comprends pas trop le rapport avec toi,
insiste Clayton.

— C'était Guerreso qui était accusé. J'étais avec
lui à l'époque ; je lui ai créé un alibi en béton parce
qu'on ne pouvait pas dire qu'on sortait ensemble. Donc
les faits qu'elle avait donnés étaient totalement faux,
puisque nous avions passé la nuit ensemble.

— On ne peut pas dire que ça soit vraiment falsifié,
juste que tu as embelli la vérité, conclut Austin.

— Ça ne change pas grand-chose apparemment du
point de vue de notre cher fantôme.

— Faudrait qu'on cherche le rapport entre Sandy et
notre homme. Il doit bien avoir des choses dessus, lâche
Clayton en baillant. Nous regarderons ça demain. Je ne
le laisserai pas te faire du mal.

Un léger sourire se dessine sur mes lèvres aux
paroles de mon meilleur ami. Chacun se recouche à
nouveau. Nous devrions faire des recherches demain.
J'ai du mal à trouver le sommeil et je m'endors qu'au
petit matin. Je suis réveillé par les rayons du soleil qui
chatouillent ma peau. J'ouvre lentement les yeux, mais
je les referme aussi vite quand je suis aveuglé par la
lumière. Je blottis ma tête dans l'oreiller puis les rouvre.
J'observe la pièce un instant ; je remarque que je ne suis

plus sur le sol, mais dans un lit. Le silence qui m'accueille ne me plaît guère. Je me redresse lentement et vois que Clayton, Jayson et Austin travaillent sur leurs ordinateurs. Les filles sont absentes et Cameron est assis dans un coin en train de lire un livre.

— Je trouve rien, s'agace Austin en s'étirant.

— Il est fort pour se cacher, affirme Clayton. Disons que nous ne sommes pas aussi à l'aise informatiquement que notre fantôme.

— Je sais, il y a des données cryptées que je n'arrive pas à comprendre, complète Jayson.

— J'ai le même problème, soupire Clayton.

Je m'approche de mon meilleur ami à pas de velours, tous les trois sont de dos. Je regarde par-dessus son épaule sans faire de bruit. Seul Cameron m'a remarqué, mais il ne dit rien. J'aperçois son sourire en coin.

— Peut-être que...

Ma voix fait sursauter les trois garçons, et Austin lâche un cri peu viril. Cameron éclate de rire. Je lève les mains en l'air, innocent, tandis que trois paires d'yeux me fusillent du regard.

— Je ne comprends toujours pas comment tu peux être aussi silencieux que Jayson, et que ce dernier n'arrive pas à t'entendre, râle Austin.

Le blond a la main sur son cœur.

— Peut-être que ? demande finalement Clayton.

— Que je peux essayer de craquer ça ? clarifie-je.

Austin lance un oreiller à la tête de son frère, qui continue de se moquer de sa réaction. Cependant, l'équilibre et Cameron ne sont pas copains, et le bouclé finit par terre. Je me retourne vers Cameron qui rit toujours au sol.

— Arrête de rire, sale traître ! s'indigne Austin.

Je ne peux m'empêcher de sourire, j'aime cette ambiance légère. J'ai l'impression de revenir quelques années en arrière. Je secoue la tête en sentant le regard de Jayson sur moi. Je croise un instant son regard avant de reposer les yeux sur les dossiers cryptés.

— Où sont les filles ? demande-je.

Je garde mon regard sur le cryptage et pianote sur le clavier de l'ordinateur par-dessus les épaules de mon ami.

— Elles sont allées faire du shopping entre filles, et nous ne pouvons pas comprendre que cela soit important, imite Austin grossièrement.

Je ris de l'imitation du jeune Jones. Je réussis à décrypter les dossiers, qui s'ouvrent un par un devant nous.

— Super !

Clayton reprend le relais pour lire les dossiers. Je repars m'asseoir sur le lit. Je n'aime pas rester sur la touche, mais il est clair que les trois se débrouillent seuls. J'observe la chambre sous toutes ses coutures, je m'ennuie. Je sens le lit s'affaisser à côté de moi. Mon regard bleu nuit se tourne vers le responsable, et je fais face à deux billes émeraudes qui m'ont toujours subjugué.

— On le retrouvera, me rassure Cameron.

— On ne peut jamais être sûr de rien avec lui. Il a bien réussi à disparaître pendant vingt-cinq ans sans que personne ne trouve rien sur lui.

— Ouais, mais il n'avait pas un Sammaël déterminé à ses trousses.

Je souris à la phrase de Cameron. Mes yeux restent plongés un instant dans ceux de mon ex-petit ami. J'ai l'impression de replonger quelques années en arrière. Je voudrais passer ma main dans les cheveux du garçon, mais je suspend mon geste. Nous ne sommes plus ensemble.

Ce simple constat me fait un mal de chien. Je pensais pourtant avoir réussi à faire le deuil de notre relation. Je suis avec une fille merveilleuse ; je n'ai plus le droit de regretter notre idylle. Je n'ai pas le droit, parce que Cameron est heureux avec Jayson. Je dois juste avancer. Maintenant qu'on s'entend enfin, je ne veux pas risquer de tout foutre en l'air à cause de sentiments inappropriés. Je n'avais simplement pas réalisé à quel point il serait compliqué d'être si près de quelqu'un que j'avais aimé, sans pouvoir la toucher ni l'embrasser. Surtout que le parfum de Cameron emplit mes narines et me plaît autant que par le passé.

Le bleu foncé et le vert émeraude s'affrontent toujours. Nous n'avons plus été aussi proches physiquement depuis que Cameron est venu me chercher sur la plage. Là-bas, il n'y avait aucune tension sexuelle entre nous, mais ici, tout est différent. Je pensais que cette tension avait disparu une fois les choses mises au clair, mais force est de constater que ce n'est pas le cas. Je détourne le regard de Cameron. Je ne peux pas continuer à me torturer. Je sens mes joues chauffées par l'intensité de l'échange, et il n'était que visuel. Je me lève du lit pour m'approcher de la fenêtre et observer l'extérieur. Je sens un regard dans mon dos, et je n'ai pas besoin de me retourner pour savoir qu'il s'agit de Jayson. Je me demande si le garçon a tout vu, et comment il va réagir si c'est le cas. Je ne me retourne pas, je ne veux pas affronter un regard déçu.

Je réfléchis un instant avant de voir apparaître Eriven et Dana dans mon champ de vision. Sa présence me permet de penser à autre chose. Comme je l'ai dit à Clayton, elle m'apporte beaucoup. Elle m'aide à me reconstruire. Je l'apprécie énormément. Je n'ai aucune envie de lui faire du mal à cause de mon chamboulement émotionnel lié à la présence de Cameron.

Il faut dire que Cameron était ma première histoire d'amour. Je ne vais pas me mentir ; il était mon unique amour, le premier avec qui j'ai tout appris. Le premier que j'ai autorisé à entrer dans mon cœur, en dehors de Clayton. Puis, il m'a amené Austin. Cameron n'est pas vraiment un exemple, il ne sait pas aimer. Moi non plus, pourtant, ensemble, nous savions le faire. C'était parfois explosif, nous nous engueulions souvent, mais l'amour entre nous était vrai. Nous tenions l'un à l'autre.

Je me passe la main dans mes cheveux rebelles. Pourquoi les choses ne peuvent-elles jamais être simples ? Pourquoi douter maintenant ? Je ne comprends pas mes sentiments, je ne comprends pas ce qui ne va pas chez moi. Je soupire, puis souffle pour remettre de l'ordre dans mes pensées. Décidément, cette affaire me renvoie vraiment trop au passé. Je me rends compte à quel point tout est lié, et c'est déroutant.

— Même avec les dossiers cryptés, nous n'avons rien.

Cette information venant de Clayton finit de m'achever. S'ils n'arrivent pas à trouver des informations sur le fantôme, alors nous devons attirer le fantôme à nous. Je fouille dans ma mémoire pour trouver un moyen de faire sortir le kidnappeur de sa tanière. Je me rappelle que ma signature informatique est particulière, et c'est sûrement grâce à ça qu'il m'a tracé pendant de si nombreuses années. Alors autant utiliser cela à mon avantage. Je réfléchis à un plan avant de m'approcher de Clayton.

— Alors, on va le forcer à sortir de sa planque.

— Comment ? questionne Austin, intrigué.

— Je suis presque sûr qu'il m'a fait suivre grâce à ma signature informatique.

— Tu veux t'en servir pour le piéger ? déduit Jayson.

— Le manipuler par sa manipulation, traduit Cameron, à présent à côté de moi. Ingénieux. Rien n'est pire pour un gars qui se croit intouchable de se faire manipuler. Il fera forcément une erreur.

— Comment comptes-tu t'y prendre ?

— Il me faut un volontaire, quelqu'un qui va devoir l'affronter avec moi.

— J'en suis. Apparemment, ils n'aiment pas nous voir ensemble, assure Jayson.

Je souris, c'est encore mieux que je ne l'avais pensé. Effectivement, ce cher kidnappeur tente toujours d'éloigner Jayson de moi, et d'après moi, cela cache probablement quelque chose. Donc, autant tenter le coup. Clayton quitte son poste de travail pour me laisser prendre le PC.

— On est sûr qu'il va kidnapper un des enfants des Johnson. Donc, il faut lui faire croire qu'on va aller sur les lieux pour prévenir la famille. Famille qu'on va vraiment prévenir. En théorie, il va devenir fou de savoir qu'on a saboté son opération. Et il va chercher à nous le faire payer.

— C'est assez dangereux de traquer un psychopathe, non ? intervient Eriven.

La jeune femme s'est mise derrière moi et a entouré mes bras autour de mon cou avec délicatesse. Je sens Cameron s'éloigner à ce geste venant de la jeune femme, je le soupçonne d'être légèrement jaloux, il ne l'avouera jamais, mais Cameron l'est facilement.

— Certes, mais c'est la seule solution qui vaut le coup, répond Cameron.

— Et comment être sûr que, lorsqu'il verra que tu cherches l'adresse, il ne va pas se rendre sur les lieux avant toi pour procéder au kidnapping ? demande Dana.

— Parce que comme lui, je sais crypter mes dossiers. C'est simple, il va vouloir regarder notre évolution dans la journée puisqu'il va agir sous peu. Donc, il va pirater le PC. Donc, il suffit que je fasse en sorte qu'il croie que ma recherche date de, admettons, quatorze heures, alors que je l'ai déjà effectuée.

— Tu peux faire ça ? s'étonne Cameron.

— Comment crois-tu que je pouvais être à deux endroits à la fois pendant nos courses et donc repousser les flics ? demandai-je en levant les yeux au ciel.

— D'où mon innocence, conclut le bouclé.

— Ton innocence ? interroge Austin. De quoi tu parles ?

— C'est moi qui organisais les courses.

— Quoi ?! s'indigne le blond.

— Ouais... J'aurais peut-être dû t'en parler.

Je me tourne vers Cameron, mon regard disant « non, tu crois ? », et Cameron hausse les épaules en réponse, faussement innocent. Je lève une nouvelle fois les yeux au ciel. Cameron est toujours aussi inconscient. Son frère va le démonter.

— Et toi, tu étais au courant bien sûr ? accuse Austin en me pointant du doigt.

— Ça me semble logique puisque c'est lui qui l'a couvert, dit Jayson comme si c'était une évidence.

— Donc le mec que tu nous as livré, il sert à quoi ? s'agace Austin.

— Il était persuadé que c'était lui qui commandait les courses. C'était uniquement par le biais et sous ordre de Cameron, réponds-je avec mon flegme légendaire.

— Vous êtes des petits cons ! s'énerve Austin.

CHAPITRE VINGT-CINQ

— Ouais... On me le dit souvent, rétorque Cameron.

— Joue pas au malin, s'il te plaît.

Je vois Austin serrer les dents, clairement hors de lui, mais il tente de se contrôler. Il se pince l'arête du nez, dépité.

— Comment ai-je pu ne rien voir ?

— Eh bien... commence Cameron.

— La ferme ! C'était une question rhétorique qui ne demande pas de réponses !

Cameron lève les mains en l'air, en signe de défense. Clayton observe la scène, visiblement peu étonné, ce qui incite Austin à se tourner vers lui.

— Toi aussi, tu le savais ?

— Non.

— Alors pourquoi tu es si calme ?!

— Parce que c'est Sam et Cam. Tu t'attendais à quoi ? Je suis sûr qu'il y a tellement de secrets qu'on ignore encore, réplique Clayton en haussant les épaules. L'essentiel, c'est que cette histoire soit derrière nous. Vous avez un coupable, ok, il n'est pas totalement responsable, mais un coupable quand même. Pourquoi remuer le passé ? Tu aurais préféré que ton frère finisse en prison ? s'étonne mon ami.

— Bien sûr que non ! J'aurais juste aimé savoir la vérité avant, grogne Austin.

— Sérieusement, comment aurais-tu réagi si tu avais su que c'était ton frère avant que Sam l'innocente ? questionne Jayson. Tu aurais tellement paniqué que tu aurais fini par le vendre sans le vouloir.

Austin fait la moue face à la réponse de son meilleur ami. Jayson n'a pas tort, et tout le monde le sait, c'est pour ça que nous avions gardé le secret.

— Cammaël m'agace.

A la mention de ce surnom, Cameron et moi sourions.

— Cammaël ? demande Eriven, perdue.

— Contraction de Cameron et Sammaël, ronchonne Austin.

— Austin en avait marre de les appeler par leur prénom à chaque connerie, et comme ils font souvent des bêtises à deux, il a contracté les deux prénoms, éclaire Clayton.

Je sens le regard d'Eriven sur moi, tout comme celui de Jayson, mais je n'ose rencontrer aucun de leurs regards.

— Bien, mettons en place ce plan avant que je trucide l'un de vous deux, râle Austin.

Je commence les recherches, tout en effaçant chacune d'entre elles. Je les crypte au fur et à mesure pour ne laisser aucune preuve derrière moi. Il faut que l'homme sorte de sa tanière, et pour cela, il faut être précis et pouvoir agir. Je mets en place toute la stratégie. J'espère que ça fonctionnera, c'est notre dernière solution. Je tente le tout pour le tout. J'obtiens l'adresse de la famille Johnson avant de supprimer tout mon historique et de faire disparaître toutes les preuves de mes recherches.

— On a vingt minutes de battement.

— Ouais, enfin, mec, tu es au courant que ça se trouve à l'autre bout de la ville ? Vingt minutes, c'est clairement pas suffisant, s'inquiète Austin.

— Pour des personnes lambda, probablement pas, désapprouve Cameron. Mais je te rappelle à titre informatif que ce cher Sammaël, dit Cameron en mettant ses mains sur mes épaules, n'est pas une personne lambda.

Je ressens quelque chose d'étrange face aux gestes de Cameron, une certaine satisfaction qu'il reconnaisse ma capacité à réussir un tel exploit. Ce gars me fait éprouver trop de choses que je ne devrais pas ressentir.

— La Camaro est bien trop repérable. Il va la reconnaître à peine...

— C'est le but, cher Agent Bridge, coupe Cameron. On veut qu'il se fasse repérer.

— Tu es un appât. Je n'apprécie pas ça, proteste Eriven.

— On n'a pas le choix, tranche-je. J'aurais aimé que les choses se passent autrement, mais c'est notre dernière chance. Il est hors de question qu'il nous échappe encore.

Eriven soupire, et je comprends qu'elle n'apprécie pas ce plan. Je ne l'aime pas non plus. Je prends un gros risque en faisant ça. Je mets Jayson en danger, et ça me plaît encore moins. Cependant, comme je l'ai fait remarquer, nous n'avons plus le choix, le temps presse et il faut agir vite. Je regarde Clayton, qui me sourit faiblement. Mon meilleur ami n'apprécie pas mieux le stratagème, il me soutient simplement. C'est suffisant pour moi.

— Comment saura-t-on s'il a mordu à l'hameçon et quand intervenir ? demande Austin.

— Vous ne pourrez pas intervenir.

— Et comment on vous sort de là ? On vous laisse crever ? s'emporte le plus jeune Jones.

— Une oreillette ? propose Dana.

— Il la repèrera assez facilement. Il va nous fouiller, c'est clair.

— Je ne vous laisse pas partir en intervention tant qu'on n'a pas un moyen de vous sortir de là, refuse catégoriquement Austin.

Je réfléchis un instant avant de me pencher sur l'ordinateur pour trouver une solution.

— Je sais. Je vais crypter des données qui se déclencheront lorsque nous bougerons de chez les Johnson.

— Une sorte de GPS ? s'informe Cameron.

— Ouais, je le collerai sous ma chaussette. Il ne se déclenchera que lorsqu'on s'éloignera de chez les Johnson, mais vous n'aurez que vingt minutes pour intervenir.

— C'est du suicide ! s'enflamme Austin.

— Tu as mieux à proposer, Jones ?! m'emporte-je.

— Je ne te laisserai pas encore une fois mettre ta vie en danger, Sammaël !

— Tu n'as pas le choix. Je ne compte pas rester les bras croisés à regarder cet enfoiré détruire une nouvelle famille ! Alors, que j'ai ton soutien ou non, je le ferai quand même ! Et tu le sais très bien !

— Tu me fais chier, Evans !

Austin tourne les talons pour aller bouder dans un coin. Je lève les yeux au ciel avant de souffler pour expulser tout l'énervement que mon ami vient de créer en moi.

— Qui devra décrypter le fichier ? demande Jayson.

— Clayton a les compétences nécessaires pour le job.

Le nommé hoche la tête positivement. Je prends ma veste en cuir et les clés de ma voiture. Je regarde Jayson, qui se prépare à son tour.

Nous sortons tous les deux du motel en silence, et je sens que les choses vont prendre une tournure différente. En fait, j'ai la sensation que nous allons à l'abattoir... Nous approchons de la dernière ligne droite. Il n'y a plus de retour en arrière possible. Clayton est descendu avec nous et le PC portable pour que je puisse lancer le compte à rebours. Le stress monte en moi, la pression sur mes épaules est immense. Je n'ai pas le droit à l'erreur ; ma vie en dépend, celle de Jayson aussi, sans oublier celle des Johnson. Je ne peux donc pas échouer.

Je monte dans ma voiture, Jayson s'installe côté passager. Cameron est descendu en courant pour dire au revoir à son compagnon, l'embrassant tendrement. Eriven a choisi la discrétion, disant au revoir à distance.

— S'il vous plaît, restez en vie. Faites en sorte qu'on vous retrouve en vie, supplie Cameron.

— Je ferai tout pour qu'aucune vie n'en pâtisse.

— Fais également en sorte que la tienne n'en pâtisse pas non plus, s'il te plaît.

Je regarde un instant Cameron, penché par la fenêtre passagère. Je ne fais aucune promesse. Je ne promets jamais ce que je ne peux pas tenir ; c'est important pour moi de ne pas faire espérer les gens.

— J'essaierai.

Cameron soupire avant de s'éloigner de la fenêtre, non sans un dernier baiser à son copain. Mon cœur se serre à cette vue, mais je ne montre rien. Je tourne le regard vers Clayton, qui me tend le PC portable.

— Il n'y aura pas de retour possible après ça. Tu es sûr de toi ? demande-t-il une dernière fois.

— On n'a pas le choix, et tu le sais aussi bien que moi, sinon tu ne me laisserais pas tenter ce coup de poker.

— Ça n'empêche pas que je suis pété de trouille à l'idée qu'il puisse t'arriver quelque chose.

— Je sais... Je le suis également.

— L'inverse aurait été surprenant.

Je souris doucement, prends une grande inspiration, démarre ma voiture, et appuie sur la touche "Entrée" du PC portable. Les dés sont lancés. Clayton ferme l'ordinateur et s'éloigne de la voiture. Je mets le pied au plancher. La voiture disparaît à la vue de notre ami dans un nuage de fumée. J'ai vingt minutes pour parcourir 43 kilomètres ; autant dire qu'il faut que j'appuie sur l'accélérateur.

Je reste silencieux, perdu dans mes pensées. Je ne sais pas si nous allons réussir à piéger le type. Je n'ai pas dit à Cameron que je ferais tout pour protéger Jayson, mais je le ferais même au péril de ma propre vie. Je ne laisserai pas une personne innocente ramasser les pots cassés. J'espère vraiment pouvoir mettre la famille Johnson à l'abri, que les enfants puissent grandir sans connaître la tristesse de la perte. Je me pose mille questions.

Ma vie aurait été différente si j'avais pu grandir avec mon jumeau. J'aurais peut-être vécu une vie meilleure. Aurais-je été plus heureux pour autant ? C'est une question intéressante, car sans la perte de mon jumeau, je n'aurais pas eu ce caractère. Est-ce que cela m'aurait fait rencontrer les Jones ? Je n'en suis pas sûr. Clayton, en revanche, aurait été une constante quoi qu'il arrive. Nous avons suivi la même scolarité, et ça n'aurait rien changé si Ezickel avait été présent. Bien que... Est-ce que le garçon aurait accepté notre amitié ? D'abord, est-ce qu'avec les années, nous aurions toujours été aussi proches ? Est-ce qu'à un moment ou un autre, nos parents ne nous auraient pas mis en compétition ? Ce sont des réponses que je n'aurai jamais, parce que je n'ai pas grandi avec mon jumeau.

— Quand est-ce que tu comptes leur dire ce qu'on sait ? demande finalement Jayson après un moment.

— Il faut que le mystère reste. Ça pourrait tout compromettre s'ils le savaient avant.

— Avant la fin ?

— Ouais.

— Je souhaite vraiment que tu restes en vie, Samy.

— Je souhaiterais que tu le restes aussi.

Pourquoi ai-je l'impression que cela sonne comme des adieux ? Nous n'en sommes pas encore là. Personne n'est obligé de mourir. Alors, j'espère vraiment qu'aucun de nous ne passera l'arme à gauche. Je ne suis pas sûr qu'Austin, Cameron et moi nous remettrions de la mort de Jayson si cela venait à arriver. Je préfère ne pas y penser. Ma gorge se serre douloureusement à cette pensée funeste. Je sens la main de Jayson se poser sur la mienne en guise de soutien.

Je vérifie l'heure sur mon tableau de bord : il ne reste qu'une dizaine de minutes avant d'arriver. Je sais que nous y arriverons à temps, mais je ne sais pas ce qui se passera ensuite. Le plan consiste à prévenir les parents, mettre les enfants en sécurité... Pour le reste, ça relèvera plutôt de l'improvisation.

Le destin scellera notre vie. Nous ne pouvons rien faire d'autre qu'essayer de le contrer. Peut-être que c'est le but de ce dernier, qui peut le savoir ?

Je me gare en dérapage devant la maison des Johnson. Vingt minutes pile. Jayson et moi descendons de la voiture dans une synchronisation parfaite. Je monte les marches du perron et frappe à la porte. Quelques secondes plus tard, elle s'ouvre. Jayson est à mes côtés, son insigne de policier à la main, lorsqu'une femme apparaît.

— Bonjour, madame Johnson ?

— Oui. Bonjour. Que se passe-t-il ? s'inquiète immédiatement la mère de famille.

— Nous voulons juste vous informer qu'un homme dangereux rôde dans les parages. Il serait donc judicieux que votre mari et vous ne quittiez pas votre maison, surtout si vous avez des enfants, informe Jayson.

— D'accord... Il s'en prend aux enfants ? panique la femme.

— En effet, il a kidnappé deux enfants, deux enfants nés avec un jumeau. Il a frappé à New York, à Los Angeles, et tout porte à croire que sa prochaine victime se trouve ici, à Toronto.

— Mon dieu. Merci de m'avoir prévenu !

— Passez une bonne journée.

Nous faisons demi-tour pour rejoindre la Camaro. Tout s'est bien passé, peut-être même un peu trop bien. Nous remontons dans la voiture, et Jayson envoie un message à Cameron pour lui dire que tout va bien. Je démarre la voiture et prends la route qui traverse la forêt. Je peux rouler tranquillement. Un coup d'œil dans le rétro me révèle qu'une berline blanche me suit, mais rien d'inquiétant. Jusqu'à ce qu'une camionnette me double et me barre la route, m'obligeant à m'arrêter en urgence sur le bas-côté. Peut-être que tout s'est un peu trop bien passé, car ce n'est pas fini ; la partie ne fait que commencer.

Face à nous se trouve Down.

Down descend de la camionnette, armé d'un pistolet qu'il pointe en notre direction. Un homme masqué descend également de la berline, nous menaçant avec une arme. J'étudie la situation. Nous ne pouvons pas fuir sans risquer de nous faire tirer dessus, et il est hors de question que je prenne le risque de blesser Jayson. Je lève simplement les mains en l'air, et Jayson fait de même.

L'homme masqué s'approche de nous et nous fouille. Il jette le téléphone de Jayson dans le ruisseau en contrebas, ainsi que son arme et son insigne. Il fait un signe à Down, qui ouvre les portes de la camionnette, nous forçant à entrer. À peine installés, nous sommes menottés à un banc. Je pense immédiatement au véhicule utilisé pour transporter les détenus en prison. Quelques instants plus tard, nos yeux sont masqués. Le stress monte en moi, mais ce n'est pas moi qui ai peur. Je devine que Jayson craint le noir ou est peut-être claustrophobe.

Les portes claquent, et le van démarre. Je sens que nous sommes seuls dans le véhicule.

— Jay', respire avec moi, ok ? On compte jusqu'à trois, et on inspire.

Jayson suit mes instructions.

— C'est bien, maintenant on expire.

Il reproduit le mouvement sans difficulté, calant sa respiration sur la mienne.

— Ils ne vont pas nous chercher tout de suite... On leur a dit que tout allait bien... Où est-ce qu'on nous emmène ? Pourquoi ne nous ont-ils pas tués tout de suite ? Qu'est-ce qu'ils attendent de nous ?

— Jayson, doucement. Je n'ai aucune réponse, et tu le sais très bien. Clayton commencera à nous chercher quand il verra que nous ne sommes pas revenus dans une quarantaine de minutes.

— Mais en quarante minutes, on peut être à l'autre bout du monde sans que personne ne nous trouve !

— Je ne pense pas. Ils doivent d'abord s'occuper des deux mômes qu'ils ont enlevés.

— Tu penses qu'on sera avec eux ?

— Je ne sais pas.

J'étudie les menottes du bout des doigts, tentant de comprendre le système pour, peut-être, m'en libérer. Je suis privé de la vue, mais heureusement, Cameron m'a appris à utiliser mes autres sens. Je me concentre donc sur le toucher et l'ouïe, qui restent cruciaux dans ce genre de moment. Malgré mes efforts, je ne trouve rien qui pourrait me libérer de ces menottes d'acier.

Je soupire doucement. Pourquoi n'ai-je pas écouté Austin, pour une fois ? Peut-être que ses mises en garde nous auraient sauvés.

Je tente de deviner depuis combien de temps nous roulons, mais sans la vue, il est impossible d'être précis. On peut essayer de l'estimer, cependant, une approximation dans ce genre de moment n'est pas conseillée. Je sens que nous prenons un chemin, car le véhicule est beaucoup plus secoué que sur la route. J'en profite pour écraser fermement mon pied au sol. Je sens la capsule que j'ai mise dans ma chaussure s'ouvrir, trouant ma chaussette et écorchant ma peau. Peu importe ; je sais que cela accélérera sa fonction.

Je sens le véhicule s'arrêter et je me mets en garde. La porte s'ouvre brusquement et on nous attrape tout aussi brutalement. On nous force à nous lever, et je manque de trébucher sous la force des ravisseurs. Nous sommes conduits hors du van.

Je constate que nous marchons dans de la boue, l'odeur de la nature et d'une forêt à proximité me parvient aux narines. Ce qui me frappe c'est surtout l'humidité toute proche. Nous sommes près d'un lac, ou un court d'eau, je n'ai pas le temps d'analyser l'endroit plus que ça puisqu'une porte s'ouvre et on nous pousse à l'intérieur d'une maison semble-t-il. Une odeur de renfermé vient agresser mon odorat. Une vieille maison, probablement abandonnée, ou un endroit très mal aéré et isolé.

CHAPITRE VINGT-SIX

Les marches sont difficiles à descendre. Jayson manque de tomber à plusieurs reprises, ne devant sa retenue qu'à mon corps qui s'arrête devant lui chaque fois que j'entends un de ses pieds glisser. Nous sommes finalement jetés au sol comme des malpropres, le tissu qui nous obstrue la vue est arraché avec brutalité.

Dès que je peux, je regarde autour de moi pour analyser les lieux. Je remarque que nous sommes dans une sorte de cave ou un sous-sol mal aménagé. Attachés à côté de nous, deux enfants semblent tétanisés. Nos mains sont détachées, mais nous n'avons pas le temps de dire quoi que ce soit, car les ravisseurs s'éclipsent déjà. J'ai l'impression de connaître cet endroit. Est-ce une des nombreuses maisons abandonnées que j'ai visitées avec Cameron qui me donne cette sensation de familiarité ?

Je remarque que Jayson n'est pas du tout à l'aise ici. Son agitation est palpable, et je devine que la claustrophobie le ronge. Je jette un coup d'œil aux enfants blottis contre l'autre mur, leurs visages trahissant la peur, mais ils semblent en bonne santé. En passant ma main dans mes cheveux, je me rappelle avoir eu raison de penser que le kidnappeur sortirait de sa tanière. En revanche, je n'avais pas prévu d'être son captif.

Je m'assois sur le sol humide et mal entretenu, l'odeur de moisi me saisit. La froideur du béton me traverse, mais je tente de chasser mes pensées sombres. Nous ne pourrons pas fuir sans mûrement réfléchir à un plan. Je sais qu'il est risqué de tenter le diable tout de suite, alors je m'efforce de garder mon calme, de rassembler mes idées.

L'angoisse grimpe en moi, je reste fort pour Jayson et les enfants. Leur regard plein d'espoir se tourne vers moi, et je sais que je ne peux pas leur montrer ma faiblesse. Une idée commence à germer dans mon esprit, mais il faudra du temps et de la prudence pour qu'elle prenne forme. Je respire profondément, tentant de chasser l'angoisse qui me serre la poitrine.

Jayson s'assoit à côté de moi en silence. C'est la première fois que nous sommes aussi silencieux l'un avec l'autre, chacun perdu dans ses pensées. Je soupire doucement. Tout ça est de ma faute. Je n'aurais pas dû insister pour que quelqu'un vienne avec moi, et encore moins que ce soit Jayson. Je regrette amèrement mon excès de confiance. Je pensais que le kidnappeur viendrait, et que je réussirais à le démasquer. Le piège se referme sur moi, et je déteste cette sensation d'échec amer. J'ai cru manipuler quelqu'un, et aveuglé par mon but de réussir, j'ai laissé mes sentiments prendre le dessus. C'est une nouvelle fois moi qui me fais manipuler.

Austin va me tuer. Il m'a mis en garde, et je ne l'ai pas écouté. Il va donc me tuer, me dépecer et donner mes membres à manger aux poissons. Cameron va m'assassiner pour avoir mis son petit ami en danger.

Clayton... Clayton me dira juste que j'ai fait de mon mieux et que je ne devrais pas me sentir coupable. Eriven... Je n'ai aucune idée de ce que la jeune femme pourrait me dire, ou si elle me dira même quoi que ce soit.

Je tente de réfléchir à une échappatoire. C'est compliqué sans lumière, sans connaissance des lieux, et surtout sans mon équipe. Jayson ne semble pas en mesure de m'aider pour le moment. Je tourne mon regard vers le second brun dans la pièce.

— Tout va bien ?

— Non... J'ai l'impression de connaître cette pièce trop intimement, mais je ne peux pas expliquer pourquoi... Je ressens une angoisse sans nom ici.

— Peut-être un élément de ton passé qui resurgit ?

— Tu veux dire mes souvenirs qui referaient surface ?

— C'est tout à fait possible. Cameron m'a parlé de ça. Le cerveau peut bloquer un événement traumatisant pour te protéger, mais si tu revis la même situation ou une situation très similaire, les souvenirs peuvent revenir.

— Tu écoutes vraiment tout ce que Cameron dit sur la psychologie ? s'étonne Jayson.

— Non, c'était à l'époque où je cherchais encore des réponses. Il m'a fait plonger dans la même situation pour faire appel à mon subconscient.

— Et qu'est-ce que ça a donné ?

— Je n'avais pas de blocage. J'ai juste réellement, rien vu ce jour-là.

Jayson garde le silence un instant, avant de soupirer. Je ne suis pas sûr qu'il ait apprécié ma réponse. Peut-être espérait-il que cela l'aiderait à faire face à ses souvenirs qui remontent soudainement.

— Tu es sûr que Clayton va nous chercher ?

— Bien sûr. S'il n'a pas de nouvelles de moi pendant une heure, tu peux être sûr que la moitié de l'Amérique est au courant, j'exagère.

— Tu crois vraiment que c'est le moment pour de l'humour ? demande Jayson avec un léger sourire.

— Non, mais ça te fait sourire, ça me suffit.

Je n'aime pas voir Jayson mal à l'aise. Le lien qui nous unit est vraiment fort. Notre connexion dépasse la compréhension humaine, sans que cela ne soit surnaturel, du moins, je l'espère. Je ne sais pas comment réagir si l'on me dit que je ne suis pas humain, un clone ou quelque chose du genre. Mais avec le monde actuel, pourrait-on dire que je serais étonné ?

— Qu'est-ce qu'ils vont faire de nous ?

— Je ne sais pas.

— Nous tuer ? s'inquiète Jayson.

— Je ne pense pas. S'ils avaient voulu nous tuer, nous serions déjà morts. Ils veulent probablement se servir de nous, mais je ne sais pas pourquoi exactement.

À peine ai-je prononcé cette phrase que la porte en haut de l'escalier s'ouvre à nouveau. Je sens Jayson se tendre à côté de moi. Je reste assis, observant l'homme descendre les marches. Une lueur de lumière passe sur son visage, et lorsqu'il le reconnaît, je crois tomber de haut. Ce fut un choc.

— Bonsoir, les garçons.

— McLyne ?!

— Eh oui, surpris ? nargue le dénommé.

— Depuis tout ce temps, tu te pavanes devant mes yeux sans scrupule à me narguer !

— C'était la partie la plus jouissive !

Je me lève violemment, prêt à frapper le gars, mais je n'en ai pas le temps. Une balle siffle près de mon oreille, me forçant à rester à ma place. Jayson se redresse à l'entente du coup de feu. Je lève le regard vers Down, qui me sourit malicieusement.

— Philips, on n'accueille pas les invités comme ça, allons, se moque McLyne.

— Pardon.

La colère monte en moi, s'infiltrant dans chaque parcelle de mon corps. Je n'arrive pas à croire que j'ai été à côté du kidnappeur pendant des années sans jamais le soupçonner. Brian McLyne, le journaliste qui suit l'enquête depuis le début, celui qui prend plaisir à détruire des familles. Maintenant que je connais la vérité, tout semble tellement logique. Ce gars a accès à tous les dossiers, il peut admirer son œuvre et effacer ses traces, travaillant plus ou moins avec la police pour interroger les victimes. Il a ruiné la vie de tellement de gens, et à chaque fois, il était là, se réjouissant de son travail.

Je comprends enfin pourquoi il connaît chacun de mes faits et gestes. La révélation me frappe comme un coup de poing. Je me sens berner. J'ai eu les réponses depuis le début, mais je n'ai jamais fait le rapprochement. Une haine intense se développe pour ce monstre qui jubile du malheur des autres. J'ai toujours dit que je ne le sentais pas néanmoins, je n'aurais pas imaginé qu'il soit responsable de tout ça pour autant. Non, c'est difficile à digérer.

Jayson secoue ma manche pour me ramener à la réalité. Son regard lance des éclairs en direction de McLyne.

— Je sais, le choc est rude, Carter. Tu ne peux pas savoir à quel point je suis soulagé que tu connaisses enfin la vérité.

— Tu n'es qu'une ordure, je crache froidement.

247

— Je sais, ça m'empêche de dormir la nuit, commente McLyne. Mais peut-être que tu devrais expliquer à ton cher compagnon qui je suis.

— Inutile. Ça ne ferait que te donner plus d'importance. Rétorque-je. Et tu n'en as pas.

Je ne vois pas le coup venir, mais je le sens passer. Un coup de poing me frappe la joue, me déstabilisant juste assez pour que Jayson me retienne. Il lance maintenant un regard assassin à McLyne.

— Ne me manque pas de respect, Sam. Tu sais que je peux te tuer d'un instant à l'autre.

— Si tu avais voulu le faire, tu n'aurais pas pris le risque de nous conduire dans ta planque, je provoque.

Le deuxième coup part dans le ventre, et je me plie en deux sous la douleur. Je ne flanche pas, gardant mon regard planté dans celui de mon ennemi juré.

— Certes, mais je peux t'abîmer grandement. Ou je peux changer de joujou.

McLyne se tourne vers les enfants et s'apprête à lever la main sur l'un d'eux. Malgré la douleur, je fais barrage de mon corps, prenant le coup pour le petit.

— Ne les touche pas, je gronde.

— Toujours à défendre la veuve et l'orphelin, admire faussement McLyne.

— Qu'est-ce que tu veux de nous ? je coupe sèchement.

— J'ai besoin de ton talent en informatique pour passer inaperçu, encore une fois. Tu vois, mon ancien coéquipier n'est pas aussi doué que toi. Preuve à l'appui : tu m'as trouvé. Si je t'ai à mes côtés, je deviens invisible, une bonne fois pour toutes.

— Pourquoi est-ce que je ferais ça ? Je préfère encore crever.

— Je n'ai aucun doute là-dessus. Mais j'ai un argument qui saura te convaincre.

Il pointe son arme sur Jayson. Je blêmis, comprenant que McLyne me manipule, et surtout pourquoi il nous a kidnappé tous les deux. Jayson n'est là que pour me forcer à coopérer. Les sentiments ont toujours été mon point faible. Je ne sacrifierai pas la vie de Jayson, et le journaliste le sait parfaitement.

— C'est ce qui m'a plu chez toi, Sam. Tu t'es toujours moqué de ce qui pouvait t'arriver. Toutefois, tu es un ami loyal, prêt à tout pour les autres. Je l'ai vu quand j'ai embauché ces hommes pour harceler le plus jeune des Jones, quand j'ai engagé ceux qui ont tabassé ton meilleur ami. Et je l'ai vu aussi quand ton ex-petit ami t'a percuté. Mais tu sais que ton cher Cameron n'y est pour rien dans cet accident, pas vrai ?

— De quoi il parle ? demande Jayson.

— Tu ne leur as pas dit ? s'étonne McLyne.

— La ferme, je m'agace.

— Non, bien sûr que tu ne leur as pas dit. On sait tous les deux que le frère aîné de Jones ne se serait pas pardonné une telle erreur.

— De quoi il parle ? répète Jayson avec insistance.

— J'ai trafiqué les freins de Cameron, j'espérais le tuer. Manque de chance, il a percuté l'arrière de la belle Camaro qui a fini dans le ravin. Notre cher Cameron, ainsi que toutes les personnes participant aux courses, doivent toujours vérifier leur équipement avant de faire la course. Ce jour-là, c'était une course entre amis. Greffin avait lourdement insisté... Ouais...

Mon visage se décompose. Depuis le début, McLyne tirait les ficelles. Depuis le début, il me manipulait. La colère monte encore en moi, mais je ne peux rien faire pour l'évacuer. Je résiste à la pulsion de frapper McLyne, ne voulant pas mettre Jayson en danger. Et le monstre face à moi en joue.

— Tu étais un personnage hautement intéressant, Sammaël Logan Carter. Ta descente aux enfers et ton but ultime pour me retrouver m'ont beaucoup touché, se moque-t-il. Mais j'avoue que j'ai fini par me lasser, alors j'ai voulu mettre un peu de piquant dans ta vie, et j'ai orchestré ces enlèvements. Je ne pensais pas que tu parviendrais à me retrouver.

La colère apparaît sur le visage du journaliste, mais juste quelques secondes. Cela suffit à me faire comprendre que je n'ai pas totalement perdu la partie. Peut-être que je suis plus proche de la vérité que je ne le pense.

— Je suis impressionné par ton travail. C'est pourquoi j'ai décidé de m'entourer de ta présence pour ce poste. Sur ce, je vous laisse. Je suppose que vous avez des choses à vous dire.

L'homme quitte la pièce, accompagné de son chien de chasse. Je m'assois difficilement ; la douleur de mon ventre n'a pas disparu. Ce n'était pas un coup léger, et je sais qu'il n'y a pas mis toute sa force. Je sens Jayson s'asseoir à côté de moi. Le silence devient pesant, tendu. Aucun de nous ne veut parler. Jayson soupire avant de finalement prendre la parole.

— Pourquoi n'as-tu rien dit à Cameron ?

— Parce que si je l'avais fait, il se serait senti encore plus coupable. Ce n'était pas mon but.

— Il va t'en vouloir.

— Cameron ne sait pas m'en vouloir.

Jayson m'observe un instant. Je tourne mon regard bleu vers lui.

— Comment peux-tu en être aussi sûr ? demande Donovan.

— Parce que Cameron n'a jamais su m'en vouloir, je réponds franchement.

— C'est différent... Tu lui as caché que ta vie aurait pu s'arrêter à cause d'une erreur d'inattention de sa part.

— En fait... Ce n'est pas Cameron qui va m'en vouloir. C'est toi. C'est toi qui en veux à Cameron.

Jayson détourne le regard à cette affirmation. Je sais que j'ai touché juste. Je ne comprends pas pourquoi cela le touche autant, ni pourquoi c'est lui qui en veut à Cameron. Après tout, ils ne se connaissaient même pas à l'époque.

— Pourquoi ? je questionne.

La réponse ne vient pas. Je sais qu'il est inutile d'insister. Jayson finira par répondre, quand il l'aura décidé. Je regarde les deux enfants qui sont restés dans leur coin, blottis l'un contre l'autre, totalement terrifiés. Mon cœur se serre à cette vue. C'était ce que mon jumeau avait vécu vingt-cinq ans plus tôt. Il était seul, dans une pièce aussi miteuse. Je ne peux m'empêcher d'être encore plus en colère contre ce journaliste maudit.

— Parce que peut-être que j'aurais pu ne jamais te connaître.

La phrase de Jayson me prend de court. Je tourne à nouveau mon regard vers lui.

— Oui, mais ce n'est pas ce qui s'est passé, donc tu n'as pas à lui en vouloir.

Jayson penche la tête sur le côté à mes paroles et finit par hausser les épaules.

— Je pense rompre avec lui.

Encore une fois, je suis pris de court. Je ne comprends pas pourquoi Jayson me dit ça, ni pourquoi maintenant, ni pourquoi à moi.

— À cause de ça ? je m'informe.

— Non... Je ne veux pas être un frein à votre amour.

Je suis de plus en plus surpris par les paroles de Jayson. Plus il parle, plus tout s'emmêle. Où est-ce qu'il veut en venir

— Pardon ?

— Sam, vous êtes tous les deux tellement aveugles. Il est hors de question que je me mette entre vous. Je ne pourrais pas lutter. S'il devait faire un choix, ce serait toi.

— Je pense que tu divagues, je m'inquiète en touchant le front de Jayson.

Il se dérobe sous mon geste, puis me regarde sérieusement.

— Il ne m'a jamais regardé comme il l'a fait ce matin. Je n'ai jamais vu autant d'amour dans les yeux de quelqu'un pour une autre personne. Et le pire, c'est que ton corps entier a réagi, mais que tu as lutté.

Je me tais. Je comprends maintenant pourquoi Jayson nous a observés longuement. Je me sens coupable et détourne le regard. J'ai l'impression de trahir Jayson, même si je n'ai rien fait avec Cameron. Je ne peux pas nier que mon corps a réagi en sa présence. Pire encore, je parie que si nous avions été seuls, j'aurais cédé à cette pulsion qui me pousse vers lui, ce bouclé aux yeux trop verts pour que je puisse rester insensible. Mon cœur se serre. Je ne veux pas être la raison de la séparation de Jayson et Cameron.

— Je...

— Non. Tu n'as pas à te sentir coupable de quoi que ce soit. Vous êtes des âmes sœurs, vous ne le savez juste pas encore, sourit tristement Jayson.

J'imprime ses mots dans mon esprit. Étrangement, j'ai envie d'y croire, moi, l'être le moins romantique qui soit. Mais je suis sûr que c'est complètement insensé. Je laisse mon regard se perdre dans le vide. Puis-je réellement lutter contre les sentiments que j'ai toujours pour ce garçon ? Et Eriven dans tout ça ? Je ne veux pas lui faire de mal. Elle ne mérite pas ça, elle mérite tout ce qu'il y a de mieux. Je sais que le mieux pour elle, ce n'est pas moi.   On s'entend bien, se complète, se comprend, on aime se chamailler... Néanmoins, je sais que c'est très différent. Que ce n'est rien comparé à ce que j'ai vécu avec Cameron. Je n'ai pas les papillons dans le ventre quand je suis avec elle. Je tiens à elle, mais pas autant que je tiens à mon ex. Et c'est encore plus terrible de se dire que c'est un amour impossible.

Le silence retombe. Je ne dis plus rien. La nuit est tombée, plongeant la cave dans une noirceur absolue. Le froid s'est invité dans la pièce. Les enfants tremblent à cause du vent glaciale, je peux entendre leurs dents claquer. J'enlève ma veste en cuir et les enroule tous les deux dedans. Je les prends contre moi dans l'espoir que ma chaleur corporelle pourra les aider à se réchauffer. Je sens, plus que je ne vois, Jayson se mettre de l'autre côté des garçons pour les coller à son torse. Avec nos deux corps, nous chassons le froid pour les petits. Nous finissons par nous endormir dans cette position.

CHAPITRE VINGT-SEPT

Vingt-cinq ans plus tôt

POV JAYSON

Je nous revois insouciants, dans le jardin familial. Deux têtes brunes, une paire d'yeux bleus hypnotisant pour l'un, et pour l'autre, des yeux vairons - un bleu, un vert. C'était magnifique, rare, et à l'époque, je ne comprenais pas à quel point cela nous rendait spéciaux. On était là, à jouer avec des voitures miniatures, complètement absorbés par notre univers. Je savais que maman était dans les parages, même si je ne la voyais plus. Après tout, pourquoi m'inquiéter ? J'étais avec mon frère, Samy, tout allait bien.

Puis, tout a basculé en une fraction de seconde. Je ne comprends toujours pas ce qui s'est passé ce jour-là. Samy était allongé par terre, inconscient. J'ai voulu crier, alerter quelqu'un, mais ma vue s'est brouillée avant que je puisse faire un son. Et là, c'est le noir.

Quand j'ai ouvert les yeux, je n'étais plus dans le jardin. J'étais dans un van, face à un homme que je ne connaissais pas. J'avais tellement peur. Où était Samy ? Pourquoi n'était-il pas là avec moi ? Maman m'avait toujours dit de ne jamais parler à des inconnus, et pourtant, me voilà, enfermé dans une voiture avec un homme qui me fixait.

— Du calme, Ezickel, tout va bien se passer, me dit-il, d'une voix faussement apaisante. Je vais t'emmener chez une nouvelle maman, une qui sera là juste pour toi. Plus de Samy pour lui voler son attention.

— Samy ? Où est Samy ? pleurai-je.

— Il est avec ta maman, me répondit-il sèchement.

— Mais pourquoi je ne suis plus avec maman ?

— Parce que tu vas avoir une nouvelle maman, une meilleure. Allez, bonhomme, tu devrais être content.

— Mais… je veux pas d'une autre maman !

Il a perdu patience à ce moment-là. Son visage s'est transformé, et il m'a giflé si fort que j'ai cru que j'allais m'effondrer. Je me suis tu, la joue brûlante de douleur, mes larmes coulant sans bruit. Pourquoi ce monsieur méchant voulait-il m'éloigner de maman ? Et pourquoi je n'étais plus avec Samy ?

— Maintenant, tu t'appelles Jayson, dit-il froidement. Ezickel, c'est terminé.

— Mais… commençai-je à protester.

— Il n'y a pas de mais ! hurla-t-il. Comment est-ce que tu t'appelles ?

— Jay… Jayson, balbutiai-je en tremblant.

— Parfait. Ta nouvelle famille s'appelle Donovan.

Je ne savais pas quoi dire, à part que je trouvais ce nom affreux.

— C'est moche comme prénom, marmonnai-je.

Son visage devint encore plus menaçant.

— La ferme, petit ingrat ! Je t'offre une nouvelle vie, une vraie famille, alors ne me fais pas regretter mon geste.

Maman disait toujours qu'il ne fallait pas cracher, et pourtant, tout en moi voulait rejeter ce que cet homme me proposait. Mais maman n'était plus là. "Elle n'existe plus", m'avait-il dit.

Je tremblais de peur. Je voulais juste comprendre. Est-ce que maman ne m'aimait plus ? Pourquoi elle m'avait donné à une autre personne ? Je voulais tellement que Samy soit là, il savait toujours quoi faire quand je me sentais mal. Mais Samy n'était pas là.

Le van s'est arrêté peu après, et l'homme m'a attrapé violemment par le bras pour me sortir du véhicule. J'avais du mal à suivre, mes petites jambes peinaient à toucher le sol. Il me faisait mal, mais je n'osais rien dire. J'avais trop peur qu'il me frappe encore. Je ne reconnaissais pas la maison devant moi. Tout semblait étranger, et je me laissais traîner, résigné.

Il m'a emmené dans une pièce sombre et sale. L'odeur me faisait retrousser le nez.

— Ça pue, me plaignis-je.

— La ferme, grogna-t-il avant de me balancer dans un escalier.

Je suis tombé, roulant jusqu'en bas en criant et pleurant de douleur. Mon genou me faisait horriblement mal. La poussière recouvrait mes vêtements et mon visage, mes larmes se mélangeant à la saleté pour former de petites rivières boueuses.

Je me suis hissé péniblement sur mes pieds en m'accrochant aux murs. Je me suis dirigé vers les escaliers en me tenant à la rampe, espérant pouvoir ouvrir la porte en haut. Mais elle était fermée.

— Ouvrez-moi ! hurlai-je.

Personne ne répondait. Personne ne viendrait m'aider. Je suis redescendu, abattu, et me suis assis contre le mur sous une petite fenêtre. Samy me manquait tellement. Je pleurais de plus belle, mon cœur rempli d'angoisse. J'ai fini par m'allonger, regardant les étoiles à travers la fenêtre.

— Samy… retrouve-moi… je veux pas une autre maman…

J'ai serré le collier que Samy m'avait donné, dans ma main. C'était tout ce qu'il me restait de lui. Ma seule connexion à lui. Ma chose la plus précieuse.

Plusieurs jours étaient passés depuis que j'étais prisonnier dans cette pièce sombre. L'homme qui m'avait enlevé venait souvent pour m'apporter à manger, mais il ne parlait jamais. Ça n'avait pas d'importance, car même s'il avait essayé, je serais resté silencieux. Samy m'avait appris qu'on pouvait "bouder" quand on n'était pas content. Il tenait ce conseil de son ami Clayton, et moi aussi, j'aimais bien Clayton.

Je passais mes journées à observer le ciel par la petite fenêtre, jusqu'au jour où la porte s'ouvrit brusquement. Cette fois, l'homme n'apportait pas de nourriture.

— Debout, on s'en va, dit-il sèchement.

Mon cœur s'emballait. Est-ce que j'allais enfin retrouver ma famille ? J'espérais de toutes mes forces que c'était le cas. Je montai rapidement les escaliers pour rejoindre l'homme, qui m'attrapait le bras comme d'habitude, sans aucune douceur. Mes pieds à peine en contact avec le sol, il me balançait dans le van. Je me redressai difficilement et m'assis en silence sur la banquette. J'avais trop peur de lui parler.

— Comment tu t'appelles ? demanda-t-il.

— Ezickel ! répondis-je fièrement, avec l'espoir que peut-être cette fois, il accepterait mon vrai nom.

Une gifle rapide et brutale me coupa le souffle. Mais je ne pleurais plus à chaque coup, j'avais appris à encaisser.

— Jayson… dis-je, résigné.

— Voilà qui est mieux, répliqua-t-il.

Il arracha soudainement le collier que Samy m'avait offert, et je criai de douleur, autant physique qu'émotionnelle. Pas ça… Pas le collier de mon jumeau ! Une autre gifle, plus violente encore, me projeta au sol. Des vêtements atterrirent sur mon visage.

— Enfile ça. Tu vas rencontrer ta nouvelle famille dans quelques minutes. Tu as intérêt à être impeccable, sinon, je dirai à mon ami d'aller faire du mal à ton frère. Tu veux que quelque chose arrive à Samy ?

La peur m'envahit complètement. Non, bien sûr que non, je ne voulais pas que Samy soit blessé. J'attrapai les vêtements et m'habillai rapidement sans dire un mot. Je me frottai le visage avec le gant qu'il m'avait donné pour me nettoyer. Je le détestais tellement, cet homme. Il m'interdisait d'être Ezickel, il voulait effacer tout ce que j'étais. Je ne voulais qu'une seule chose : retrouver ma vraie famille, et surtout, Samy.

— Ce que je vais te dire est très important, alors tu vas bien m'écouter, Jayson, dit-il en insistant lourdement sur mon faux nom.

Je hochai la tête, obéissant, tout en finissant de me nettoyer.

— Tu t'appelles Jayson, tu ne sais pas pourquoi ta maman t'a abandonné, et tu n'as pas de frère ni de sœur. Si tu ne respectes pas ça, et que j'apprends que ta nouvelle famille connaît la vérité, je ferai du mal à Sammaël. On est bien d'accord ?

Je hochai encore la tête. Il n'y avait pas de choix. Je devais jouer son jeu, prétendre être Jayson pour que Samy reste en sécurité.

— Tu n'auras plus jamais les yeux vairons ni les cheveux coiffés de la même manière, ajouta-t-il.

L'homme m'inséra une lentille de couleur dans mon œil droit pour le rendre identique à mon œil gauche, la sensation était très étrange, ça me chatouillait, puis il me coupa les cheveux. Je restai immobile, effrayé à l'idée qu'un faux mouvement puisse déclencher sa colère. Il me tendit ensuite un miroir. J'eus du mal à me reconnaître. C'était comme si tout ce qui me connectait à Samy avait disparu.

— Les lentilles ne se changent que si elles s'abîment, précisa-t-il.

Le van s'arrêta brusquement, et je tombai par terre. Je me relevai rapidement avant que l'homme ne puisse me punir. Il fallait que je sois parfait, pour Samy, pour que rien ne lui arrive. Je descendis du van avec l'homme, affichant un sourire forcé. Je savais que je devais bien jouer mon rôle.

Une dame m'attendait à l'extérieur. Elle semblait beaucoup plus gentille que l'homme qui m'avait enlevé. Je m'approchai d'elle.

— Bonjour, tu dois être Jayson, dit-elle en souriant.

— Oui, je suis Jayson, répondis-je.

Mentir n'était finalement pas si difficile. Mais je savais que tenir ce rôle, jour après jour, serait bien plus compliqué. Il ne fallait surtout pas qu'ils découvrent la vérité.

— Tu as de jolis yeux bleus, Jayson, complimenta-t-elle.

— Merci, Madame, répondis-je timidement.

— Je t'en prie, appelle-moi Johanna, me dit-elle.

Le monsieur qui accompagnait Johanna me conduisit vers une voiture élégante. Pendant ce temps, Johanna discutait avec l'homme qui m'avait kidnappé. Je fus soulagé d'apprendre que je ne reverrais plus jamais ce dernier.

Nous sommes partis avec ma nouvelle famille. J'étais dans un avion en direction de New York, c'est ce que les haut-parleurs annonçaient. Samy aimait la géographie, et selon lui, c'était la meilleure ville du monde.

Je regardais par le hublot, ma "nouvelle maman" à côté de moi. Peut-être que ce ne serait pas si mal avec eux… Mais si seulement Samy pouvait être là aussi, ça aurait été encore mieux.

Aujourd'hui

POV SAMMAËL

Je me réveille en sursaut en entendant Jayson crier mon prénom dans le noir.

— Samy !

Je bondis immédiatement et le serre contre moi sans réfléchir.

— Je suis là, je suis là, je murmure, essayant de calmer sa panique.

Il se cale un peu plus contre moi, ses larmes coulent sans retenue, et même dans l'obscurité de la cave, je les vois à la lueur de la lune. Mon cœur se serre. Jayson enfouit sa tête dans mon cou, s'accrochant à moi comme à une bouée de sauvetage.

— Tu as fait un cauchemar ?

— Je... Non… Je me suis souvenu... Souvenu d'absolument tout, il avoue, la voix brisée par les sanglots.

Je frotte doucement son dos, essayant de l'apaiser. Ce qu'il dit ne fait aucun sens pour moi, mais je le laisse parler, pas question de le bombarder de questions alors qu'il est dans cet état. J'attends qu'il se calme un peu.

— Je me souviens de mon enlèvement… Et pourquoi toi, tu te souviens de rien... Je me souviens de tout... Samy… Pourquoi Samy aussi d'ailleurs.

Mon cœur se serre encore plus. Ce qu'il dit commence à s'emboîter. Des souvenirs reviennent, des morceaux de notre vie d'avant. Une vie que j'ai cherchée désespérément à comprendre, sans savoir que Jayson, ou plutôt Ezickel, en portait une part en lui.

— Je ne comprenais pas pourquoi je n'aimais pas mes yeux vairons... Je ne comprenais pas pourquoi je n'aimais pas mon prénom… Il continue, sa voix de plus en plus faible. Je n'aimais pas qu'on dise que j'étais fils unique... Mais maintenant c'est plus clair… Je n'aimais pas mon prénom parce que ce n'était pas celui que j'avais à ma naissance. C'est Ezickel, mon vrai prénom. Je n'aimais pas mes yeux vairons parce qu'ils révélaient qui j'étais… On aurait pu te faire du mal… Putain… Comment j'ai pu oublier ça ?! s'énerve-t-il en éclatant de nouveau en larmes.

Je suis complètement abasourdi. Je me reste un instant silencieux, incapable de trouver les bons mots pour apaiser sa douleur. Tout refait surface. Tout ce qu'on a vécu, tout ce qu'on a perdu. Comment gérer une telle vérité ? Comment porter cette souffrance ? Pour Ezickel, pour moi… pour nous deux.

— Je suis là, Ezy. Je te promets que je suis là, je murmure doucement, en embrassant son front, comme je le faisais quand on était enfants.

Je le garde contre moi, incapable de le lâcher. Pendant vingt-cinq ans, on m'a arraché la moitié de moi-même. Et aujourd'hui, je l'ai retrouvé, même si c'est au cœur de l'enfer. Je le sens s'apaiser lentement, ses sanglots se calment, et bientôt, il s'endort de nouveau dans mes bras. Je m'adosse contre le mur, prenant soin de ne pas bouger pour ne pas le réveiller. Le sommeil m'a définitivement quitté, et les mots de mon frère résonnent en boucle dans ma tête.

Il se souvient de tout.

Je sais que cette révélation va le détruire mentalement. Mais je serai là. Je serai là pour l'aider à porter tout ça, coûte que coûte. Maintenant que je l'ai retrouvé, je ne le laisserai plus jamais tomber.

Les pensées tourbillonnent dans ma tête, et le mal de crâne commence à poindre, comme à chaque fois que trop d'émotions m'envahissent. Comment sortir d'ici ? Oui, McLyne a besoin de nous pour son plan, mais après ? Une fois qu'on aura fait ce qu'il demande, il n'aura plus besoin de nous. Va-t-il nous tuer ? J'ai toujours su que ma vie n'avait pas beaucoup d'importance… jusqu'à maintenant. Maintenant qu'Ezickel est là, j'ai une raison de me battre.

Mon esprit retourne sans cesse à ce qu'on a découvert quelques jours plus tôt. Cette révélation qui a tout chamboulé...

Flashback - Quelques jours plus tôt.

— Je ne trouve rien sur ton adoption, dis-je, dépité.

— Tu veux dire que je n'existais pas avant ? s'inquiète Jayson.

— Si, probablement… mais sous un autre nom.

Je n'arrive pas à comprendre pourquoi mes recherches n'aboutissent pas, jusqu'à ce que je me souvienne. Le kidnappeur. Il a toujours une longueur d'avance sur moi. Il doit reconnaître ma signature électronique.

— Je crois savoir pourquoi… C'est moi qu'il bloque. Il faut que tu fasses toi-même les recherches.

— Comment ça ?

— Il reconnaît ma trace numérique. Je vais te guider, et toi, tu taperas.

Jayson hocha la tête, un peu nerveux. Je lui laissai ma place devant l'ordinateur, lui donnant toutes les indications. Quelques instants plus tard, il accéda à une page entièrement cryptée. Je décryptai la première couche, mais une autre barrière apparut : un mot de passe.

— Une idée ? demandai-je.

— Ma date de naissance ?

Il la tapa, mais rien ne se passa. J'avais toujours su qu'il était né un mois avant moi, cependant, je soupirai en voyant que ça ne fonctionnait pas.

— Essaie ta date d'adoption ?

Nouvel échec.

— Non… ça ne marche pas. Laisse-moi essayer un truc.

Je le laissai faire, et à ma grande surprise, il tapa… ma date de naissance. Et le dossier se déverrouilla.

— Pourquoi ma date ? demandai-je, incrédule.

— Je ne savais pas que c'était ta date… Je l'ai vue souvent en rêve, avoua-t-il.

Quand Jayson tape ma date de naissance, et que le dossier se déverrouille devant nous, mon cœur s'arrête net. Je reste figé, incapable de comprendre ce qui se passe. J'essaie de me convaincre que ce n'est qu'une coïncidence, mais quelque chose au fond de moi hurle que c'est plus que ça. Je me penche vers l'écran, mes yeux glissant rapidement sur les lignes de texte.

"Jayson Donovan -> Né le 29 Octobre 1990. -> De son vrai prénom Ezickel Julian Carter -> Né le 29 Novembre 1990."

Mon souffle se coupe, et pendant une fraction de seconde, le monde entier semble s'effondrer autour de moi. Je sens mes jambes vaciller, comme si le sol se dérobait sous mes pieds. Ezickel Julian Carter. Ce prénom. Ce nom que je n'avais cessé de chercher. Celui que j'avais prononcé des milliers de fois dans mes rêves, dans mes cauchemars. Mon cœur tambourine si fort que j'ai l'impression qu'il va exploser.

— Est-ce que… est-ce que cela veut dire que… que je suis l'Ezickel que tu cherches depuis vingt-cinq ans ? demande Jayson, hésitant, presque terrifié par sa propre question.

Je ne peux même pas répondre. Je suis incapable de parler, d'agir, de penser. Les mots défilent devant mes yeux, chaque lettre brûlant comme une vérité impossible. Ezickel. Mon jumeau. Mon frère. Celui que j'ai perdu. Celui que j'ai cru mort ou disparu à jamais. Il a toujours été là. Juste là. Sous un autre nom, derrière des lentilles et une nouvelle identité.

Je sens un frisson glacé me parcourir l'échine, et je prends du recul, presque comme si j'avais besoin de fuir cette vérité trop brutale, trop immense pour être acceptée. Jayson… non, Ezickel se tourne vers moi, ses yeux pleins d'une inquiétude que je ne peux pas encore affronter.

— Est-ce que tu m'en veux ? Il murmure, la voix tremblante.

Lui en vouloir ? Je ne peux même pas rassembler mes pensées. Je secoue la tête, essayant de dissiper ce brouillard de confusion et d'émotions violentes qui m'envahit.

— Quoi ? Non… bien sûr que non ! Pourquoi est-ce que je t'en voudrais ?

— Pour mes yeux vairons… je le savais… Je porte des lentilles depuis des années.

Pour prouver ses mots, il enlève délicatement une lentille, révélant son œil vert. Un vert profond, celui que j'aurais reconnu n'importe où. La gorge serrée, je fais un pas en arrière, sentant une vague de chaleur et de froid me saisir. Mon corps tremble, je ne sais plus si je respire. Je me lève soudainement, dans un geste désespéré, cherchant une cigarette pour me raccrocher à quelque chose, n'importe quoi, pour ne pas sombrer sous le poids de cette vérité.

J'allume celle-ci, tirant une longue bouffée, mes mains sont secouées par des soubresauts. Je fixe l'extérieur du motel, tentant de reprendre le contrôle. Mon frère. Mon frère est là. Vivant.

— Je suis désolé… s'excuse-t-il d'une voix presque inaudible.

Je ferme les yeux, essayant de trouver les mots. Comment pourrais-je lui en vouloir ? Comment pourrais-je être en colère contre lui alors qu'il est… là, devant moi, tangible, réel. Je me retourne pour le regarder, et je vois la peur et la vulnérabilité sur son visage.

266

Il est bien Ezickel, et même si j'ai cru que ma vie avait cessé après sa disparition, c'est lui qui a perdu la plus grande partie de lui-même. Je ne peux pas le laisser porter ça seul.

— Je ne t'en veux pas, je te le promets, je dis, et dans cette promesse, je me fais aussi une promesse à moi-même. Je vais le protéger maintenant que je l'ai retrouvé, je n'ai plus aucune envie qu'il me soit enlevé.

— Je t'ai caché ça… Ça aurait pu t'aider…

Je reste dos à lui quelques secondes, les yeux brûlants de larmes que je refuse de laisser couler. Il ne comprend pas.

— Tu ne pouvais pas savoir. Rien de tout ça n'est de ta faute. Ce n'est pas toi le responsable de cette horreur… c'est lui, ce taré qui t'a enlevé, qui nous a brisés. Il t'a imposé ces lentilles, ces mensonges, tout ça… pour que tu disparaisses, pour que je ne puisse jamais te retrouver.

Je jette la cigarette, le cœur battant à tout rompre, et je me retourne enfin vers lui. Les larmes montent, je ne peux plus les retenir. Il me regarde avec cet air coupable, comme s'il attendait que je le rejette. Comment pourrais-je ?

— Ezy… soufflé-je, ma voix se brisant.

Et là, je m'effondre. Tout ce que j'ai retenu pendant vingt-cinq ans, toute cette douleur, cette rage, cet espoir fragile… tout éclate. Je me précipite vers lui, le prenant dans mes bras, serrant ce corps qui m'a été arraché si longtemps.

— Je t'ai retrouvé, Ezickel… je t'ai enfin retrouvé, je murmure, les larmes coulant librement cette fois.

CHAPITRE VINGT-HUIT

Retour dans le présent

Je sens la tension monter dès que la porte s'ouvre brusquement. Je me redresse avec difficulté, acceptant la main tendue d'Ezickel pour me lever, ressentant une raideur douloureuse dans mon dos à cause de la nuit passée dans une position inconfortable. Mais cette douleur physique n'est rien comparée à ce qui nous attend.

Sans un mot, on nous conduit dans une pièce sombre, sans fenêtres. Quand Ezickel est jeté sur une chaise avec brusquerie, je serre les poings. La rage bouillonne en moi. D'ordinaire, je n'hésiterais pas à exploser, mais ici… maintenant… si je craque, Ezickel pourrait en payer le prix. Et ça, c'est impensable.

— Donovan, Carter, je ne vous ai pas emmené ici par hasard. Commence McLyne. Donovan va me servir de moyen de pression et toi mon cher Samy chéri, tu vas me programmer un voyage pour Hawai, intraçable évidemment.

— Hawai ? je m'étonne.

— Je n'ai plus à respecter la boucle comme tu m'as trouvé. A présent, je vais devoir fuir et surtout être loin de toi. Comme tu t'en doute, tu vas m'effacer, donc après mon départ pour Hawai, tu ne pourras plus savoir où je suis, je redeviendrais ce fantôme que tu as poursuivi tant de fois. Tu ne sauras même pas si j'ai réellement été à Hawai ou non, tout l'intérêt pour moi d'avoir le meilleur informaticien à mes côtés.

— Qu'est-ce que je suis supposé faire ?

— Tu te débrouille comme tu veux, je veux qu'à partir de midi, je sois de nouveau un fantôme.

— Vous êtes sûr que c'est une bonne idée boss ? questionne Down sans quitter Ezickel du regard.

— Pourquoi est-ce que cela n'en serait pas une ?

— Carter n'est pas réputé pour se plier aux règles, bien au contraire.

— C'est pourquoi je ne vais pas le quitter des yeux une seule seconde. Et au moindre doute, je te demanderais de buter ce cher Jayson.

J'avale ma salive de travers à la menace. Devant moi, un poste informatique m'attend, et l'arme de Down pointée sur mon frère me rappelle l'importance de ne pas faire d'erreur. Chaque geste compte, chaque mot pourrait nous condamner. McLyne, de sa voix glaciale, nous a expliqué son plan, et je réalise que nous sommes des pions dans un jeu dont les règles ne sont pas encore toutes dévoilées. Il veut disparaître. Il veut que je le rende intraçable.

Je commence à travailler, mais l'idée d'essayer de coder un message secret me hante. Chaque mouvement sur le clavier est une question : est-ce que je prends le risque ? Est-ce que je condamne Ezickel si je me trompe ?

Je lève les yeux vers lui. Il est de l'autre côté de la pièce, ses yeux vairons fixés sur moi. Il y a cette connexion silencieuse entre nous, un échange de pensées que nous avons toujours eu, même avant de découvrir que nous étions frères. Il comprend. Je le sais. Et je vois dans ses yeux qu'il me fait confiance.

Je prends une grande inspiration avant de demander à McLyne si je peux poser une question à Ezickel. Je dois être convaincant. La moindre hésitation pourrait nous trahir. Quand Ezickel s'approche pour regarder les chiffres, je tente un dernier coup. "Quinze ou quatorze ?" Une question banale en apparence, mais il sait. Et il répond, les chiffres se transformant en lettres. "Oui."

C'est tout ce dont j'avais besoin.

De retour à sa place, mon frère me soutient sans un mot, et je continue mon travail. J'espère que le message passera. Je sais que si Clayton parvient à déchiffrer mon code, il saura quoi faire. De toute façon si Clayton ne parvient pas à comprendre, je sais que Cameron, lui, comprendra. Mais c'est un pari risqué. Je lance une prière silencieuse, espérant que nous n'en viendrons pas à regretter cette tentative.

Mon cœur bat à un rythme irrégulier tandis que Brian vérifie mon travail. La sueur perle sur ma nuque. Il passe en revue les lignes de code, et chaque seconde me semble être une éternité. Quand il confirme que tout est en ordre, un soulagement furtif m'envahit. J'appuie sur le bouton. C'est fait.

Maintenant, tout dépend des autres. Je croise le regard d'Ezickel. Nous avons joué notre carte, et il ne nous reste plus qu'à espérer qu'elle soit la bonne.

Motel's Toronto — La veille.

271

POV CAMERON

Je tourne comme un lion en cage. Ça fait presque une heure que mon petit ami et mon ex-petit ami auraient dû être de retour. Jayson a envoyé un SMS disant que tout allait bien, ce qui devrait signifier que tout est sous contrôle... Alors pourquoi ne sont-ils toujours pas là ? Mon cœur s'emballe, et une anxiété sourde me ronge. J'ai essayé de l'appeler une bonne vingtaine de fois, mais je tombe systématiquement sur la messagerie. Un mauvais pressentiment m'envahit, comme une ombre qui s'étend sur ma conscience. Je ne suis pas le seul à m'inquiéter ; Clayton se ronge les ongles jusqu'au sang, chaque coup d'ongle résonnant dans le silence tendu de la pièce. Eriven et Dana sont repartis à Los Angeles dans l'après-midi pour consulter des archives, mais leur absence ne fait qu'aggraver notre angoisse.

Austin regarde dehors, cependant son expression impassible trahit son agitation intérieure. C'est étrange, parce que son calme me déroute. Habituellement, mon frère aurait déjà paniqué, hurlé, insulté tout le monde. Mais là, il semble figé dans une attente anxieuse, comme si le moindre bruit pouvait le faire réagir.

— Bon, on ne va pas rester là toute la journée. On sait parfaitement qu'ils auraient dû être là depuis une bonne heure.

— Qu'est-ce que tu proposes ? demande Austin, l'angoisse dans sa voix.

— Qu'on commence par aller voir les Johnson, je déclare le visage marqué par une détermination nouvelle.

— Oui... Sauf que mon cher meilleur ami n'a laissé aucune trace. C'est sur son ordinateur. Et son PC crypté n'est pas ma tasse de thé.

Je grogne, non pas de colère, mais de frustration. Je déteste l'informatique, néanmoins, je déteste encore plus rester sans rien faire. Je pousse Clayton pour me mettre devant l'ordinateur de Sam.

— J'ai aucun code, prévient Clayton, son ton désespéré résonne dans la pièce.

Je balaye sa remarque d'un geste de la main, déterminé. Je tape le code pour me connecter sur la machine de Sam. Tous les dossiers qui y apparaissent sont évidemment cryptés. Je me concentre un instant pour chercher celui qui m'intéresse. Une succession de chiffres s'affiche. Je me pince l'arête du nez, le stress me rendant nerveux.

Flashback

— Sam, je pige que dalle ! Je ne sais même pas quel putain de dossier je dois chercher ! Tout est crypté !

— C'est le but, commente Sam depuis la salle de bain, sa voix un mélange d'amusement et de patience.

— Comment je sais ce que je dois chercher ?!

Il sort de la salle de bain en soupirant, et s'approche de moi. Je suis hypnotisé par son parfum, au point de ne pas l'écouter un instant.

— Cameron !

— Pardon ! Tu disais ?

— Qu'est-ce que tu cherches ?

— Le dossier pour Austin.

— Les chiffres correspondent à la date où ils ont été enregistrés, ainsi que l'heure. Donc le 1512051252 correspond au quinze décembre deux mille cinq à midi cinquante-deux.

Je suis toujours impressionné quand mon copain me parle d'informatique. Je ne suis pas intéressé par les chiffres, mais voir sa passion m'excite toujours.

Fin du Flashback.

— Je sais ! m'exclame-je fièrement.

Je clique donc sur le dossier qui m'intéresse. Une adresse apparaît devant moi, comme une lueur d'espoir dans cette obscurité grandissante. Je la note sur un post-it, mes mains tremblant légèrement. Clayton et Austin me regardent étrangement.

— Quoi ? je demande mon regard trahissant une curiosité mêlée d'inquiétude.

— Comment tu sais faire ça ?

— Sam m'a appris, je réponds, un sourire nostalgique s'esquissant sur mes lèvres.

— Il m'a appris aussi, mais je ne comprends toujours rien.

— Ouais... Il avait probablement pas les mêmes arguments pour te convaincre que les miens, je ris, le ton léger tentant d'alléger l'atmosphère.

— Comment ça ? demande Clayton, intrigué.

— Si j'arrivais à retenir le code, j'avais droit à une gâterie.

Je sais que je ne suis pas doux dans mes paroles, c'est la faute de mon ex.

— Oh mon dieu ! proteste Austin, l'air horrifié. Je ne voulais pas savoir !

Il insiste sur le "je", se bouche les oreilles et fait mine de vomir. Clayton hausse les épaules, et je remarque que le garçon ne semble pas choqué. Je fronce les sourcils à ce constat.

— Pourquoi tu ne sembles pas surpris ? Ou même dégoûté ?

— Sammaël est mon meilleur ami depuis toujours, tu crois que je ne sais pas ce que vous étiez en train de faire lorsque vous étiez ensemble ? Pardon, mais vous n'étiez pas particulièrement discrets. Enfin... Toi plus précisément.

Je maudis immédiatement le sourire en coin de Clayton. Je ne m'attendais pas à ça. Foutu Evans. Je soupire doucement, et je vois que mon frère, lui, semble profondément choqué, ce qui me fait rire malgré la tension ambiante.

— Bref ! Pouvons-nous aller à cette adresse avant que j'essaye de me désintégrer de cette planète ?

— Arrête donc de jouer au prude. Tu nous as surpris plus d'une fois, me moque-je.

— La ferme ! J'en fais encore des cauchemars !

La réaction d'Austin me fait rire, même si la peur continue de me ronger. Je les observe un instant. Sam a raison, Clayton et Austin sont faits pour être amis. Bien sûr, mon ex les voit plutôt en couple. Je souris faiblement, la mélancolie m'envahit avant de me rappeler la situation actuelle. Sam n'est pas là pour voir ça. Nous devons le retrouver. Nous devons retrouver Jayson aussi. Je ne me pardonnerai jamais si quelque chose lui arrivait. Certains me diraient que je devrais plutôt en vouloir à Sam, puisqu'il a insisté pour que Jayson l'accompagne. Mais... je ne pourrais jamais en vouloir à Sam. Il y a un lien particulier qui unit les deux garçons. Je ne sais pas lequel c'est, et pour être honnête, j'en suis jaloux. De qui ? De Jayson ou de Sammaël ? Je ne le sais pas.

Je prends ma veste posée sur le lit de Sam, l'odeur de son parfum imprégnant le tissu. Je renifle secrètement, sa marque de fabrique qui me plaît tant. Je me tourne vers mes deux complices.

— Allons-y, on a un cul de Donovan et de Evans à sauver.

— Lequel te fait le plus fantasmer ? demande innocemment Austin, son sourire espiègle révélant sa malice.

— Austin ! me scandalise-je, la chaleur me montant aux joues.

Avant que j'aie le temps d'ajouter quoi que ce soit, Austin quitte la pièce suivi de près par Clayton qui ricane. Traître de frère. Nous n'avons qu'un an de différence, mais parfois, j'ai l'impression que nous sommes jumeaux dans la logique de nos pensées.

Je secoue la tête, dépité par le comportement de celui-ci. N'était-ce pas lui qui ne voulait rien savoir de ma vie sexuelle ? Je ferme la porte derrière moi et les suis jusqu'à la voiture de Clayton. Je monte à l'arrière et pose ma tête contre la vitre, regardant le paysage défiler.

Nous n'avons aucune piste sur le kidnappeur, mais visiblement, Sam a touché un point sensible en essayant de le démasquer. Nous ne pourrons pas mettre autant de temps que lui pour rejoindre l'adresse. La conduite de Sam est souvent sportive, et la Camaro aide bien. Clayton, lui, a une conduite de flic déterminé, mais pas inconscient. Sa petite Tesla ne peut pas trop rivaliser.

Je trouve le temps long. Comment pourrions-nous sauver les deux personnes qui comptent le plus pour moi si l'homme qui les a kidnappés a un train d'avance sur nous ? Je regrette amèrement de ne pas avoir pris la Dodge. Je soupire avant de fermer les yeux, m'accrochant à l'espoir que tout ira bien.

Je garde les yeux fermés un long moment, bercé par le mouvement de la voiture. L'odeur de Sam m'entoure, un mélange réconfortant qui fait ressurgir des souvenirs. J'essaie de me convaincre que je m'inquiète avant tout pour Jayson, mais cette pensée résonne faux dans ma tête, surtout quand je me rappelle que même en étant avec lui, c'est Sammaël qui hante mes pensées. C'est dérangeant. Physiquement, ils se ressemblent énormément, mais mentalement, ils sont aux antipodes. Jayson n'aime ni le danger, hormis dans son travail, ni les conflits, alors que Sam est têtu comme une mule. Chaque conversation avec lui peut dégénérer en conflit, et il adore provoquer.

J'ai toujours été attiré par le côté rebelle de Sam ; mon ex n'a peur de rien. Je me souviens de la façon dont il défiait Austin, même lorsque le blond était en colère. Ce dernier peut être intimidant, mais Sam ne recule jamais. C'est sans doute ce trait qui a plu à mon cadet. Je regrette profondément la manière dont les choses se sont terminées entre nous. Nous aurions pu rester en bons termes, pas forcément meilleurs amis, mais au moins sur un terrain neutre. Malheureusement, Sam a rouvert des blessures en moi.

Je me suis juré de ne pas retomber amoureux, pas après Sam, pas après l'avoir aimé comme un dingue. Et puis, il y a Jayson, je l'aime, bien sûr, néanmoins en étant honnête, je n'ai jamais aimé quelqu'un autant que Sam, et je sais que ça ne changera jamais. C'est douloureux de le reconnaître. Jayson ne mérite pas cela ; il mérite quelqu'un qui l'aime véritablement, et non pas quelqu'un qui le voit comme une réminiscence de mon ex. Je suis conscient de cela, et c'est égoïste.

La voiture de Clayton s'arrête brusquement sur le bas-côté. Je me redresse, perplexe, car nous ne sommes pas encore arrivés. Quand j'aperçois la Camaro de Sam, mon cœur s'accélère. Elle est là, mais il n'y a personne à l'intérieur. Je sors précipitamment de la voiture, ignorant les appels de mon frère. En ouvrant la porte de la Camaro, je sens une montée d'adrénaline. Les clés sont encore sur le contact, et la veste de Jayson, repose à l'arrière. Je la prends et l'enveloppe contre moi, inhalant son parfum avec délectation, pourtant, ce n'est pas le parfum de Jayson que je sens, mais bien celui de Sam.

Je scrute les alentours, cherchant à comprendre ce qui a pu se passer. Les traces de pneus indiquent que Sam a dû freiner brutalement, ce qui signifie qu'on lui a barré la route. En examinant le goudron, j'espère déceler un indice. Austin et Clayton me rejoignent, leurs yeux se portant autour d'eux. Avec trois paires d'yeux, nous devrions bien trouver quelque chose, non ?

Les yeux bleus clairs d'Austin se posent sur l'herbe un peu plus loin. Il s'approche et découvre la moitié du téléphone de Jayson ; l'autre moitié doit être dans le ruisseau. Clayton, avec des gants, le saisit avec précaution, conscient qu'il s'agit d'une pièce à conviction. Je soupire, frottant mon visage de frustration.

Je retourne à la Camaro, me penchant à l'intérieur pour chercher quelque chose, mais je ne trouve rien. Soudain, un objet sous mes pieds attire mon attention. Je recule, lève le pied et ramasse l'objet. En le nettoyant sommairement avec mon pull, je réalise que c'est ma propre gourmette. Mon cœur rate un battement. Cela signifie que Sam l'a gardée, et cela révèle qu'il a encore des sentiments pour moi.

Flashback.

Je regarde Sammaël pianoter sur son ordinateur. Je soupire, las. D'habitude, j'aime le regarder, mais ce soir, j'ai besoin d'un câlin, et même si Sam ne semble pas d'humeur, j'en ai vraiment envie. J'enroule mes bras autour de lui, ce qui le fait lâcher sa machine pour me regarder. Son regard bleu foncé me fait frémir.

— Je sais que tu aimes pirater toutes sortes de choses, mais ce soir… j'ai besoin que tu sois tout à moi, avoue-je presque honteusement.

Sam se lève et pose ses mains sur mes joues, souriant. Il a compris le message.

— Qu'est-ce qui se passe ?

— L'histoire d'un patient m'a carrément retourné…

Je suis surpris par la réaction de Sam, qui me prend dans ses bras et me serre fort. Je me demande à quel point mon visage doit faire peur pour que Sam réagisse ainsi.

— Sam, j'ai besoin de te donner quelque chose… Je ne veux pas t'expliquer pourquoi, mais je te demande juste une chose.

— Je t'écoute.

— Enlève-la que si vraiment il n'y a plus aucun espoir entre nous.

Sam hoche la tête, confus, tandis que je retire ma gourmette et l'attache à lui.

Fin du flashback.

Sam n'a jamais demandé d'explication sur l'histoire du patient, mais il n'a jamais retiré la gourmette non plus. Cela fait cinq ans que nous ne sommes plus ensemble… et pourtant, elle est toujours là.

CHAPITRE VINGT-NEUF

Je garde la gourmette dans ma main avant de la glisser dans ma poche. Je la rendrai à Sammaël, si nous parvenons à le retrouver. Mon cœur se serre à cette pensée. J'espère vraiment qu'on y arrivera, mais je préfère rester réaliste. Je soupire un instant en me tournant vers Clayton et Austin, qui semblent toujours chercher des preuves. Si c'est toujours la même personne, il n'y aura aucune trace, juste un vide.

Je sens que je vais devenir fou. L'inquiétude me ronge, et mon cœur s'emballe. Heureusement, j'ai appris à gérer ce genre de sentiments, évitant ainsi les crises de panique ou d'angoisse. J'ai vu Sam en proie à ces crises, et c'est toujours impressionnant de le calmer.

Je retourne m'asseoir dans la voiture de Clayton. Je me sens inutile. Je voudrais être plus utile, cependant, ce n'est pas mon métier. Je suis simple psychologue et, soyons honnêtes, à cet instant précis, je ne suis qu'un être humain perdu dans mes émotions, terrifié à l'idée de perdre Jayson et Sam.

Austin et Clayton montent dans la voiture en silence. Je fronce les sourcils. Qui va ramener la Camaro ? Clayton l'a déjà conduite, je me souviens qu'il déteste ça.

— Qui ramène la Camaro ? dis-je à voix haute, écho de mes pensées.

— Eh bien... Clayton n'aime pas la conduire, alors je peux...

— Non, c'est bon, je la ramène, je coupe.

— Tu es sûr ? s'inquiète Austin.

— Ouais. Je sais que tu n'aimes pas prendre les voitures des autres.

— Merci. On se rejoint au motel.

J'hoche la tête avant de descendre de la voiture de Clayton et de me diriger vers la Camaro. Je m'assois à la place du conducteur et avance légèrement le siège. Sam est plus grand que moi. Je règle le rétro intérieur avant de démarrer. Un frisson me parcourt l'échine. Je pose mes mains sur le volant avant de passer la première vitesse. C'est étrange, néanmoins, j'ai l'impression d'être un peu avec Sam en ce moment ; son odeur est présente partout dans le véhicule.

Je mets l'autoradio en route. La première chanson qui passe est "*Hurts Like Hell*", une chanson que Sam adore, et qui me rend toujours très nostalgique. Les larmes me montent aux yeux. Cette chanson me donne la chair de poule, surtout maintenant. Elle représente tout ce que je ne veux pas. Je l'aime et je ne veux pas le perdre. Je n'arrive pas à retenir les larmes qui glissent sur mes joues. Je les chasse rageusement avec mes manches, ses traîtres reviennent toujours plus nombreuses. Lamartine dit vrai : "*Un seul être vous manque et tout est dépeuplé*". C'est lorsque l'on perd les gens qu'on se rend compte de l'importance qu'ils ont.

Le trajet jusqu'au motel est compliqué ; en fait, je passe tout le temps à pleurer. Quand je me gare, je descends de la voiture, plus pâle que jamais, les yeux rougis, et l'envie plus forte que jamais de retrouver Sam. J'essuie une dernière fois mes yeux et profite que mon frère et Clayton ne soient pas encore arrivés pour me rendre dans la salle de bain. Je me passe de l'eau sur le visage pour me remettre les idées en place.

Le silence dans la pièce me dérange. Je vais m'allonger sur le lit de Sam. Je mets ma tête dans l'oreiller, où l'odeur de mon ex règne. Je prends la veste de mon copain, que je cale sous mon nez, et je me roule en boule dans le lit. Je ferme les yeux et finis par m'endormir.

Ce n'est que quelques heures plus tard que je me réveille. Je n'ouvre pas les yeux en entendant Clayton et Austin parler entre eux.

— Il est en train de se rendre malade, se désole Austin.

— C'est le problème quand deux âmes sont faites pour être ensemble, mais que chacun est trop têtu pour l'admettre.

— Je ne peux même pas être désolé pour mon meilleur ami, parce que je sais que le véritable amour de Cam, c'est Sam.

— Cammaël jusqu'au bout.

— Ils se détruisent ensemble.

— Ils n'étaient pas assez matures à l'époque. Cinq ans ont passé. Tu vois bien comment ils agissent. Sam aurait déjà pété la gueule de Cameron quinze fois pour moins que ce qu'il a dit... Sam a beaucoup mûri en cinq ans.

— J'ai remarqué ça. Qu'est-ce qui s'est passé ?

Je garde les yeux fermés, ma curiosité piquée. Je veux savoir ce qui est arrivé pour que mon ex soit plus en harmonie avec ses émotions.

— Je ne sais pas trop... Il y a eu mon agression, qui l'a beaucoup affecté. Il a fait payer à chacun des gars ce qu'ils avaient fait. Mais je suis presque sûr qu'il s'est passé quelque chose dont je ne suis pas au courant. Il a radicalement changé après.

Mes yeux s'ouvrent, je fixe Austin, qui semble coupable. Je fronce les sourcils. Est-il responsable du changement de mon ex compagnon ?

— Je... Ouais. Je pense que je sais.

Le regard de Clayton s'ancre dans celui d'Austin.

— Comment ça ?

Je me redresse, inquiet. Qu'est-ce que j'ai raté ?

— Hum... J'ai fait une tentative de suicide quelques semaines après mon déménagement à New York. C'est Sam qui m'a trouvé parce qu'il était venu m'aider à déménager.

— Quoi ?! je m'entends crier.

Mon cœur loupe un battement. Austin a fait une tentative de suicide et je n'ai rien vu, rien su. Mon ex a dû faire face à cette épreuve seul. Une vague d'émotions me submerge. Je me sens désolé, en colère et coupable, terrifié à l'idée de ce qui aurait pu arriver. Mon petit frère allait mal et encore une fois j'ai été égoïste, je n'ai rien vu...

— Pourquoi ? demande Clayton, plus calme.

— Les harceleurs m'avaient bien rabaissé, et même si le problème a été réglé, le mal psychologique était fait. Je ne savais plus vers qui me tourner. Cameron, tu venais de te mettre avec Jayson, et tu semblais enfin remonter la pente. Jayson était heureux. Clayton, tu étais occupé. Et Sam était en train de couler. Pourtant, c'est quand même lui qui a été là.

— Mais... Comment ai-je pu ne pas me rendre compte de rien ? Tu as bien été à l'hôpital, non ?

— J'y suis resté trois jours. Si tu regardes bien, ce sont les trois jours où tu n'étais pas là.

— Putain ! Austin ! Tu as pensé à ce qui aurait pu se passer si je t'avais perdu, bordel ! Je ne m'en serais jamais remis ! Tu es mon frère, mon tout, bon sang !

— Je te rassure, Sam m'a passé un savon dont je me souviens encore. Et je n'ai pas envie de recommencer.

— Et comment ça se fait que Sam n'ait rien dit ?

— Tu sais que Sam sait garder les secrets. Si tu lui demandes de se taire, il devient une tombe. Tu le sais mieux que moi, au vu des secrets que tu caches encore.

— Ouais...

La conversation que je viens d'avoir avec mon frère me retourne complètement. Je me sens coupable, profondément coupable de n'avoir rien vu. Comment ai-je pu être à ce point égoïste ? Je n'ai rien fait contre les harceleurs d'Austin ; j'en ai même ri. Je me trouvais immature à l'époque, et maintenant, tout cela prend un sens nouveau. Je comprends mieux pourquoi ma relation avec Sam ne pouvait pas marcher. À ce moment-là, j'étais qu'un enfant, perdu dans mes propres émotions. Aujourd'hui, les choses ont changé, mais découvrir que j'ai failli perdre mon frère me donne un sacré coup.

Clayton et Austin reprennent les recherches sur leurs ordinateurs, tandis que je me sens de nouveau inutile. Je me retourne dans le lit pour faire face au mur, le cœur lourd. Je ferme les yeux et me plonge dans mes réflexions. Plus j'y pense, plus je suis sûr de ce que je ressens pour Sam. En revanche, j'ai du mal à cerner exactement ce que je ressens pour Jayson. Je l'aime beaucoup, mais pas de la même manière. Pourquoi ? Les émotions que je ressens pour lui sont différentes, moins intenses, plus légères. Je garde les yeux fermés jusqu'à ce qu'on m'appelle. En me retournant, je vois mon frère qui m'invite à manger. Combien de temps ai-je passé à penser ? Visiblement trop, car je réalise seulement maintenant que le soleil s'est couché et que la nuit est tombée.

Je me lève et me dirige vers la table, mais la faim me fait défaut. D'habitude, j'adore manger ; je suis toujours le premier à commander ou à appeler les autres pour le repas. Pourtant, aujourd'hui, je n'ai qu'une envie : retrouver Sam et Jayson. Tout le reste n'a pas d'importance, et manger encore moins. Mon estomac est tellement serré que je me demande si quelque chose pourrait passer. Je regarde la nourriture avec dégoût et me contente de prendre la boisson devant moi. Non, je ne peux rien avaler, c'est certain.

— Tu ne manges pas ? s'étonne Austin, une ombre d'inquiétude dans sa voix.

— Je n'ai vraiment pas faim, murmure-je, la voix tremblante.

— Je sais que tu es inquiet pour eux, je le suis autant, et Clayton aussi, mais ça ne doit pas te rendre malade...

— Je ne peux rien avaler, dis-je dans l'espoir qu'il n'insiste pas.

— Cameron...

— Quoi ?

— Rien, se résigne Austin, son regard trahit son inquiétude.

Je réalise que j'ai été trop agressif avec mon frère, et que je ne l'ai pas contrôlé. Ne pas avoir de nouvelles de mon ex et actuel compagnon me rend nerveux. Je ne sais pas gérer mes émotions lorsque je suis tendu. Austin n'insiste pas. Il ne le fait jamais quand je suis dans cet état. La seule personne qui m'aurait tenu tête n'est pas là, et elle est involontairement responsable de mon état.

Je retourne m'allonger dans le lit, mettant à nouveau mon nez dans la veste pour tenter de calmer les battements de mon cœur devenus frénétiques à cause de l'angoisse. Je ferme les yeux et serre la veste plus fort contre moi, espérant retrouver un peu de réconfort.

Flashback

Je suis allongé sur la couverture. Un pique-nique à la belle étoile, je suis comblé. Sam sait me surprendre, c'est ce qui me plaît le plus chez lui. La nuit vient de tomber. Malheureusement, le froid commence à gâcher ce moment. Je grelotte sans m'en rendre compte. La veste en cuir de Sam se pose sur mes épaules, et l'odeur de mon copain emplit mes narines. Deux bras puissants me serrent contre lui. Je soupire de bien-être. J'ai enfin l'impression d'être à ma place. La chaleur de Sam me fait un bien fou. Je niche ma tête dans son cou, m'enivrant davantage de son parfum familier.

Fin du flashback.

J'ai aimé chaque moment passé avec Sam, parce qu'ils étaient toujours uniques. La culpabilité me prend une seconde fois. Je pense à lui dans un moment pareil, alors que mon petit ami se trouve dans la même situation. Je me gifle mentalement. Je me trouve pathétique. Sam se moquerait de moi, j'en suis sûr.

Je soupire à nouveau. Pourquoi me remémorer quelque chose que je n'aurai plus jamais, alors que je peux avoir mieux avec le garçon qui partage actuellement ma vie ? La psychologie humaine est d'une complexité incroyable. Je l'ai étudiée de longues heures en cours, des heures en cabinet, mais aucune réponse n'en ressort. Observer mes semblables, voir des gens déprimés, n'a fait qu'embrouiller davantage mes sentiments.

Je finis par m'endormir très tard dans la nuit. Mon frère et Clayton sont allés se coucher chacun de leur côté, laissant le silence s'infiltrer dans la pièce. Je ne suis pas sûr d'apprécier ce calme, qui semble peser sur moi comme un poids insupportable. Pourtant, je m'endors enfin, épuisé par mes pensées tourmentées.

Je ne me réveille que le lendemain, assez tard. Les heures de sommeil me manquent, je suis épuisé mentalement. Je pensais que des cauchemars m'auraient réveillé ou que l'inquiétude aurait eu raison de moi. Mais non, je dors d'un sommeil de plomb, et pourtant je ne me sens pas reposé. Au contraire, j'ai l'impression d'être encore plus fatigué que la veille. C'est fou, encore une connerie de l'espèce humaine.

Je me lève lorsque l'odeur du café me chatouille le nez. Je m'approche de la table où trois tasses sont posées. J'en prends une avant de m'asseoir face à mon frère.

— Bonjour.
— Salut.

La conversation s'arrête là. Je regarde autour de moi et remarque l'absence de Clayton. L'inquiétude me serre le ventre.

— Où est Sullivan ?

— Il est allé chercher à manger, répond calmement Austin.

Je me détends à cette information. Pourquoi ai-je été si en alerte ? Je l'ignore. Je ne comprends pas la moitié de mes réactions en ce moment, alors je n'essaie pas de le faire. Le silence revient dans la pièce. Je bois mon café et je grimace dégoût face à l'amertume du breuvage. J'ai toujours détesté le café noir, je cherche encore à savoir comment Sam n'arrive à boire que ça. Je sens le regard du plus jeune sur moi. Je relève mes yeux émeraude dans sa direction, comme pour l'interroger.

— Rien.

Je fronce les sourcils. La réponse d'Austin ne me convainc pas. Je repose mon gobelet de café pour porter plus d'attention à mon frère.

— Austin.

— Rien, je te dis.

— Oh pitié, je sais que je ne suis pas le meilleur des frères et que j'ai lamentablement échoué à ce rôle, mais je reste ton frère. Je sais quand tu as quelque chose sur le cœur et que tu ne veux pas me blesser.

— Ça n'a rien à voir… J'essaie juste de te comprendre.

— Me comprendre ?

— Un coup, tu sembles te foutre littéralement de tout, de toutes les personnes qui t'entourent, et la seconde d'après, tu redeviens attentif et étrangement docile.

Je ne m'attendais pas à ça. Mes changements d'humeur sont brutaux. En tant que psychologue, j'aurais pu diagnostiquer cela comme de la bipolarité. Pourtant, ce n'est pas ce que je suis. Je suis juste totalement paumé.

— Je suis perdu.

— Ouais, je sais, mais je n'ai pas à subir ton humeur, Cameron. Je pense que j'ai suffisamment été patient.

— On en est au règlement de comptes alors que ton meilleur ami et ton presque frère sont en danger ?

— Oui, on en est au règlement de comptes parce que tu fuis toujours le sujet !

— Qu'est-ce que tu veux que je te dise, putain ? Tu crois que je ne m'en veux pas de savoir que tu as failli mettre fin à tes jours et que je n'ai strictement rien vu, bordel ? Tu crois que je ne m'en veux pas d'avoir réagi comme un petit con égoïste lorsque ces mecs t'emmerdaient et que je n'ai rien fait ? Sérieusement ? Tu crois que ça ne me fait rien ? m'emporte-je.

Austin garde le silence, il me regarde comme s'il me voyait pour la première fois. Je comprends pourquoi, lorsqu'une larme coule sur ma joue. Je ne montre jamais mes émotions devant mon frère. Je ne pleure jamais en sa présence. C'est trop pour moi. C'est trop d'émotions d'un coup. Je ne sais plus faire face, je ne sais plus comment réagir. J'ai perdu Sam à cause d'elles. J'ai failli perdre Jayson, et j'apprends que j'ai manqué de perdre mon frère aussi. Je ferme les yeux pour tenter de reprendre un peu de pouvoir sur celles-ci. Néanmoins, c'est trop tard. Austin a ouvert les vannes. Je pleure à chaudes larmes. Ce à quoi je ne m'attendais pas, c'est que des bras puissants m'entourent. Je me réfugie dedans. Je m'effondre.

— Je suis là, Cameron, et je le serai toujours, murmure Austin en me berçant.

Je me laisse faire. Je ne sais pas à quel moment nous nous retrouvons tous les deux au sol. Ça ne compte pas, je profite de mon frère. J'entends la porte s'ouvrir. Clayton pénètre dans la pièce, prenant soin de ne pas faire de commentaire. Un long moment passe avant que je me calme enfin.

— Les gars ! Sam s'est connecté à sa session !

Austin et moi nous regardons avec espoir avant de nous redresser subitement pour nous précipiter vers Clayton. Des cryptages à perte de vue.

— Merde ! Mais je ne pige rien ! s'indigne Austin.

— C'est du cryptage.

— J'avais bien compris ! Mais je ne comprends rien.

— Attends ! Je m'agite. Remonte !

Clayton s'exécute immédiatement. Je regarde attentivement les codes qui se présentent devant moi. Un attire mon attention : "3. 1. 13. 5. 18. 15. 14".

— Putain, Sam, tu es un génie ! Laisse-moi la place, Clay.

Clayton se pousse pour me laisser de la place. J'accède à un dossier pour chercher un alphabet auquel correspondent les numéros. J'ai bien reconnu mon prénom avec le codage, c'est pourquoi je me suis précipité.

— Pourquoi tu t'enthousiasmes ? demande Austin.

— Le code 3. 1. 13. 5. 18. 15. 14 correspond aux lettres de mon prénom : C. A. M. E. R. O. N. Il me l'a appris lorsqu'il a eu quelques soucis avec des hackers.

Je clique sur les chiffres, et d'autres chiffres apparaissent. Les choses sont beaucoup plus compliquées à présent. Je sais que le cryptage est dur, et faire passer un message encore plus. Heureusement, j'ai un dossier qui explique à quoi les chiffres correspondent. Sam me l'a créé il y a quelques années. Je ne pensais pas en avoir besoin un jour.

Le code suivant est une suite compliquée : 7. 18. 26. 22. 6. 16. 14. 26. 22. 1. 20. 21. 18.

Je prends un papier pour faire correspondre les chiffres aux lettres. G. R. Z. V. F. P. N. Z. V. A. T. H. R.

— Je pense que ton code ne veut strictement rien dire, se désole Austin.

— Mais si ! Il faut juste que je remette de l'ordre.

— C'est-à-dire ? demande Clayton, curieux.

— C'est un alphabet inversé. Le G correspond en fait au T.

— Donc, tu peux déchiffrer ça grâce à mon meilleur ami ? questionne Clayton.

— Oui, je peux.

Je prends mon papier avant de regarder à quoi correspondent les lettres : G = T / R = E / Z = M / V = I / F = S / P = C / N = A / Z = M / V = I / A = N / T = G / H = U / R = E.

Temiscamingue.

— Ils sont au lac Témiscamingue !

Clayton prend les clés de sa voiture ainsi que sa veste. Austin et moi le suivons rapidement. Nous avons retrouvé la piste de Jayson et de Sam, et nous ne devons pas tarder. Ils sont en danger. Nous devons nous dépêcher.

CHAPITRE TRENTE

POV SAMMAËL

Ezickel et moi sommes toujours dans cette pièce à part. J'ai terminé le travail qu'on m'a demandé, mais je ne comprends pas pourquoi nous sommes encore ici. McLyne n'a pas bougé, et Down avait quitté la pièce il y a une bonne demi-heure.

L'angoisse s'insinue en moi. J'ai l'impression que c'est la fin, qu'il va nous tuer maintenant quele boulot est fait. Je jette un coup d'œil à Ezickel, qui est assis à mes côtés, le visage tendu.

— Je suppose que vous vous demandez pourquoi vous êtes ici, n'est-ce pas ? Pourquoi Sammaël et Jayson réunis ici, alors qu'ils ne se connaissaient pas. En fait, c'est assez marrant, vous ne vous êtes jamais posé la question de pourquoi vous semblez si semblables ?

— On a tous une âme sœur, répondit Ezickel, ses yeux trahissant une nervosité palpable.

— C'est vrai. Une âme sœur qui nous correspond comme deux gouttes d'eau ?

— Les sosies, ça existe aussi, ajouté-je, ma voix trahissant une pointe d'ironie pour masquer mon inquiétude.

— Hum... c'est vrai aussi. Jayson, je t'en prie, enlève tes lentilles.

Mon cœur s'emballe alors qu'Ezickel obéit. Un œil vert, un œil bleu. Je sais ce que cela signifie. La vérité s'impose, et la voir ainsi rendait tout cela encore plus réel comme la première fois où il les avait enlevées. Je reste neutre, mais un frisson d'angoisse me parcourt. Je sais où McLyne veut en venir, mais je tiens désespérément de gagner du temps.

— Eh ? Il a les yeux vairons, et après ?

— Tu joues les imbéciles ou tu es vraiment stupide ? s'agace McLyne.

Un sourire en coin se dessine sur mon visage ; le voir aussi irrité me donne une satisfaction malsaine. Il capte mon sourire, et son visage se déforme de colère. Une gifle violente m'atteint alors, et je grimace. J'ai oublié à quel point le fait de jouer les malins peut faire mal. Je me frotte la joue, sentant l'énervement d'Ezickel derrière moi. Je n'ai aucune idée de ce qu'il ressent exactement, pourtant je suis sûr qu'il est aussi inquiet que moi.

— Bien sûr que tu joues les imbéciles, tu sais où je voulais en venir.

— Ouais. Jayson n'est pas Jayson, mais Ezickel, mon jumeau kidnappé il y a vingt-cinq ans.

— Comment as-tu réussi à découvrir ça alors que j'ai crypté les données pour détecter quand tu te connectes dessus... ?

— Je crois que pour une fois, tu as trop anticipé. J'ai appris à Ezickel à décoder. On a retrouvé le dossier.

Et on sait tout. Tout pour lui, et ta petite association qui promet à une famille de retrouver un enfant. On sait tout.

Un sourire satisfait se dessine sur le visage de McLyne. Mon cœur bat plus vite, et l'inquiétude rampe dans mon ventre. Je ne sais pas quand, pourquoi, ni comment, mais un drame se profile à l'horizon, je le sens au plus profond de moi. Mon regard croise celui d'Ezickel, l'inquiétude ne le quitte pas non plus, nous sommes toujours sur la même longueur d'onde... Cette sensation désagréable ne me lâche pas et elle semble atteindre mon frère également.

— Cependant, je ne comprends pas trop pourquoi Ezickel et moi payons les pots cassés de notre incapable de mère. En quoi sommes-nous responsables de son métier ?

— Je voulais lui montrer ce que ça faisait lorsqu'on perdait un enfant, sans s'y attendre.

— C'est la vie de mon frère et la mienne que tu as gâchée ! Pas la sienne ! je m'écris, le désespoir se mêlant à ma colère.

— Bien sûr que je lui ai gâché la vie. Mais, c'était amusant de te voir sombrer, Samy chéri.

Ce mot résonne dans ma tête comme une cloche. Je déteste qu'il m'appelle ainsi. Seul Ezickel a le droit de le faire. Je serre les poings, mordant l'intérieur de ma joue pour étouffer la douleur de l'humiliation.

— Ta descente aux enfers était plus que jouissive comme je te l'ai dit précédemment. Mais je t'avouerai que j'ai commencé à m'ennuyer, puis il y a eu l'affaire avec Sandy Millers. Et là, tu m'as redonné un but. Je n'en avais plus après m'être vengé de ta famille, des Down et des autres à New York.

Je tique à l'évocation de l'affaire Sandy Millers, je ne comprends pas le rapport avec lui, je suis sûr que je

295

vais vite le découvrir, il semble être trop prétentieux pour garder cela pour lui. Je me demande un instant si cette femme n'est pas sa petite amie, ou peut-être sa soeur ? Quelqu'un de sa famille ? Sa voix m'exaspère de plus en plus. Plus je l'entends, plus je le déteste.

— Comment as-tu convaincu Down de te rejoindre ?

— C'était simple : tout comme toi, il cherchait son jumeau. Je l'ai testé comme je t'ai testé, et il s'est avéré qu'il était aussi autodestructeur que toi. La différence, c'est qu'il se vengeait sur les autres, alors que toi, tu te vengeais sur ta propre personne. Alors, je lui ai promis de lui rendre son jumeau s'il m'aidait à me venger de toi. Il l'a fait, et aujourd'hui, il est mon bras droit.

J'assimile difficilement ses paroles. Des bruits de coups de feu au rez-de-chaussée me font sursauter. Mon cœur s'emballe. McLyne se retourne brusquement vers moi, et je sens des frissons d'effroi me parcourir. La porte s'ouvre soudain avec fracas. On nous tire brutalement en arrière, et, à peine remis de la secousse, je sens le froid implacable du canon d'une arme se presser contre ma tempe. Mon cœur bat à tout rompre, mais je me fige. Tout se suspend autour de moi. Devant nous, Clayton, Cameron et Austin apparaissent, leur présence inattendue, presque irréelle, percute mon esprit. Un léger sourire tente de se dessiner sur mes lèvres. Cameron a décodé mon message… ils sont là. Peut-être qu'il reste une chance, un fragment d'espoir, même si cette maigre lueur ne suffit pas à apaiser l'angoisse qui martèle mon esprit. La présence d'une arme, aussi près, rend chaque instant fragile. Une balle peut partir si vite.

— Bravo, Carter, tu es vraiment plus malin que je ne le pensais, lance McLyne avec un sourire venimeux qui me fait frémir.

Je fronce les sourcils, ce "compliment" m'arrache une grimace. Ses mots ne sont rien d'autre qu'un poison qui s'infiltre, un jeu tordu qu'il aime dominer.

— Vois-tu, j'ai aussi des comptes à régler avec l'aîné des Jones. Puisqu'il est aussi concerné par l'affaire Sandy Millers. Je voulais me venger de lui, et toi, mon cher Samy.

À peine ces mots prononcés, je sens le métal de l'arme s'enfoncer plus fort contre ma peau. Une douleur sourde, aigüe, me traverse la tempe, et malgré moi, je grimace. Mon regard cherche celui de Cameron. Ses yeux émeraude croisent les miens, et dans ce bref échange, un silence s'installe, lourd, presque tangible. Une tension électrique nous enveloppe tous. Je lis de la peur dans le regard de mon ex.

— Je suppose que beaucoup d'entre vous ne savent pas qui est Sandy, n'est-ce pas ? Mais je ne vais pas attendre de réponse, continue-t-il, le ton imprégné d'un venin mesquin. Sandy est une jeune femme qui a été victime d'agressions sexuelles il y a quelques années. Son agresseur n'est autre que votre cher supérieur, Duncan Guerreso. Bien sûr, ce dernier a été innocenté grâce à Sammaël, qui a falsifié quelques preuves et dossiers pour le disculper. Entre-temps, Sandy a consulté un psychologue à New York. Devinez son nom ?

D'un geste brutal, Brian me tire les cheveux, forçant ma tête à se pencher vers lui. La douleur est violente, mais je refuse de lui montrer la moindre faiblesse.

— Dis-leur, Samy.

Je soutiens le regard de Cameron, cherchant désespérément une réaction dans ses yeux, en un instant, je comprends qu'il sait.

— Cameron… murmuré-je, avec ce reste d'énergie qui me permet de le nommé, un espoir que mon regard lui dise ce que les mots ne peuvent plus exprimer.

— Bingo ! Cameron, notre cher Cameron, a conclu que ma fille était folle et devait être internée. Mais encore une fois, Sam, pour protéger les personnes qui comptent pour lui, a effacé la présence de Cameron dans le dossier.

Les mots de McLyne résonnent comme des gifles dans l'air. Avant que je n'aie pu réagir, il abat la crosse de son arme sur ma tempe, et une douleur fulgurante me traverse, brouillant instantanément ma vision. Je m'effondre, sentant le sang chaud se glisser le long de mon visage. Ezickel se précipite vers moi, posant ses mains tremblantes sur mes épaules pour me redresser. Mon esprit lutte pour émerger de la brume douloureuse, mais la souffrance est tenace, impitoyable. Elle s'accroche, m'empêchant de retrouver mes esprits. Je ne remarque l'absence de Down que maintenant, sinon Ezickel n'aurait jamais pu venir jusqu'à moi.

Le silence qui s'installe dans la pièce devient presque assourdissant. Une tension prête à exploser, chaque respiration menaçant de tout faire éclater. En un instant, tout peut basculer. Je le sais, et il le sait aussi.

— Vous avez fait interner ma fille alors qu'elle a réellement subi des agressions ! s'écrie McLyne, la colère déformant chaque syllabe.

Je serre les dents, tentant de ravaler la douleur lancinante qui pulse dans mon crâne. Mes pensées, malgré tout, restent suffisamment nettes pour lui faire face.

— Oui, elle a été agressée. Mais l'ADN n'était pas dans la base de données, et celui de Duncan y était, c'est obligatoire pour entré dans la police. Ce n'était pas lui. Qui l'aurait cru une fois qu'il aurait été accusé ?

McLyne lève son arme vers moi, ses yeux brûlant de rage. Je soutiens son regard, ne bougeant pas d'un millimètre. Un face-à-face où l'enjeu est ma vie. Je ne peux pas lui permettre de croire que Duncan était coupable de quoi que ce soit. Duncan a été une victime, tout comme nous.

— Et Cameron ? lâche-t-il d'une voix grondante.

— Je ne t'aurais pas laissé détruire sa carrière simplement parce que ta fille a aussi des troubles mentaux.

Ses traits se tordent de colère, une fureur incontrôlable qui enflamme ses yeux. L'arme toujours braquée sur moi ne me fait plus peur. McLyne s'est placé de façon à avoir une vue sur tout le monde, et surtout être intouchable. Je ne laisserai pas cet homme anéantir la vie de Cameron. J'ai déjà pris tous les risques pour l'en empêcher, et je le referais, mille fois s'il le fallait. Pour Austin, qui m'a supplié d'intervenir. Pour Cameron, qui compte plus que tout. Pour lui, je défierais la mort elle-même, même si cela signifie risquer tout ce qui me reste encore à perdre c'est d'ailleurs ce que j'étais déjà en train de faire.

— Tu as détruit ma vie dès ta venue au monde.

— Tu t'es plutôt bien vengé, je rétorque, la voix chargée de froideur.

C'est la vérité. Cet homme m'a enlevé tout ce qui faisait sens. Mon jumeau, ma famille. Il a presque tué Austin avec ses machinations tordues, et à cause de lui, j'ai perdu Cameron. Tout est de sa faute. Oui, Sandy était schizophrène et elle a été agressée, mais ni moi ni mes amis ne sommes responsables de cette tragédie.

Pourquoi continue-t-il à vouloir nous faire payer pour la misère de sa vie ?

— Je ne peux pas te laisser vivre heureux. Je vais être obligé de reprendre ce que tu as récupéré, Sam.

Son regard se pose sur Ezickel, et mon cœur rate un battement. Non, il ne va pas me reprendre mon frère. Il ne va pas me voler ce qui reste de ma vie encore une fois. Mon regard est happé par le point rouge qui danse sur la poitrine de mon jumeau. Une panique sourde, brutale, s'empare de moi. Je n'ai plus le temps de réfléchir. Je n'hésite pas, je me jette sur lui, le poussant de toutes mes forces.

Un coup de feu déchire l'air.

La douleur me frappe, une onde de choc qui me coupe le souffle. Je sens mon corps se déchirer de l'intérieur. Je tombe au sol, et l'impact me projette contre Ezickel. J'essaie de lui parler, de le rassurer, mais aucun son ne sort de ma bouche. Mon souffle s'est envolé, remplacé par une souffrance qui envahit mon être entier. Mon flanc brûle, chaque respiration n'est plus qu'une bataille pour survivre, et la peur me ronge de l'intérieur.

Mes mains tremblent. Je perds le fil du temps, chaque seconde se dilate. Le sol semble s'ouvrir sous moi, me tirant vers des ténèbres opaques. Autour de moi, c'est le silence, couvert par un sifflement incessant. Le reste du monde paraît soudain si lointain, irréel.

D'autres coups de feu éclatent, résonnant comme dans un rêve. Mes doigts s'attardent sur mon flanc, et lorsque je les relève, le rouge me frappe, choquant et chaud. Je comprends alors que j'ai pris la balle pour Ezickel. Une part de moi se sent soulagée malgré l'agonie. Je l'ai sauvé.

Puis la réalité me revient avec une force implacable. Le froid s'infiltre dans mes membres, un froid glacial et sans pitié. C'est étrange, je n'imaginais pas que la mort pouvait être aussi… glaciale. Ma vision se trouble, des larmes involontaires roulent sur mes joues. Est-ce vraiment comme ça que ça se termine ? Je ne voulais pas que ce soit la fin, pas comme ça.

Je veux vivre. Je veux revoir Cameron, lui dire à quel point il compte encore pour moi. Je veux que Clayton sache qu'il est comme un frère pour moi. Je veux rire une dernière fois avec Austin. Et Ezickel… Je veux qu'il sache combien il est important pour moi, que je suis heureux que nos chemins se soient retrouvés, malgré tout. Et Eriven... J'aurais aimé lui dire qu'elle m'a aidé à me reconstruire.

Le froid m'envahit, me prend tout entier. La douleur m'aspire, m'entraîne toujours plus loin dans cette obscurité sans fin. Puis je sens une présence, quelqu'un près de moi. Est-ce Cameron ? Austin ? Mon cœur faiblit, chaque battement devient un exploit, et j'ai l'impression que mes paupières sont devenues trop lourdes pour rester ouvertes.

Une pression sur ma blessure. La douleur est cinglante, intense, brutale. Un cri m'échappe, mais je l'entends à peine. Tout autour devient flou, les sons et les visages se dissolvent dans le néant. Je me sens glisser hors de ce monde. Mon cœur ralentit, chaque battement s'affaiblit davantage. Une larme solitaire coule sur ma joue, mais je ne sais même pas si elle vient de moi ou de la personne qui tente de me sauver.

Et puis, plus rien. Un silence total. Plus de douleur. Plus de froid. Plus de vie.

POV JAYSON

La panique me prend à la gorge dès que j'entends McLyne parler de reprendre ce que Sammaël a récupéré. Il va me tuer ? Un frisson glacial parcourt mon corps. Non, je ne veux pas mourir. J'ai encore tant de choses à vivre, tant de rêves à accomplir. Je veux découvrir l'amour, celui que Sam et Cameron partagent en secret, même s'ils refusent de se l'avouer. Je veux vieillir, je veux passer du temps avec mon frère que je viens à peine de retrouver. Je suis trop jeune pour que tout s'arrête ici. Pas comme ça.

Tout s'enchaîne en une fraction de seconde. Un coup de feu retentit, et mon corps est soudain projeté au sol. La douleur éclate dans ma tête lorsque je me cogne contre le parquet. J'essaie de reprendre mes esprits, mais tout est flou, comme dans un cauchemar. Sam est étendu sur moi. Il est lourd, immobile. Qu'est-ce qui s'est passé ? Pourquoi... ?

Je sens quelque chose de chaud et poisseux sur mes vêtements. Du sang. Oh non, c'est du sang. Je touche le liquide sans savoir quoi penser. Ce n'est pas le mien. Mais alors...

— Sam !

Le cri déchirant de Cameron brise le silence, et soudain, la réalité me frappe de plein fouet. Mon cœur rate un battement. Ce n'est pas mon sang. C'est celui de Sam. Mon frère a été touché. Il a pris la balle pour moi. Une vague de terreur me submerge, me laissant complètement paralysé. Sam est étendu sur moi, inerte. Il ne bouge plus. Je veux crier, mais aucun son ne sort. Tout ce que je ressens, c'est la peur, la terreur brute et pure.

Cameron se précipite vers nous, ses yeux écarquillés de panique. Il tombe à genoux près de Sam, ses mains tremblent, et je peux voir à quel point il est terrorisé. Je ne bouge pas. Je suis figé par l'horreur de la situation. Mon frère vient de prendre une balle pour me sauver, et je suis incapable de réagir. Cameron essaie de stopper l'hémorragie, ses mains se posent sur la plaie, mais Sam hurle de douleur. Ce cri me brise.

C'est insupportable. Je ressens sa douleur comme si c'était la mienne. Mon esprit vacille sous la pression ; je n'arrive plus à respirer normalement. Cameron supplie Sam de rester avec lui, ses larmes coulent sans fin. Je n'ai jamais vu Cameron aussi effondré, et ça me tue de ne rien pouvoir faire.

Puis Clayton arrive. Il essaie de me parler, mais je n'entends rien. Tout semble si lointain, comme dans un brouillard épais. Il me prend dans ses bras, tentant de me réconforter, mais je ne ressens rien d'autre que la terreur. Un cri me fait sursauter.

— Il ne respire plus !

Le cri désespéré de Cameron. Mon cœur s'arrête. Non, ce n'est pas possible... Sam ne peut pas mourir. Pas lui. Pas maintenant. Je suis son jumeau, il est tout pour moi. Si Clayton ne me tenait pas, je m'effondrerais probablement sur le sol. La douleur est insupportable. Je la sens au plus profond de moi. Cameron pleure, sa voix est brisée ; il tente de ranimer Sam, mais... et s'il était déjà parti ? Et si je l'avais vraiment perdu cette fois ?

Clayton essaie de garder le contrôle, même s'il tremble, lui aussi. Il donne des instructions à Cameron, l'encourageant à continuer le massage cardiaque. Cameron s'accroche désespérément à cet espoir, ses mains glissant sur le corps de Sam, couvertes de sang. Il est épuisé, il pleure, mais il ne lâche rien. Je ne l'ai jamais vu comme ça. Ce n'est plus seulement de la peur, c'est de la terreur, de la douleur. Il se bat pour Sam comme s'il se battait pour sa propre vie.

— Sam ! Je t'en supplie, reste avec moi !

Je n'en peux plus. Les larmes coulent enfin sur mes joues, incontrôlables. Voir Cameron dans cet état me brise complètement. Voir mon frère entre la vie et la mort, c'est insupportable. La douleur est partout, dans chaque geste, chaque souffle. Et moi, je suis là, incapable d'agir, incapable d'aider.

Le temps semble s'étirer à l'infini. Chaque seconde est une éternité. Où sont les secours ? Pourquoi ne sont-ils pas déjà là ? Je sens que Sam est toujours là, quelque part, mais il s'éloigne de plus en plus. Cameron continue de se battre pour lui, et enfin, après ce qui semble une éternité, je les entends. Les sirènes. Mais est-ce que ça suffira ? Est-ce que Sam tiendra jusqu'à leur arrivée ?

Cameron parvient à retrouver un pouls. Juste un léger battement, mais c'est suffisant pour continuer d'espérer. Les secouristes arrivent enfin, mais je suis incapable de bouger. Clayton m'entraîne doucement en arrière pour leur laisser de l'espace, mais mes yeux restent fixés sur Sam. Cameron est épuisé, mais il refuse de lâcher la main de Sam. Il le tient, comme si le fait de le lâcher signifiait perdre tout espoir. Quand Clayton l'attrape enfin pour l'écarter, Cameron s'effondre littéralement dans ses bras.

Il s'accroche à Clayton comme si sa vie en dépendait, le visage trempé de larmes. Il est brisé. Le poids de tout ce qui vient de se passer s'abat sur lui d'un coup. Ses mains sont couvertes du sang de Sam, et il les regarde, incrédule, comme s'il réalisait seulement maintenant ce qu'il s'est passé. Ses yeux cherchent désespérément une réponse, mais il n'y a rien à dire. Tout ce qu'il peut faire, c'est pleurer.

Les secouristes soulèvent Sam sur un brancard, et je reste là, vidé. Je n'ai aucune idée de ce qui va se passer ensuite. Mon frère... mon double... ils l'emportent. Est-ce que je le reverrai vivant ?

Qu'est-ce que je suis supposé faire à présent ? Suivre les secouristes ou rester ici, paralysé par la peur ? Mon regard se pose sur Cameron, devenu aussi pâle qu'un linge. Son regard semble perdu dans le vide, son corps est secoué de spasme, Clayton tente de le calmer, comme il a tenté de le faire pour moi quelques minutes auparavant. Une boule se forme dans ma gorge. Austin réapparaît, l'air perdu, ne comprenant pas ce qui se passe.

— Qu'est-ce qui s'est passé ?

Il remarque le sang sur Cameron, et je vois son regard s'assombrir alors qu'il cherche des réponses. Il analyse son frère en premier pour être sûr qu'il n'est pas blessé, puis, l'absence de Sam, le frappe subitement.

— Où est Sam ?

C'est le déclencheur. Le choc est toujours présent, mais je réalise enfin l'ampleur de la situation. La panique s'empare de moi, et je comprends que je suis en train de perdre mon frère. Austin s'approche et prend Cameron contre lui, comme pour lui offrir un peu de réconfort, mais la peur qui nous habite est trop forte.

— Il s'est pris une balle.

Les mots s'échappent des lèvres de Cameron, chargés d'une douleur insupportable.

— La balle de snipper ?

Cameron hoche la tête, les larmes aux yeux. La peur dans son regard déchire quelque chose en moi. Je ressens chaque mot comme un coup de poing dans le ventre. Austin me fixe, et je peux voir l'inquiétude se lire sur son visage.

— Dis-moi que tu as choppé ce fumier.

La colère qui émane de Cameron est palpable, et je partage son ressentiment. Je veux venger mon frère. Je veux faire payer à McLyne le mal qu'il a causé. Et surtout à Down, parce qu'il n'y a pas de doute que c'est lui le tireur.

— Il n'ira pas bien loin, commente Clayton.

— Comment tu peux en être aussi sûr ? demande Austin, la voix teintée d'angoisse.

— Sam a fait mettre un traceur sur la voiture par le biais de Eriven.

— Comment ce gars fait pour tout anticiper ? s'étonne Austin.

— Ex-délinquant, ça aide je pense, rétorque Clayton.

Le silence retombe dans cette pièce qui a été le théâtre de cette catastrophe. Je n'ose rien dire. J'ai l'impression qu'on parle de mon frère comme s'il était déjà mort, et ce n'est pas quelque chose que je peux accepter.

— Je vais à l'hôpital pour voir Sammaël. Est-ce que quelqu'un veut...

— Je viens, je coupe, déterminé.

— Je préfère me concentrer sur le type qui lui a tiré dessus. Les hôpitaux et moi, on n'est pas copains, commente Cameron, le regard noir.

— Je vais t'aider, déclare Austin.

Chacun part de son côté, et je suis Clayton jusqu'à sa voiture, le cœur battant la chamade. En voyant la Camaro garée devant la maison, une boule de stress s'installe dans ma poitrine, prête à exploser. Cameron prend place au volant, Austin à ses côtés, et le rugissement du moteur s'élève dans l'air, suivi d'un crissement de pneus qui résonne comme un coup de tonnerre dans le silence lourd. Je grimpe dans la voiture de Clayton, l'atmosphère pesante et oppressante. Mon esprit tourne en boucle, assiégé par des pensées déchirantes : Sam va-t-il s'en sortir ? Aurai-je la chance du revoir ? L'incertitude me ronge, chaque seconde s'étirant comme une éternité.

PARTIE III

CHAPITRE TRENTE-UN

Le chemin jusqu'à l'hôpital me semble interminable. Le temps s'est figé depuis que mon frère a été blessé. Je regarde le paysage défiler, mais les larmes ne cessent de couler sur mes joues. Je ne veux pas perdre mon double, celui que j'ai à peine eu le temps de connaître, moins longtemps que Clayton, Cameron ou Austin. Pourtant, je sens ce lien qui nous unit, et depuis que je l'ai vu à terre, un vide immense me ronge. C'est la sensation la plus difficile à supporter.

— Je suis content que Sam t'ait retrouvé, dit Clayton, brisant le silence pesant.

— Je ne suis pas sûr d'être content qu'il m'ait retrouvé, rétorqué-je, la colère sourde dans ma voix.

— Pourquoi ça ? s'étonne Clayton, surpris par ma réaction.

— Parce que sans ça, on ne serait pas actuellement en route pour l'hôpital, parce qu'il s'est interposé entre une balle et moi !

Je ferme les yeux, réalisant que m'énerver contre Clayton ne sert à rien. Il souffre autant que moi, je peux le voir même s'il ne le montre pas.

— Désolé.

Je tourne mon regard vers lui, et il secoue la tête.

— Non, ne le sois pas. Ta colère est normale. Tu découvres que tu as un frère, qu'on t'a arraché à ta famille, et on essaie de t'enlever ce frère que tu as toujours protégé. Si bien protégé que tu en as oublié son existence pour le mettre en sécurité. C'est normal, Ezickel.

Malgré la tristesse, la peur et la colère, je sens mon cœur se réchauffer aux paroles de Clayton. Il semble me comprendre un minimum.

— Tu n'as pas à subir ma colère… Tu souffres autant que moi dans cette histoire… Je suis désolé.

— Je ne t'en veux pas.

Un soulagement m'envahit. Je m'en voudrais de blesser Clayton à cause de mes propres émotions. Mon regard se porte à nouveau sur le paysage. La forêt laisse place à la ville, et quelques minutes plus tard, nous nous garons devant l'hôpital. Mon cœur se serre à l'idée de ce qui pourrait m'attendre. Que vont dire les médecins ? J'appréhende de descendre du véhicule et qu'on m'avoue que mon frère n'est plus de ce monde.

J'ouvre la porte et descends. Clayton est à mes côtés instantanément. Je ne sais pas s'il est là pour me soutenir ou s'il est aussi pétrifié que moi, mais sa présence me rassure un peu. Nous marchons côte à côte vers l'entrée de l'hôpital. Je fronce le nez lorsque plusieurs odeurs m'agressent. Les hôpitaux ont toujours cette odeur particulière, un mélange de produits désinfectants et d'autres senteurs que je ne peux qualifier.

Je suis Clayton jusqu'à l'accueil. C'est le meilleur endroit pour obtenir des informations. Je retiens ma respiration, craignant ce qu'on pourrait me dire.

— Bonjour, nous venons pour voir Sammaël Evans.

La secrétaire lève les yeux vers nous, un tendre sourire aux lèvres, avant de chercher sur son ordinateur.

— Bonjour. Monsieur Evans est actuellement au bloc opératoire.

Mon sang se glace. Il a fallu presque une heure pour arriver ici, et Sam est toujours en opération. Je ne sais pas ce que cela signifie, mais je suis sûr que ce n'est pas bon signe.

— C'est votre jumeau ? demande finalement la secrétaire après quelques instants.

— Oui…

Elle se penche par-dessus le comptoir pour s'assurer que personne ne peut entendre. Je fronce les sourcils, perplexe.

— Je vais vous donner des informations confidentielles, mais jurez-moi que vous garderez le silence.

— Je le ferai.

— La balle que votre frère a reçue a frôlé des organes importants, mais il ne devrait pas en souffrir. Il a perdu beaucoup de sang, mais la compression qu'il a eue l'a sauvé inévitablement.

Je hoche la tête, un peu soulagé par ces nouvelles. La vie de Sam n'est pas en danger, et c'est ce qui compte le plus pour moi. Je devrais remercier Cameron ; c'est lui qui l'a sauvé, qui s'est acharné. La panique m'avait rendu incapable de faire quoi que ce soit, au point que j'aurais pu, sans le vouloir, laisser mon double mourir. Cameron s'est jeté sur Sam pour tenter le tout pour le tout, et ça a fonctionné. Je suis frappé par tout l'amour que Cameron porte à mon frère. Il est évident qu'ils sont faits l'un pour l'autre. Personne ne peut séparer des âmes sœurs, c'est impossible.

Clayton et moi nous installons dans la salle d'attente, attendant le retour de Sam du bloc. Le temps semble terriblement long. Je n'arrive pas à patienter ; je tourne en rond jusqu'à ce que je reçoive un SMS.

SMS : Des nouvelles de Sam ?

C'est Cameron. Même s'il traque le tireur, il prend le temps de se renseigner sur l'état de Sam.

SMS : Tu peux être fier de toi, tu as évité une hémorragie qui aurait pu lui être fatale.

SMS : Je suis sur le parking, tu peux sortir un instant ?

Je fronce les sourcils à la demande de Cameron, mais je ne discute pas. Je préviens Clayton que je sors quelques minutes. En quittant le hall d'entrée, je repère Cameron au loin. Je m'avance vers lui et m'installe sur le banc à ses côtés.

— Je pense qu'il faut qu'on parle.

— Inutile de gaspiller ta salive, Cam, je sais.

— Pardon ? Savoir quoi ?

— Sérieusement, tu es raide dingue de mon frère. Tu donnerais ta vie pour lui. J'ai été totalement secoué par ta détresse lorsque tu l'as vu par terre…

Cameron ferme les yeux à ce souvenir, et je m'en veux presque instantanément de lui faire revivre ce moment.

— Mais l'amour que tu me portes ne sera jamais aussi fort que celui que tu portes à Sammaël. Et en toute honnêteté, je ne veux pas être celui qui vous sépare. Nous avons vécu une belle histoire d'amour. Tu étais un petit ami exceptionnel. Mais quand deux âmes sœurs sont faites pour être ensemble, personne ne devrait les séparer. Peut-être qu'il est encore trop tôt pour vous rendre compte à quel point vous vous aimez. Peut-être qu'il y a encore trop de rancœur entre vous malgré l'apaisement. Je reste persuadé que quoi qu'il se passe, vous finirez ensemble, parce que ça ne peut en être autrement. Peut-être pas demain, peut-être dans dix ans, peut-être que vous aurez chacun votre vie de votre côté, mais vous finirez toujours par vous retrouver. L'amour que vous vous portez est véritable. Vous n'étiez pas assez matures pour vous en rendre compte, et c'est probablement pour cette raison que ça vous a autant détruits.

— C'est tellement niais.

Je lâche un petit rire, mais la voix tremblante de Cameron ne trompe personne, ni la larme sur sa joue. Je le prends dans mes bras. Notre histoire est belle, cependant, elle ne peut pas être aussi belle que celle de Cammaël. J'embrasse son front avec tendresse.

— Je te souhaite d'être heureux.

— Merci, merci pour tout.

Je lui offre un sourire en guise de réponse, alors qu'il se lève pour partir.

C'est douloureux de laisser partir l'homme que j'ai aimé pour une autre personne, mais je dois me rendre à l'évidence : nous n'aurions jamais pu être heureux ensemble. Finalement, Cameron m'a aimé parce que je suis le jumeau de Sam et que je lui rappelle irrémédiablement ce dernier, sans comprendre pourquoi. Aujourd'hui, je sais pourquoi.

Je retourne à l'intérieur de l'hôpital pour rejoindre Clayton. Il est toujours assis dans la salle d'attente. Rien n'a changé. Et si l'opération ne se passait pas aussi bien que la secrétaire le pensait ? Si quelque chose s'était mal passé ? Je soupire pour évacuer ce stress avant de me rasseoir près de Clayton. L'instant d'après, sans que je ne comprenne comment ni pourquoi, je me retrouve dans les bras du meilleur ami de mon frère. Étrangement, je m'y sens vraiment bien. Ce n'est pas comme lorsque Austin me console. C'est une peine différente, une peine partagée, une peur partagée, un être partagé.

Les heures passent, et elles se ressemblent étrangement. Pas de nouvelles de Sam, et cela commence à être vraiment long pour moi. Clayton finit par s'endormir contre mon épaule. Je ne fais rien pour le chasser ; il a besoin de se reposer, alors je ne vais pas m'opposer à cela. Le silence qui règne dans la salle me rend nerveux. Nous sommes presque seuls ici, et c'est assez déroutant. Néanmoins, le calme est toujours mieux que des gens qui hurlent pour toutes sortes de problèmes. Le seul point négatif, c'est que je ne pense qu'à mon frère, au lieu de me distraire avec d'autres personnes.

J'entends les portes s'ouvrir et le nom de famille de mon frère, qui est probablement le mien également. D'ailleurs, est-ce Evans ou Carter ? Peu importe, j'y réfléchirai plus tard. Je réveille Clayton.

— Monsieur Evans ?

Je me lève d'un bond pour m'approcher du médecin.

— L'opération s'est bien passée. La chambre de votre frère est la 741. Il n'est pas encore réveillé, mais vous pouvez aller le voir.

Mon cœur s'enflamme de la meilleure des façons à l'annonce du médecin. Je le remercie, et l'instant d'après, je marche d'un pas pressé dans les couloirs, accompagné de Clayton. La chambre 741 se dresse devant nous. J'ouvre la porte. Je sais que mon frère ne sera pas réveillé, mais je ne m'attendais pas à le voir relié à toutes ces machines et à ces tuyaux. Mon cœur se serre à ce constat. Je m'approche à pas feutrés dans la pièce. Je m'assois sur le fauteuil à côté de Sam. Je lui prends la main avec délicatesse.

— Hey. Je sais que tu n'es pas encore réveillé, et j'ai hâte que tu ouvres tes jolis yeux bleus. Tu ne peux pas savoir la peur que tu nous as fait.

Je sens plus que je ne vois Clayton prendre place derrière moi, comme un grand frère qui veille sur moi. Sa présence est tellement rassurante. Je comprends pourquoi mon frère l'adore autant. Je tourne mon regard vers Clayton, qui vient d'embrasser le front de Sam.

— Merci.

Clayton tourne le regard vers moi, ne comprenant pas mes remerciements. Le pli de son front le prouve.

— D'avoir veillé sur lui, d'avoir pris soin de lui, d'avoir été là lorsqu'il n'allait pas bien. D'avoir été un grand frère pour lui. Je suis sûr qu'il ne serait pas l'homme qu'il est sans toi.

— Il m'a rendu meilleur aussi, tu sais. Sans lui, je n'aurais jamais eu la volonté de me battre pour faire ce que je voulais. Mes parents y étaient opposés. Mais Sam m'a poussé, et aujourd'hui, je suis un homme comblé. Mes parents l'adorent. Ils l'ont toujours considéré comme un deuxième fils. Ils l'ont accueilli chez eux lorsque les parents de Sam… Vos parents, rectifie-t-il, ont commencé à le rabaisser. Sam montre le meilleur de nous ; il nous prouve qu'on peut tout réussir. Et aujourd'hui, je pense que c'est d'autant plus vrai, parce que grâce à sa détermination, il a enfin réussi à retrouver sa moitié.

Je suis ému par les paroles de Clayton. Je souris doucement. Mon frère semble être quelqu'un d'exceptionnel ; je ne le connais que depuis quelques semaines. Mais déjà, il m'a poussé à être ce que je veux, il m'a encouragé alors que tout semblait déjà tracé. Sam se montre sans cœur, il ne laisse rien l'atteindre, et c'est finalement lui qui donne le plus dans ce bas monde. Je comprends pourquoi Cameron l'aime si fort, pourquoi Austin le considère comme un grand frère quand le sien n'est pas présent. Je comprends pourquoi tout le monde l'apprécie.

— Je pense… Non… Je suis sûr que si je l'avais perdu, j'aurais tout abandonné. Sans Sam, je ne vois pas l'intérêt de me battre. Je ne peux pas… Je ne peux pas vivre sans lui. Et clairement, si j'avais été gay, je suis sûr que je serais tombé amoureux de lui.

Je ricane à la blague vaseuse de Clayton.

— Tu n'aurais eu absolument aucune chance face à Cameron.

— Ne remue pas le couteau dans la plaie, s'il te plaît. Je suis quand même plus sexy, merde.

— Même pas en rêve.

C'est la voix de Sam qui nous fait sursauter tous les deux. Nous nous retournons comme un seul homme vers l'homme allongé dans le lit.

— Ça fait toujours plaisir à entendre, se vexe faussement Clayton.

Il a retrouvé des couleurs en découvrant son meilleur ami réveillé. Un réel soulagement s'installe sur ses traits. Je me rends compte d'à quel point Clayton tient à mon frère. Sam est bien entouré. J'ai un peu l'impression de briser le cercle en me greffant dedans.

— D'empêche que tu as une sale tronche, lâche Clayton.

Sam lève les yeux au ciel à la réponse de son meilleur ami. Je n'ai pas lâché la main de mon jumeau ; je n'ai pas la force de le faire, et Sam a resserré sa main dans la mienne. Il ne semble pas dérangé par ce contact.

Je souris doucement, soulagé que mon double aille bien. Je sais que ma vie ne sera plus jamais la même, et sans lui, ça aurait été encore pire. Je ne ressens qu'un léger manque lorsque je ne le connais pas. Mais maintenant que je l'ai connu et que je connais la vérité, je sais que j'aurais été dévasté par la mort du second.

— Où sont Austin et Cameron ? s'inquiète finalement Sam.

— Toujours pour Cameron, fait Clayton en levant les yeux au ciel.

— Ils sont partis à la recherche du tireur, réponds-je.

Je remarque que Sam semble un peu contrarié par ma réponse, et je ne sais pas pourquoi. Est-ce l'absence du bouclé qui le met dans cet état ? Ou bien le fait qu'Austin et Cameron soient partis après celui qui l'a blessé ?

— Pourquoi cet air contrarier, Sam ? Tu sais que tu vas avoir des rides.

— Tu sais que si Cameron le trouve, il va le buter.

— Austin ne le laissera pas faire.

— Austin sera peut-être celui qui le tuera, je contre.

Clayton me regarde étrangement. J'ignore pourquoi il me fixe ainsi. Sam ne semble pas surpris par ma réponse. Le pense-t-il aussi ?

— Je pense que Cameron et Austin vont, pour une fois, s'associer pour provoquer l'irréparable. Donne-moi ton téléphone.

Je ne sais pas à qui s'adresse mon frère, mais je lui tends mon téléphone par réflexe. Je le vois taper frénétiquement dessus. Et l'instant d'après, mon portable sonne. Je le prends pour décrocher.

— Oui ?

— On a perdu la trace du GPS ! crache Cameron, hors de lui.

— Comment est-ce possible ? demande-je innocemment, feignant de ne pas comprendre.

— J'en sais rien, le signal a subitement disparu, comme s'il était redevenu un fantôme, comme si Sammaël avait coupé... Cameron se tait. Passe-le-moi.

— De quoi ? Qui ça ? questionne-je.

— Passe-moi Sammaël !

— Je te ferai remarquer que mon frère n'est pas encore réveillé, alors non, je ne peux pas te le passer !

Je raccroche au nez de Cameron avant de soupirer.

— Tu l'as rendu fou.

— Je sais. Mais c'est pour leur bien à tous les deux.

Je hoche la tête positivement ; je suis d'accord avec Sam, mais je suis sûr que Cameron se vengera de ça. Surtout lorsqu'il comprendra que oui, c'est bien Sam le responsable.

Quelques jours plus tard.

Le lendemain de son entrée à l'hôpital, Sammaël est héliporté à Los Angeles. C'est mieux pour tout le monde : les soins, les questions de la police, et tout le reste. Les jours qui suivent se ressemblent tous. Je jongle entre le travail, l'hôtel et les visites à Sam à l'hôpital. Mon frère a vraiment du mal à rester allongé dans un lit à ne rien faire. Je lui apporte un ordinateur pour qu'il s'ennuie moins, mais ce n'est pas suffisant. Il sort en cachette pour fumer, et je le sais parce que je le couvre presque toujours. On ne peut pas demander à un fumeur compulsif de s'arrêter aussi facilement.

Austin vient voir Sam plusieurs fois, mais il ne s'attarde jamais très longtemps. Cameron, quant à lui, devient un fantôme. Seul Austin a quelques nouvelles, mais jamais il n'est venu voir Sam.

Assis sur un banc à l'extérieur de l'hôpital, je profite du temps radieux. Le soleil brille de mille feux, et la chaleur réchauffe l'atmosphère. Aujourd'hui, Eriven doit venir voir Sam. Je remarque qu'elle semble beaucoup moins enthousiaste à l'idée de le voir qu'elle ne l'était quelques semaines plus tôt. La jeune femme est d'ailleurs moins présente à Los Angeles. Je ne sais pas exactement ce qui se passe entre eux. Je sais qu'ils ont une relation, mais je n'ai aucune idée de sa nature, qu'elle soit purement sexuelle ou autre. Je n'ai pas posé la question à mon frère, et je n'ai pas envie de le faire, car ça ne le regarde pas. La dernière fois que j'ai posé une question aussi directe à mon jumeau, il s'est violemment cogné la tête. Je ris intérieurement à cette pensée.

Je ferme les yeux pour savourer la chaleur du soleil sur mon visage. Je sens quelqu'un s'asseoir à côté de moi, mais je ne rouvre pas les yeux. J'ai l'impression que la personne qui s'est installée à mes côtés n'est pas néfaste, et je n'ai donc aucune raison de quitter ce moment agréable.

— Agréable journée, n'est-ce pas ?

Je rouvre les yeux pour croiser le regard du garçon qui vient de parler. J'en suis immédiatement captivé. Ses cheveux blonds platine et son regard gris métallique m'avalent. Je suis incapable de répondre pendant un instant.

— Pardon, je ne voulais pas vous déranger, sourit-il.

— Non... Non, pas du tout. Vous ne me dérangez pas, me reprends-je difficilement.

— Je m'appelle Tyron. Tyron Greyson.

— Enchanté, bafouille-je, intimidé. Je m'appelle Ezickel.

— Moi de même. J'aime beaucoup vos yeux, monsieur Ezickel. Je dois avouer que je vous observe depuis plusieurs jours sans oser venir vous parler.

— Je... Merci, rougis-je.

Je me sens redevenir cet adolescent qui rougit dès qu'on lui fait un compliment. Je suis d'autant plus surpris qu'un garçon s'intéresse à moi.

— Je dois retourner travailler, mais c'était un plaisir de vous rencontrer, monsieur Ezickel.

Il me sourit avant de disparaître. Mon cœur s'emballe, et je ne me suis jamais senti aussi guimauve qu'à ce moment précis. Je soupire, blasé par ma réaction, avant de me lever et de retourner à la chambre de mon sosie. En entrant, je le trouve endormi. Un sourire se dessine sur mes lèvres. Je lui embrasse le front et laisse un mot pour lui signaler que je dois retourner travailler, que je repasserai probablement dans la soirée.

Je rejoins le poste de police quelques minutes plus tard. L'ambiance y est étrange. Est-ce parce que je travaille maintenant dans ces locaux ? J'ai demandé à Guerreso si je peux rester à Los Angeles, et Duncan a accepté. Je cherche donc un appartement dans la ville, mais je n'en ai pas encore parlé à Sam. Je ne sais pas trop comment il prendra la nouvelle. Nous n'en avons parlé qu'une seule fois, et aucun de nous ne savions quel lien nous avions. Cependant, je n'ai aucune envie de quitter Los Angeles.

À mon arrivée au bureau, Clayton m'accueille avec un visage fermé. Instantanément, je sens une alerte en moi. Je ne sais pas ce qui se passe, mais en l'espace d'une seconde, tous mes membres se tendent.

— Qu'est-ce qui se passe ? demandai-je, presque hésitant.

— On a un meurtre sur les bras.

— Ce n'est pas nouveau, les meurtres...

— Non, mais ce sont les deux gamins qui ont été enlevés...

— Quoi ?!

J'ai l'impression de manquer d'air. Les enfants avec qui nous avons été enfermés ont été tués ? Pourquoi ? Ils ont pourtant été relâchés après que Sam ait été emmené à l'hôpital. Que s'est-il passé entre le moment où ils ont été rendus à leurs parents et maintenant ?

— Comment ? je questionne.

Vais-je vraiment vouloir savoir la réponse ? Non, mais je suis obligé de le faire pour résoudre cette enquête.

— Une balle de sniper dans la tête... Le même calibre qui...

— Le même calibre qui a tiré sur Sammaël, intervient Cameron passablement en colère.

Je sursaute en entendant la voix de mon ex-petit ami. Je ne l'avais pas vu arriver. Je me tourne vers lui.

— Tu es sur l'affaire ? m'étonne-je.

Je vois Eriven arriver dans le bureau, suivie d'Austin et Dana.

— Je ne l'ai pas quitté. Il faut qu'on retrouve Down. On est sûrs que c'est lui qui a tué ces pauvres gosses. J'aimerais que tu évites d'en parler à Sam.

— Et pourquoi ça ? Je te rappelle que c'est l'une des personnes qui peut le plus nous aider !

— Oui, et qui serait le plus affecté par la mort de ces enfants ! s'énerve Cameron.

— Il a le droit de savoir, et je ne lui cacherai pas !

— Il va vouloir reprendre l'enquête, putain ! J'ai pas envie qu'il se mette une nouvelle fois en danger, merde !

— Il est en danger de toute façon ! je m'emporte à mon tour.

— Les gars ! intervient Austin.

Austin reçoit deux regards assassins. Il désigne une personne derrière nous. Cameron et moi nous retournons comme un seul homme et faisons face à Sammaël.

— Mais... Qu'est-ce que tu fais ici ? Tu devrais encore être à l'hôpital !

— Je suis sorti.

— Et j'ai été le chercher, surenchérit Duncan Guerreso.

— Et pourquoi avez-vous fait ça ? s'agace Cameron.

— Parce qu'on a besoin de lui sur cette enquête, d'une part, et ensuite, il a été autorisé à sortir, je m'en suis assuré auprès de l'infirmière. C'est moi qui donne les ordres, et vous, monsieur Jones, vous n'êtes même pas de la police.

— Vous avez besoin de moi !

— Et j'ai aussi besoin de Sam. Donc, ne discutez pas mes ordres.

Le silence s'installe de nouveau. Sam s'approche du dossier qui est sur le bureau. Il va le prendre, mais la main de Cameron se pose sur la sienne. Je vois l'échange de regard entre eux, un véritable combat de regards. Finalement, Cameron se décale pour laisser passer Sam.

CHAPITRE TRENTE-DEUX

POV SAMMAËL
Quelques jours plus tard.

Je n'en peux plus d'être à l'hôpital. Je ne peux pas fumer comme je veux, je ne peux pas me déplacer comme je veux, et je n'ai droit qu'à des repas dégueulasses. Je tourne en rond dans ma chambre. Parfois, je me connecte à l'ordinateur que mon jumeau m'a apporté, mais je m'en lasse rapidement. Jusqu'à ce que je reçoive un message de Guerreso.

"Salut Sam, je sais que tu es toujours à l'hôpital, mais j'ai vraiment besoin de ton aide sur une enquête."

Je fronce les sourcils à la lecture de son message. Je me demande ce qui peut se passer. Mon frère est parti depuis quelques heures à peine, et déjà on a besoin de moi. Je réponds finalement à mon ex-petit ami.

"Salut. Qu'est-ce qui se passe ?"

Je n'ai pas à attendre longtemps avant que le téléphone fixe de ma chambre d'hôpital sonne, me faisant sursauter. La douleur dans mon flanc s'intensifie, et je siffle avant de décrocher.

— Tu viens de me coller la frayeur de ma vie.

— Pardon... Mais comme je n'ai pas d'autres moyens de te parler...

— Ouais. Qu'est-ce qui se passe ? Je reprends.

— Les gosses qui ont été enlevés ont été rendus à leurs parents, mais ils ont été retrouvés avec une balle dans la tête ce matin...

Mon cœur se serre à cette nouvelle. J'ai tellement voulu protéger ces enfants que je n'avais pas pensé qu'une fois chez eux, ils seraient à nouveau en danger. Néanmoins, je n'aurais pas dû être surpris. Après tout, je n'ai pas encore trouvé Down.

— Le même sniper ? je demande douloureusement.

— Malheureusement. Je sais que tu avais collé un traceur sur sa voiture. Mais, je sais aussi par Ez' que tu as désactivé sa localisation quand Cameron et Austin sont partis à sa recherche. Je crois, Sam, qu'il est temps que tu réactives le GPS.

— Je... Ouais, sauf que je ne peux plus le faire.

— Comment ça ?

— Il a dû s'en apercevoir, parce que dès que Cameron a appelé pour dire qu'il avait perdu sa trace, j'ai réactivé pour garder un œil sur lui, mais... Rien, plus de signal.

— Merde... Je pense qu'on va quand même avoir besoin de toi.

— Alors viens me libérer de cet enfer, je crois que je préfère encore la prison...

— Je...

— Duncan, tu veux mon aide ou pas ? Ma condition, c'est : ne plus être ici.

— Ok... Mais qu'est-ce que je dis à ton frère ?

— Que tu as eu l'autorisation de l'infirmière.

— Tu me demandes de lui mentir ?

— Tu préfères te démerder tout seul sur cette enquête ? Je m'agace.

— C'est bon. Je suis là dans cinq minutes, concède Duncan.

Je soupire de soulagement à cette nouvelle avant de raccrocher le téléphone. Je n'en peux plus d'être ici, je tourne en rond. J'ai besoin d'être ailleurs, de pouvoir faire ce que je veux. J'enlève les vêtements de l'hôpital pour enfiler mes propres affaires. Les mouvements sont douloureux, m'arrachant des grimaces de douleur. Je suis prêt à partir.

Cinq minutes plus tard, quelqu'un frappe à ma porte, alors j'ouvre sans hésitation. Je fais face à Duncan, qui n'a pas menti. Il est là, papier en main, ce qui signifie que je suis enfin libre. Je ne perds pas une seconde pour quitter la chambre, Duncan sur mes talons. Bien vite, nous regagnons sa voiture.

— Je te préviens, tu te démerdes avec Jones et Sullivan.

— Ils te font si peur ? je m'amuse.

— Carrément ouais ! L'un m'a menacé de mort si je t'acceptais avant la fin de ta convalescence, et l'autre de m'émasculer si je te parlais de cette enquête.

— Merveilleux, tu vas finir émasculé et mort, je me moque.

— Hilarant, vraiment, Evans, je suis mort de rire.

Non, Duncan ne rit pas, mais il a ce sourire en coin qui ne trompe personne, et certainement pas moi. Je lui souris en retour. La route jusqu'au poste de police me semble presque interminable. J'ai passé tellement de temps à l'hôpital à ne rien faire que même être dans une voiture devient insupportable.

Une fois arrivés au poste, nous montons les escaliers menant au bureau de Clayton. Nous arrivons dos à Clayton, Cameron et Ezickel. Austin me fait face, donc je suis sûr que mon ami m'a vu. Je ne perds pas une miette de la conversation. C'est étrange d'être à l'écart et en même temps dedans.

— Je ne l'ai pas quitté, il faut qu'on retrouve Down. On est sûr que c'est lui qui a tué ces pauvres gosses. J'aimerais que tu évites d'en parler à Sam.

— Et pourquoi ça ? Je te rappelle que c'est l'une des personnes qui est le plus susceptible de nous aider ! s'indigne Ezickel.

— Oui, et qui serait le plus affecté par la mort de ces enfants ! s'énerve Cameron.

— Il a le droit de savoir, et je ne lui cacherai pas !

— Il va vouloir reprendre l'enquête, putain ! J'ai pas envie qu'il se mette une nouvelle fois en danger, merde !

— Il est en danger de toute façon ! s'énerve Ezickel à son tour.

— Les gars ! intervient Austin.

Austin reçoit deux regards assassins. Il désigne une personne derrière eux. Ezickel et Cameron se retournent comme un seul homme et me font face. Je vois Cameron blanchir à cette découverte. Je ne sais pas comment je dois prendre les paroles de mon ex-petit ami. Je sais qu'il est touché ; il a vraiment souffert quand il a cru me perdre. D'ailleurs, c'est même Cameron qui m'a sauvé la vie, et je lui en serai éternellement reconnaissant. Mais, quelque part, pour ces gosses, je me dois de résoudre cette enquête.

— Mais... Qu'est-ce que tu fiches ici ?! Tu devrais encore être à l'hôpital !

— Je suis sorti, je réponds d'un calme olympien.

— Et j'ai été le chercher, surenchérit Duncan Guerreso.

— Et pourquoi avez-vous fait ça ? s'agace Cameron.

— Parce qu'on a besoin de lui sur cette enquête, d'une part, et ensuite, il a été autorisé à sortir, je m'en suis assuré auprès de l'infirmière. Ensuite, c'est moi qui donne les ordres, et vous, monsieur Jones, vous n'êtes même pas de la police.

— Vous avez besoin de moi !

— Et j'ai aussi besoin de Sam. Donc, ne discutez pas mes ordres.

Le silence se fait à nouveau entendre. Je m'approche du dossier sur le bureau, je vais le prendre, mais la main de Cameron se pose sur la mienne. Je le défie de m'interdire de mettre le nez dans l'affaire. Le bouclé m'affronte du regard un instant, et après quelques secondes de silence et de lutte, Cameron consent à baisser la garde. Il lâche le dossier pour que je puisse le regarder. J'ouvre le dossier, et les seuls éléments que nous avons confirment que les balles sont les mêmes que celles qui m'ont blessé. Je passe par réflexe ma main sur ma blessure. Le plus vieux des Jones capte mon geste et attrape une chaise, me forçant à m'asseoir. Je regarde Cameron un instant. J'ai du mal à comprendre le comportement de mon ancien petit ami. Il semble très contrarié de me voir ici. Clayton, resté silencieux jusqu'à présent, prend la parole.

— Sam, je peux te parler un instant ?

Je relève le regard vers mon meilleur ami et hoche la tête positivement. Je quitte le bureau pour suivre mon ami dans une pièce vide. Me lever me fait mal, la douleur me tiraille encore beaucoup trop, mais je m'efforce de ne rien montrer. Je ne suis pas sorti de l'hôpital pour y retourner immédiatement.

— Qu'est-ce qui se passe ? je demande, intrigué.

— Comment tu es sorti ?

— Guerreso te l'a dit.

— La vérité, Sam, s'agace Clayton.

— Guerreso te l'a dit, je répète plus durement.

Clayton soupire. Je ne parlerai pas. Nous le savons tous les deux, et c'est bien le problème.

— Tu es vraiment une tête de mule.

Le sourire en coin de Clayton trahit son amusement, et je sais que j'ai gagné cette bataille, mais pas la guerre. Je dois faire attention de ne pas baisser ma garde trop facilement.

— Je crois que tu n'arrêtes pas de me le dire, j'affirme.

— Je sais... J'envisage d'organiser un repas pour ce week-end. Je pense qu'on a tous besoin de s'éloigner un peu de cette enquête. Alors, je voudrais que tout le monde vienne chez moi pour manger, passer un bon moment... Tu crois que les autres accepteraient ?

Je regarde un instant mon meilleur ami, une impression sourde que quelque chose se cache derrière ses mots. Néanmoins, je n'affirme rien et préfère m'abstenir de l'interroger. J'hausse simplement les épaules, ce qui me tire une grimace de douleur, je dois faire attention à mes gestes désormais.

— Je suis d'accord avec toi, cette enquête nous ronge tous autant que nous sommes... On a besoin d'un break.

— J'aimerais que tu arrives à convaincre Cameron de venir.

— Je te demande pardon ?

Dire que je suis étonné par la demande de mon meilleur ami est un euphémisme. Et pour cause, Clayton et Cameron ne sont pas amis, ils se tolèrent, et parfois pas toujours.

— Je crois qu'il a assez souffert lui aussi... J'ai... J'ai vraiment peiné à le faire te lâcher pour que les secours te prennent en charge... Ses cris quand il t'a vu à terre... Je t'assure que c'était horrible.

Le visage de Clayton réussit facilement à me convaincre. Il semble encore hanté par cette vision. En fait, malgré le fait que je sois mal en point, j'ai encore le frisson du cri de Cameron même s'il me semblait affreusement loin.

— J'essayerais de le convaincre. Mais tu sais comme il est.

— Oui, mais je sais aussi comme tu es, et que tu sauras le convaincre, il le faut Sam.

— Tu n'es pas censé m'éloigner de lui ?

— Je ne peux pas éloigner deux âmes qui s'aiment, même si je le voudrais de toutes mes forces, je ne ferais que du mal, et mon but, ce n'est clairement pas de vous faire souffrir. Pour une fois, j'aimerais te voir heureux, vraiment heureux, et ce n'est pas avec Eriven que tu l'es, mais avec Cameron. Et puis, vous avez assez souffert tous les deux.

Je reste un instant songeur aux paroles de Clayton. Il quitte la pièce, me laissant seul avec mes pensées. Je m'assois sur le bureau derrière moi, les yeux fixés dans le vide. Je reprends conscience quand une silhouette entre dans mon champ de vision. Le parfum familier me révèle immédiatement son identité. C'est Cameron. Il est là, appuyé contre le chambranle de la porte, son regard émeraude accrochant le mien. L'éclat de ses yeux rencontre le bleu des miens, comme toujours. Et, comme toujours, son regard me trouble. Mon esprit se brouille, incapable de réfléchir correctement.

— Je ne veux plus jamais devoir te sauver, Sam... Je ne veux plus jamais te voir à terre, recouvert de sang, de ton sang ! dit-il, la voix tremblante.

Mon cœur se serre violemment. Les larmes de Cameron me brisent. Voir mon ex pleurer a toujours été insupportable pour moi, une douleur vive, comme des aiguilles plantées directement dans mon cœur. J'esquisse un geste vers lui, mais il est plus rapide et se précipite dans mes bras. Je le serre contre moi, fort, comme si je pouvais apaiser son chagrin.

— Je suis désolé, murmuré-je à son oreille.

Je lui caresse doucement le dos tandis que je le sens renifler dans mon cou. Je ne sais pas si c'est à cause de sa tristesse ou s'il se laisse simplement envahir par mon odeur. Peut-être un peu des deux. Avoir Cameron dans mes bras, c'est comme retrouver ma place dans le monde, comme si tout devenait enfin juste et équilibré. Je dépose un baiser sur son front. Il a pris soin de ne pas appuyer sur mes flancs blessés. Je respire son odeur un long moment, presque rassuré par ce lien qui semble persister malgré tout.

— Clayton veut organiser un dîner, un moment pour qu'on se détache un peu de cette enquête. Elle nous consume. Ce serait l'occasion de tous se retrouver, de passer du temps ensemble. Il aimerait que tu viennes.

— Moi ? Il veut que *moi* je vienne ? dit-il, entre deux reniflements. Tu es sûr qu'on parle de Clayton Sullivan, ton meilleur ami ?

— Arrête de te moucher dans mon pull, grogné-je à moitié, juste pour la forme. Oui, Clayton. Tu sais, le gars qui, j'en suis sûr, finira avec ton frère.

— J'aime bien tes pulls en guise de mouchoir, tu devrais le savoir depuis le temps, plaisante Cameron. Et non, il ne finira pas avec mon frère, il est amoureux de Dana.

— Tu es obligé de briser mes rêves ?

— Toujours. Sinon, tu prendrais la grosse tête, Evans.

Je souris en coin quand il m'appelle ainsi. Il finit par se détacher de moi, juste assez pour plonger son regard dans le mien.

— Je t'aime, Sam. De tout mon être. Quelqu'un m'a dit un jour qu'on était des âmes sœurs, qu'on finirait toujours par se retrouver. Peut-être qu'on doit d'abord faire notre vie chacun de notre côté, mais quoi qu'il arrive, on finira ensemble. C'est une évidence. L'amour qu'on se porte est réel. On n'était juste pas assez mûrs pour s'en rendre compte à l'époque, et c'est sûrement pour ça que ça nous a autant détruits. Et bon sang, j'ai tellement envie d'y croire.

— C'est tellement niais, répliqué-je, touché malgré tout.

Cameron rit doucement. Je suis perdu à ses paroles. Il ne m'a jamais parlé ainsi, et je ne comprends pas pourquoi il le fait maintenant, alors que nous ne sommes plus ensemble.

— Étrangement, c'est ce que je lui ai répondu, murmure-t-il avec un sourire.

Je pose mon front contre le sien. Ses mots s'insinuent sous ma peau, comme une douce drogue. J'ai envie d'y croire, moi aussi. Je ne me vois pas aimer quelqu'un d'autre comme j'ai aimé Cameron. Nos souffles se mêlent un instant, puis il se recule. Je ferme les yeux, essayant de retrouver ma contenance.

— Je prévois de retourner à New York la semaine prochaine. Je ne peux plus continuer sur cette affaire. On s'aime, c'est évident, mais on s'est trop détruits pour être sereins dans notre relation pour l'instant. Il nous faut du recul. Mais je vais être égoïste... Je ne peux pas rester ici à te voir heureux avec quelqu'un d'autre. L'idée que tu puisses aimer une autre personne aussi fort que tu m'as aimé me détruirait. Alors, je préfère partir, ignorer ce qui se passe dans ta vie. Peut-être qu'un jour, on se retrouvera.

Ses mots me blessent plus profondément que je ne l'aurais voulu. C'est terrible comme mes émotions fluctuent, surtout quand il s'agit de Cameron. Mais je comprends où il veut en venir. Moi non plus, je ne supporterais pas de le voir heureux avec quelqu'un d'autre. Cameron s'approche encore et, sans prévenir, il m'embrasse. Je réponds à son baiser presque instantanément. C'est doux, et douloureux en même temps. Comme un baiser d'adieu. Il est chargé d'amour, et étrangement salé.

Quand ses lèvres quittent les miennes, il effleure mes joues. Le frisson qui me parcourt me fait comprendre que ce sont mes propres larmes qui ont rendu ce baiser salé.

— Je ne t'ai jamais vu pleurer pour moi, Sam... Ce n'est pas un adieu, je te le jure, juste un au revoir.

Alors pourquoi ça fait aussi mal que s'il disait qu'on ne se reverrait jamais ? Je plonge à nouveau mon regard dans le sien. L'idée que je ne verrai plus son sourire, que je ne sentirai plus son parfum, que je ne tremblerai plus sous son toucher me déchire. Ses mains quittent doucement mon visage, et Cameron finit par s'éloigner.

— Je serai là pour le dîner de Clayton, dit-il, sa voix déjà lointaine.

Je reste dans la pièce, seul. Une tornade châtain vient de passer, balayant tout sur son passage. J'essuie mes larmes, bien malgré moi. Pourquoi ai-je l'impression que Cameron vient de rompre avec moi, alors que nous n'étions déjà plus ensemble ? Pourquoi c'est aussi douloureux ? C'est comme si on m'arrachait le cœur pour le piétiner. Même la balle que j'ai reçue me semble me faire moins mal que ça.

Je soupire avant de me redresser. Je dois me ressaisir. Après tout, je suis avec Eriven maintenant. Je n'ai pas le droit de me laisser autant affecter par une histoire du passé. Peut-être que Cameron et moi sommes destinés à nous retrouver un jour, mais pour l'instant, il ne veut plus faire partie de ma vie. Je dois l'accepter, même si c'est loin d'être simple.

Je quitte le bureau sans dire un mot, avec le sentiment d'être dans un brouillard épais. Chaque pas me pèse, et je ne peux m'empêcher de penser à tout ce qui s'est passé durant cette enquête. J'ai retrouvé mon frère, une part de moi que je croyais perdue à jamais. Mais en retour, j'ai perdu tellement plus. Mon cœur a été brisé, et la douleur ne cesse de m'envahir. La présence de Cameron, ses mots, tout a été amplifié, comme une lame s'enfonçant toujours plus profondément dans ma chair. J'ai le sentiment d'avoir été trahi, manipulé. Et pourtant, je ne peux m'empêcher de l'aimer encore. Je pense surtout que malgré tout ce qui a pu se passer, je n'ai jamais cessé de l'aimer.

Quand j'entre dans le bureau de Clayton, je sens immédiatement l'atmosphère pesante. Cameron n'est plus là, mais Austin me fixe du coin de l'œil. Je n'ose pas croiser son regard. À quoi bon ? Ezickel, fidèle comme toujours, pose une main légère sur le bas de mon dos. Ce geste silencieux est suffisant, un rappel que je ne suis pas totalement seul. Mais même ce réconfort semble bien faible face à l'ouragan émotionnel qui me dévaste.

Eriven est là aussi, son regard m'attrape un instant. Il n'y a plus rien entre nous. Cette étincelle que je croyais partager avec elle s'est éteinte sans que je m'en rende compte. Peut-être que je me suis trompé sur toute la ligne. Ce que nous avons vécu n'était qu'un passage, une illusion. Cette réalisation ne m'apporte pourtant pas de souffrance. Non, ce qui fait mal, c'est Cameron, toujours lui, sa présence qui plane encore malgré son absence.

Perdu dans mes pensées, je réalise trop tard que tout le monde me regarde. Les paroles de Duncan résonnent enfin dans mon esprit, mais elles sont floues, lointaines.

— Pardon ? je demande, complètement déconnecté.

Duncan soupire, visiblement agacé.

— Tu n'as rien écouté ?

Je secoue légèrement la tête.

— Non.

Je n'ai même pas l'énergie de faire semblant, de prétendre être intéressé par cette discussion. Et puis de toute façon je ne sais pas le faire.

— Je proposais de clore l'enquête pour l'instant. Down n'est plus dans le pays. On a besoin de faire une pause. Et je voulais savoir ce que tu en pensais, parce qu'après tout, ça dépend de toi, Sammaël.

Sa question me surprend. Depuis quand mon avis compte dans cette équipe ? Je ne suis pas flic, je ne suis qu'un étranger parmi eux. Pourtant, Duncan me laisse le choix. Je croise le regard ambré de Duncan, je réfléchis brièvement à sa demande, ma réponse ne sera pas étonnante, puisque je l'ai dit à Clayton il y a quelques instants.

— Oui, je pense que c'est la meilleure décision, dis-je enfin. Nous avons tous besoin de souffler. McLyne est derrière les barreaux. Pour Down, on devra attendre qu'il refasse surface.

Austin laisse échapper un soupir de soulagement, et je devine qu'il attendait cette réponse.

— Qu'est-ce que tu comptes faire maintenant ? Tu vas rentrer à New York ? je lui demande.

Il secoue la tête.

— Non, je ne me vois plus vivre là-bas.

Ezickel semble surpris.

— Tu vas laisser ton frère retourner seul là-bas ?

— Oui, je crois que nous avons aussi besoin de cette distance.

La conversation continue autour de moi, mais je m'en détache peu à peu. Jusqu'à ce qu'Eriven brise le silence d'un coup sec.

— Dans ce cas, je vais demander mon transfert pour New York, dit-elle.

Je ne m'attendais pas à ça. Elle vient de mettre fin à tout, ici, devant tout le monde, sans détour. C'est comme un coup de poignard, et même si je savais que nous n'avions plus rien à partager, cette façon de l'annoncer me laisse sans voix.

— Je pense que c'est mieux pour nous deux, continue-t-elle. Ce qu'on avait n'était basé que sur du sexe. Je ne veux pas de ça.

Je baisse la tête, incapable de répondre. C'est trop pour une seule journée. Alors, je me contente de hocher la tête, laissant Duncan gérer la suite des discussions. Je n'ai plus d'énergie à donner.

337

Nous quittons enfin le bureau. Austin, Ezickel, Clayton, et moi prenons l'ascenseur en silence. Je n'ai plus de raison de revenir ici, plus de rôle à jouer. Tout ce qu'il me reste, c'est du temps pour réfléchir, et pour poursuivre mes propres recherches sur Down.

CHAPITRE TRENTE-TROIS

Les jours défilent et le week-end du repas organisé par Clayton est enfin arrivé. Je me lève tôt pour lui donner un coup de main, comme il me l'a demandé. Dès mon arrivée, je remarque que Dana est là, et qu'ils sont inséparables depuis qu'ils ont annoncé être ensemble. Je suis sincèrement heureux pour lui. C'est ce que je souhaite à mon meilleur ami : qu'il soit heureux. Mais je n'aurais jamais imaginé qu'il me cache sa relation avec Dana depuis presque le début de son arrivée à Los Angeles.

Je fouille les placards de Clayton à la recherche des assiettes, mais tout semble avoir changé de place depuis que Dana a emménagé. Je finis par les trouver et les empile soigneusement pour les emmener dehors. Évidemment, je ne suis pas connu pour être le plus adroit, et je manque de peu de tout faire tomber, je sens une main ferme m'attraper pour me stabiliser. Je me retourne pour remercier mon sauveur, et mes yeux se posent dans ceux de Cameron Jones, d'un vert émeraude éclatant.

— Merci, dis-je avec difficulté.

— Je t'en prie, répond-il calmement.

Je m'écarte de lui rapidement, comme si sa poigne m'avait brûlé, et quitte la pièce en tentant de reprendre mon souffle. Mais mes pas, qui résonnent dans le couloir, ne parviennent pas à couvrir les battements furieux de mon cœur. Mon esprit s'embrase, refusant de se calmer. Je le sens encore, ce contact qui m'a effleuré et ravivé bien plus que je ne l'aurais voulu. Une fois dehors, je dépose les assiettes sur la table, tentant d'ignorer le tremblement incontrôlable de mon corps. Pourquoi est-ce qu'il me fait encore autant d'effet ? Pendant l'enquête, j'avais réussi à mettre mes sentiments de côté, mais depuis qu'il m'a avoué qu'il m'aimait toujours, tout est revenu à la surface.

— Salut Cameron ! s'exclame Clayton. Déjà là ?

— Oui, je me suis dit que tu aurais peut-être besoin d'aide.

La voix de Cameron est bien trop proche, et je sens un frisson glacial parcourir mon dos. Je dois me contrôler. Cameron a été clair : nous ne pouvons pas être ensemble. Mais comment réussir à ignorer celui qui occupe toutes mes pensées et qui est maintenant juste à côté de moi ?

— C'est gentil à toi, répond Clayton. Tu pourrais peut-être aider Sam à mettre la table ?

Je lance un regard noir à mon meilleur ami, qui me sourit en coin, l'air malicieux.

— Tu connais sa maladresse, je suis étonné qu'il n'ait rien cassé.

Je roule des yeux à sa remarque, mais en attrapant une assiette, ma main effleure celle de Cameron. Une décharge électrique traverse tout mon corps. J'avais presque oublié ce sentiment, mais c'est celui que je préfère, bien qu'il m'est interdit. Mon regard croise à nouveau celui de Cameron, qui semble aussi perturbé que moi par ce contact. Je ne peux pas l'avoir, mais rien ne m'interdit de jouer avec le feu, non ?

Pendant que nous mettons la table, mes gestes frôlent souvent Cameron, et je sens qu'il peine à dissimuler l'effet que cela a sur lui. Son souffle est parfois coupé, et j'en profite. Un sourire en coin se dessine sur mes lèvres, satisfait de jouer à ce petit jeu dangereux.

Une fois la table prête, les invités de Clayton commencent à arriver. Ezickel est le premier, suivi par Austin, Duncan et Eriven. Chacun apporte quelque chose à ajouter au repas, et Clayton les invite à s'installer. Je choisis une place au hasard, sans penser que Cameron s'installerait juste en face de moi, entouré de Duncan et Eriven, tandis qu'Austin et Ezickel prennent place de chaque côté de moi. Je me retrouve face mes ex, et c'est loin d'être agréable.

Le repas se passe bien, les discussions sont animées. Comme à mon habitude, je préfère rester en retrait, observant plutôt qu'intervenant. Un tintement attire soudain mon attention. Clayton se lève, l'air nerveux.

— Votre attention, s'il vous plaît. Si on vous a réunis aujourd'hui, c'est d'abord pour passer un bon moment, mais aussi parce que Dana et moi avons une annonce à vous faire.

Intrigué, je prends une gorgée de vin.

— Dans quelques mois, nous allons devenir parents, déclare-t-il.

Le choc me fait recracher mon vin directement sur Cameron, qui peste immédiatement.

— Sammaël !

— Attends, tais-toi, je viens d'apprendre que je vais être tonton !

— En fait, pas exactement... commence Dana.

Je la regarde, perplexe, alors que Clayton sourit et se tourne vers moi.

— Tu ne vas pas seulement être tonton, mais aussi parrain.

Les mots me laissent sans voix. Je suis submergé par l'émotion. Être choisi pour ce rôle, c'est un honneur immense. Une boule se forme dans ma gorge, mais je refuse de pleurer.

— Wow... Je ne sais pas quoi dire... Merci beaucoup.

Je me lève pour enlacer Clayton. Ce geste est l'un des plus touchants que l'on m'ait jamais faits. Il me serre en retour.

— Je ne veux personne d'autre pour ce rôle, Sam. Les gens peuvent dire ce qu'ils veulent de toi, mais je sais que tu veilleras toujours sur mon enfant, quoi qu'il arrive.

Ces mots me réchauffent le cœur, et je le serre encore plus fort. Après quelques instants, je relâche Clayton et me tourne vers Dana, que je prends également dans mes bras. Elle semble surprise, puis rit avant de me rendre mon étreinte.

— Félicitations ! s'exclame Austin. Je suis vraiment heureux pour vous ! Enfin des bonnes nouvelles !

— Félicitations, ajoute Ezickel.

Les félicitations pleuvent, chacun se levant pour les futurs parents. Cameron, après avoir félicité brièvement Clayton, s'approche de moi, me frôlant intentionnellement. Il se penche vers moi, et murmure à mon oreille :

— Félicitations à toi aussi, monsieur le futur parrain.

Sa voix douce, murmurée ainsi, envoie des frissons partout dans mon corps. Cameron veut jouer à ce jeu dangereux, et je ne peux pas m'empêcher de sourire.

Le repas continue, et chacun reprend ses conversations, mais l'atmosphère a définitivement changé entre Cameron et moi.

EPILOGUE

Quelques jours après l'annonce de Clayton, une nouvelle nous parvient : Down a été arrêté à New York. Un immense soulagement s'empare de nous tous. Enfin, la menace qui pesait sur nos vies disparaît, et chacun peut reprendre son quotidien sans craindre l'inattendu.

Eriven, elle, est déjà en route pour New York, prête à prendre en charge l'interrogatoire de Down. Nos adieux ont été froids. Je n'ai jamais vraiment digéré la manière dont elle m'a quitté. Malgré le bon moment passé ensemble, son manque de respect me hante encore. Mais je n'y prête pas attention plus longtemps. Mon esprit est ailleurs, focalisé sur un autre départ bien plus difficile à accepter.

Je me trouve à l'aéroport, entouré d'Austin, Clayton, Ezickel... et Cameron. Cameron s'apprête à repartir pour New York. Chaque seconde qui s'écoule me semble plus difficile à supporter que la précédente. Mon cœur se serre, et je me demande comment je parviens encore à respirer. Il s'avance vers chacun pour dire au revoir, et enfin, il arrive à ma hauteur. Lorsque ses bras m'enlacent, je tremble de tous mes membres. Je suis prêt à m'effondrer sous le poids de la douleur. Ce

345

n'est pas la première fois que je viens ici pour le voir partir, mais cette fois, tout est différent. Le déchirement est bien plus profond. C'est comme si chaque partie de moi était broyée.

Je tente d'imprimer son odeur dans ma mémoire, de graver ce moment avant qu'il ne soit trop tard. Lui aussi tremble contre moi, et je sais qu'il ressent la même chose.

— Le vol n°350 en partance pour New York décollera dans dix minutes, les passagers sont priés de se diriger vers les portes d'embarquement immédiatement, merci.

Cameron se détache lentement de moi, et je vois des larmes couler sur son visage. Ce simple aperçu me brise un peu plus. D'un geste délicat, j'efface ses larmes du bout des doigts.

— Ce n'est qu'un au revoir, tu te souviens ? lui dis-je doucement.

— Ça n'en reste pas moins douloureux, répond-il.

— Je sais, putain...

Même dans ces moments, je ne peux m'empêcher de jurer. Pourtant, cela arrache un léger rire à Cameron, à travers ses larmes.

— Prenez soin de vous, murmure-t-il, s'efforçant de sourire.

Il attrape son sac, tourne les talons et monte les escalators. Je sais qu'il ne se retournera pas. S'il le fait, il ne pourra pas partir. Mon souffle se coupe. La douleur est insupportable. C'est vraiment fini, cette fois. Il n'y a plus de Cammaël. Nous sommes peut-être destinés à nous retrouver, mais aujourd'hui, nous sommes destinés à nous séparer.

Je fixe son dos jusqu'à ce qu'il disparaisse de ma vue. Les larmes que j'avais tant retenues finissent par couler. Clayton pose une main compatissante sur mon épaule. Il veut me consoler, mais je me demande si quelqu'un peut vraiment consoler l'inconsolable.

Bien sûr, je pourrais courir après Cameron, le rattraper avant qu'il ne parte, comme dans les films. Je sais qu'il me suivrait. Mais je n'en ai pas le droit. Pour son bien, pour le mien, je dois le laisser partir.

Je m'approche des grandes baies vitrées de l'aéroport. L'avion de Cameron est déjà en mouvement, roulant doucement vers la piste. Quelques instants plus tard, il s'élève dans le ciel, emportant avec lui une partie de moi. Mon cœur menace d'exploser. Je me frotte les yeux, essuyant mes larmes avec une rage silencieuse. Ezickel tend ses bras vers moi, et je m'y réfugie. Ses bras m'offrent un semblant de réconfort, mais ce n'est pas suffisant. Une page de ma vie se tourne, mais l'amertume de ce départ m'étouffe.

J'ai tout fait pour retrouver mon jumeau et mettre le coupable hors d'état de nuire. En apparence, tout semble parfait. Mais au fond, je ne me sens pas accompli. Le départ de Cameron me hante déjà, et cette séparation sera plus difficile à surmonter que je ne l'avais anticipé. Malgré tout ce qui s'est passé entre nous, malgré la douleur que nous nous sommes infligée, nous nous aimons, passionnément. Et cet amour nous déchire.

Nous quittons finalement l'aéroport, les épaules alourdies par le poids des regrets. La vie peut être pleine de surprises ; on peut retrouver ce pour quoi on s'est tant battu, et malgré tout, ressentir le goût amer d'échec.

FIN.

Je suis née le 24 septembre 1994 à Saint Etienne dans la Loire. J'ai toujours vécu à le Chambon-Feugerolles. Je suis passionnée de lecture depuis ma tendre enfance, ainsi que d'écriture. J'ai toujours aimé inventer des histoires. Pour la première fois depuis des années, j'ai réussi à finir l'écriture d'un livre, et je tente l'aventure de l'auto-publication. J'espère que vous aimerez autant Cammaël que moi.

Si vous voulez me retrouver sur ma page facebook : petiteautrice2409. Ou sur instagram : petiteautrice2409. Vous pouvez éventuellement me poser vos question à l'adresse suivante : petiteautrice2409@outlook.fr

© 2026 Audrey Payet

Édition : BoD · Books on Demand, 31 avenue Saint-Rémy, 57600 Forbach, bod@bod.fr

Impression : Libri Plureos GmbH, Friedensallee 273, 22763 Hambourg (Allemagne)

ISBN : 978-2-3224-9728-7

Dépôt légal : Avril 2026